D1144122

LES VERTES COLLINES
DE LA TERRE

SCIENCE-FICTION

Collection dirigée par Jacques Goimard

ROBERT A. HEINLEIN

LES VERTES COLLINES
DE
LA TERRE

(Histoire du Futur - Seconde époque)

PRESSES POCKET

Titre original : THE GREEN HILLS OF THE EARTH
Traduction de Pierre BILLON

© 1951, Robert Heinlein.
ISBN 2-266-00817-X

PRÉFACE DE L'AUTEUR

> *Un poète ne gagne rien
> à se montrer trop explicite.*
>
> L. SPRAGUE DE CAMP

LES récits narrés dans cet ouvrage, comme dans les volumes plus récents de la série, n'ont la prétention de constituer ni des prophéties ni de l'histoire. L'auteur serait le premier surpris si l'un d'entre eux venait à coïncider d'assez près avec des événements du futur au point de prendre place parmi les prédictions que les faits sont venus confirmer.

« Qu'arriverait-il si...? » Tel est le postulat de base sur lequel repose chacune de ces histoires, le « si » étant constitué par quelque transformation éventuelle, toujours possible dans l'état actuel de la technologie et de la culture. Parfois la probabilité en est fort lointaine, comme c'est le cas dans Ligne de vie [1] parfois au contraire c'est une quasi-certitude, lorsqu'il s'agit de voyages interplanétaires par exemple.

Le caractère pseudo-historique de l'avenir immédiat, esquissé dans le tableau que vous trouverez dans cet ouvrage, pourrait inciter à croire que j'ai pris mon rôle de prophète au sérieux. Mais ce n'est là

---

1. Voir *L'homme qui vendit la Lune*, Presses Pocket n° 5043.

qu'une apparence tout à fait illusoire. Le tableau en question fut échafaudé petit à petit, au fur et à mesure que je rédigeais de nouveaux récits, dans le seul but d'éviter des erreurs et de ne pas me noyer dans mes propres élucubrations. Au début, c'était un vaste tableau mural affiché dans mon cabinet de travail, auquel j'ajoutais de temps en temps des notations au crayon. C'était une idée que j'avais empruntée à Sinclair Lewis, dont on disait qu'il rédigeait tableaux, fiches, notes, voire cartes détaillées concernant son fictif Etat de Winnemac et sa non moins abstraite métropole de Zenith. Mr. Lewis a réussi le remarquable exploit de rendre Zenith et ses habitants plus réels, aux yeux de la plupart des gens, qu'aucune ville authentique du Midwest. Je pensais que ce qui était bon pour lui pouvait l'être aussi pour moi. Je m'emparai donc de l'idée. Je suis heureux de saisir l'occasion de reconnaître publiquement ma dette.

En 1940, je montrai le tableau à John Campbell Jr. Aussitôt il voulut à toute force le publier. Dès ce moment, j'étais pris au piège; il devint désormais de plus en plus difficile pour moi d'écrire un récit sans l'intégrer dans le tableau. Je fus contraint d'inventer plusieurs noms de plume, lorsque je désirais rédiger une nouvelle entièrement incompatible avec cette prétendue Histoire du Futur. Aujourd'hui, c'est à peine si je dois me référer à mon tableau; l'avenir fictif qui s'y trouve matérialisé me semble pour le moins aussi réel que Plymouth Rock.

Cette série a débuté en 1939; la technologie a connu depuis cette date des transformations aussi révolutionnaires que ne lui avait apporté l'ensemble du siècle précédent. De plus en plus, chaque année, les plus aventureuses prédictions de la science-fiction se voient dépassées par la réalité que chacun découvre dans les colonnes de son journal quotidien. Certaines armes, dont mon tableau ne prévoyait pas la réalisation avant des centaines d'années, ont été construites au cours de

8

la Seconde Guerre mondiale. Il prévoyait le départ vers la Lune de la première fusée habitée pour 1978; or il y a des chances que cet événement se produise notablement plus tôt.

Il arrive que ça saute [1] *est un cas typique dans le genre. Ce récit fut écrit quelques mois après que le terme de fission de l'uranium eut atteint ce pays, très longtemps avant la mise en place du Projet Manhattan qui devait aboutir à la réalisation de la première bombe atomique.*

Durant les quelques mois qui s'écoulèrent entre la rédaction de la nouvelle et sa première publication, les éléments scientifiques sur lesquels reposait l'histoire se trouvèrent dépassés à cinq reprises, tant étaient rapides les progrès accomplis dans la connaissance de l'atome. Plus tard elle a été de nouveau révisée en certains détails pour se conformer aux dernières acquisitions de la science; elle ne tardera sans doute pas à se trouver de nouveau dépassée du moins dans les détails. Mais il est une chose dont nous pouvons être certains : l'idée essentielle qui constitue l'argument du récit ne perdra jamais son actualité, car la puissance atomique, sous bien des aspects, continuera à présenter un danger fantastique tant sur le plan individuel que social — et les hommes continueront à s'en servir en dépit de tous les dangers.

Les détails se modifient; le drame continue. La technique poursuit sa course folle tandis que les gens demeurent obstinément les mêmes. Il m'est arrivé récemment de dénombrer, dans un seul kiosque à journaux, quatorze publications différentes spécialisées dans l'astrologie, mais pas une seule qui traitât d'astronomie. Trois cents ans seulement séparaient Plymouth Rock de l'énergie atomique; aussi étrange que la chose puisse paraître, les édicules extérieurs sont encore en majorité, par rapport aux toilettes d'appartement, dans

1. Voir *L'homme qui vendit la Lune*, Presses Pocket n° 5043.

ces Etats-Unis d'Amérique qui sont pourtant le pays de la plomberie intérieure. Sans doute le rapport n'aura-t-il guère changé le jour où les hommes fouleront pour la première fois le visage silencieux de la Lune. Les anomalies de l'Ere de l'Energie sont plus curieuses que ses prodiges.

C'est pourtant une grande et merveilleuse époque, la plus merveilleuse peut-être que cette instable planète ait connue depuis le début de son existence. C'est parfois le comique qui domine, trop souvent le tragique, mais elle est toujours étonnante. Nos rêves d'avenir les plus fous seront surpassés par la réalité qui prend forme sous nos yeux. Que l'issue soit bonne ou mauvaise, je veux prendre ma part du spectacle le plus longtemps possible.

ROBERT A. HEINLEIN
(1953)

ANNÉES	TITRES	PÉRIODES	FAITS TECH
	Ligne de vie « Que la lumière soit! »	LES ANNÉES FOLLES	
1975	(Word edgewise) Les routes doivent rouler Il arrive que ça saute L'homme qui vendit la Lune	LA « FAUSSE AURORE »	
	Dalila et l'homme de l'espace Jockey de l'espace Requiem La longue veille Asseyez-vous, messieurs! Les puits noirs de la Lune Qu'il est bon de revenir! Nous promenons aussi les chiens	PÉRIODE D'EXPLOITATION IMPÉRIALISTE JUSQU'EN 2020	
2000	Vertige spatial Les vertes collines de la Terre (Fire down below!) La logique de l'Empire (The sound of his wings)		
2025 2050 2075	(Eclipse) (The stone pillow)		
2100	Si ça arrivait...	PREMIÈRE CIVILISATION HUMAINE	
	La Réserve		
	L'inadapté		
2125	Les enfants de Mathusalem		
2600	Univers Sens commun		

FAITS TECH (colonne de droite, de haut en bas) :
Les écrans à énergie solaire Douglas-Martin — Les routes mécaniques — Les fusées de transport — Voyages interplanétaires — Interruption des voyages interplanétaires — Voyages interplanétaires

N. B. — Les titres en anglais et entre parenthèses concernent des

DU FUTUR

NOLOGIQUES		FAITS SOCIOLOGIQUES	REMARQUES
	Fusée transatlantique Fusées intercontinentales Première fusée lunaire	« La Grande Grève » Fondation de Luna City Accord légal sur l'espace Les sociétés lunaires Harriman	*A cette période correspond un développement considérable de la technologie s'accompagnant d'une dégradation régulière des mœurs, de l'éducation et des institutions sociales aboutissant à une psychose des masses suivie de l'Interrègne.* *A l'Interrègne succède une période de reconstruction au cours de laquelle les lois financières de Voorhis redressent temporairement l'économie. Cette période s'achève par l'ouverture de nouvelles frontières et un retour au système économique du XIXᵉ siècle.*
		Révolte en Petite Amérique Anschluss américano-australasien	
	Les bactériophages L'unité de voyage et de combat	Réveil du fanatisme religieux La « Nouvelle Croisade » Rébellion et indépendance des colons vénusiens Dictature religieuse aux U.S.A.	*Trois révolutions mettent fin à la courte période d'impérialisme interplanétaire instaurée par l'Antarctique, les États-Unis et Vénus. Les voyages interplanétaires cessent jusqu'en 2072.*
	Stéréoptique commercialisée		*Peu de recherche et de découvertes dans le domaine technologique durant cette période. Puritanisme extrême. La caste religieuse développe certains aspects du contrôle psychologique des masses et de la psychodynamique.*
	Désintégrateurs Aliments de synthèse Contrôle des climats La « Barrière »		*Rétablissement des libertés civiles. Relance de la recherche et reprise des voyages spatiaux. Luna City est reconstruite. Étude des relations sociales basée sur les règles de la sémantique. Censure. La Convention.*
	Mécanique parastatique		*Début de la consolidation du système solaire. Troubles civils. Fin de l'adolescence de l'humanité et début de la maturité.*
	Recherches symbiotiques Longévité Première tentative de voyage interstellaire		

(colonne de gauche verticale : Usage limité de la télépathie)

histoires projetées par Heinlein mais que celui-ci n'a jamais écrites.

DALILA ET L'HOMME DE L'ESPACE

À coup sûr, nous avons connu des difficultés lors de la construction de la Station Spatiale n° 1 — mais ces difficultés étaient le fait de l'homme.

Je n'irai pas jusqu'à dire que l'édification d'une station à quelque trente-six mille kilomètres dans l'espace est un jeu d'enfant. Il s'agissait au contraire d'un exploit technique infiniment plus grandiose que le percement du canal de Panama et l'érection des Pyramides — voire la construction de la pile énergétique de Susquehanna. Mais c'est « Tiny » Larsen qui l'a construite — et lorsque Tiny entreprend un travail, il le mène à son terme.

Lorsque j'aperçus Tiny pour la première fois, il montait soi-disant la garde auprès d'une équipe semi-professionnelle, à l'époque où il faisait son chemin dans l'Institut Technologique Oppenheimer. Il a ensuite travaillé pour moi durant l'été jusqu'au moment où il a passé ses examens. Il s'est spécialisé dans la construction et il m'est arrivé par la suite de travailler à mon tour pour son compte.

Tiny ne voulait jamais entreprendre un travail avant de s'être assuré que les conceptions techniques étaient adéquates. La Station comportait certains appareillages intérieurs qui auraient exigé d'être manœuvrés par des singes à six bras plutôt que par des hommes adultes revêtus de combinaisons spatiales. Tiny n'avait pas son pareil pour mettre le doigt sur ce genre de bourdes; pas une seule tonne de matériel ne montait dans le ciel avant que les dessins et les spécifications ne fussent à sa convenance.

Mais c'était le personnel qui nous donnait des maux de tête. Nous avions une pincée d'hommes mariés, mais les autres étaient une bande de tout-fous attirés par les hauts salaires et l'aventure. Quelques-uns étaient d'anciens hommes de l'espace réformés. D'autres des spécialistes tels que des électriciens et des techniciens en instruments de mesure. La moitié environ étaient des plongeurs de grands fonds, habitués à travailler en combinaison pressurisée. Il y avait des ouvriers en chambre de compression, des monteurs, des soudeurs, des charpentiers de marine et deux acrobates de cirque.

Nous en mîmes quatre à la porte pour ivresse sur le lieu du travail. Tiny dut se résoudre à casser le bras de l'un d'eux pour en venir à bout. Ce qui nous intriguait le plus, c'est la façon dont ils s'étaient procuré la boisson. Il s'avéra qu'un charpentier de marine avait fabriqué un alambic sans chaleur, en utilisant le vide qui nous entourait. Il distillait de la vodka à partir de pommes de terres chipées à l'intendance. Cela me fendit le cœur de le laisser partir, mais il était vraiment trop roué.

Puisque nous nous trouvions en chute libre dans une orbite circulaire de vingt-quatre heures et qu'en atmosphère d'apesanteur tout flotte dans l'espace, on aurait pu croire qu'il serait impossible de jouer aux dés. Un radio appelé Peters tourna la difficulté à l'aide de dés d'acier et d'un champ magnétique. Mais comme il avait éliminé du même coup le facteur chance, nous dûmes nous séparer de lui.

Nous avions prévu de le renvoyer en le faisant monter à bord de la prochaine navette de ravitaillement, le *Half Moon*. Je me trouvais dans le bureau de Tiny lorsqu'elle décolla pour nous rejoindre en orbite. Tiny nagea jusqu'au hublot.

16

« Fais chercher Peters, Dad, dit-il, et débarque-le. Qui le remplace?

— Un certain G. Brooks McNye », répondis-je.

Un filin s'avança tel un serpent à partir du vaisseau.

« Je ne pense pas que les trajectoires concordent », dit Tiny. Il sonna la cabine radio pour demander le mouvement relatif du vaisseau par rapport à la station. La réponse ne lui plut guère et il donna aux intéressés l'ordre d'appeler le *Half Moon*.

Tiny attendit de voir paraître sur l'écran l'officier commandant la navette.

« Bonjour, capitaine. Pourquoi nous avez-vous tendu un filin?

— Pour le fret, naturellement. Transférez vos gars à notre bord. Je voudrais décamper avant de me trouver dans l'ombre. »

La Station mettait chaque jour environ une heure un quart à franchir l'ombre de la Terre; nous travaillions par équipes de douze heures et nous faisions la pause durant la période obscure, pour éviter d'avoir recours aux lumières et aux combinaisons chauffantes.

Tiny secoua la tête.

« Pas avant que vous ayez réglé votre trajectoire et votre vitesse sur les nôtres.

— Mais elles sont réglées!

— Pas selon les spécifications, si j'en crois mes instruments.

— Laissez-vous attendrir, Tiny! Je suis à court de combustible pour les manœuvres. Si je dois jongler avec tout ce vaisseau pour effectuer une correction mineure pour quelques malheureuses tonnes de fret, je prendrai tellement de retard que je devrai me poser sur un terrain secondaire. Peut-être devrai-je même effectuer un atterrissage en vol plané. » A cette époque, tous les vaisseaux étaient encore pourvus d'ailes.

« Écoutez, capitaine », dit Tiny sèchement. « Votre voyage n'avait d'autre but que la mise en orbite parallèle de ces malheureuses tonnes de fret. Peu m'importe que vous vous posiez sur la Petite Amérique en rétro-fusée. Le premier chargement avait été placé sur l'orbite convenable et j'entends qu'il en soit de même pour tous les suivants. Allons, mettez-moi ce wagon sur rails.

— Très bien, Monsieur le Surintendant! dit le capitaine Shields avec raideur.

— Ne vous fâchez pas, Don, dit Tiny d'une voix radoucie. A propos auriez-vous un passager pour moi?

— Je pense bien! Le visage de Shields se fendit en un sourire.

— Eh bien, gardez-le à bord jusqu'au moment où nous déchargerons. Peut-être pourrons-nous encore gagner l'ombre de vitesse.

— Parfait, parfait! Après tout, pourquoi ajouterais-je encore à vos ennuis? » Le capitaine coupa la communication, laissant mon patron perplexe.

Nous n'eûmes pas le loisir de ruminer ses paroles. Shields fit virer son vaisseau par action gyroscopique, lâcha une bouffée d'une seconde ou deux et en un clin d'œil le mit en chute libre à nos côtés — cela en utilisant fort peu de combustible en dépit de ses précédentes récriminations. Je mobilisai tous les hommes disponibles et parvins à transborder le fret avant de pénétrer dans l'ombre de la Terre. L'apesanteur constitue un atout sensationnel lorsqu'il s'agit de manipuler des charges; nous vidâmes le *Half Moon* — à la main, notez-le bien — en cinquante-quatre minutes.

Le fret était composé de réservoirs d'oxygène, garnis de miroirs en aluminium pour leur servir d'écrans, de panneaux pour la coque extérieure — de la mousse de verre prise en sandwich entre deux feuilles d'alliage au titane — et de caisses contenant des fusées *jato* destinées à donner un mouvement de rotation au quartier d'habitation. Une fois le tout débarqué des soutes et arrimé à notre filin de charge, je renvoyai les hommes par le même chemin — je ne laisse jamais un homme travailler dans l'espace extérieur sans cordon ombilical, aussi friand de liberté soit-il. Puis j'enjoignis à Shields de nous envoyer son passager et de se sauver.

Ce petit bonhomme émergea du sas de la navette et s'accrocha au filin reliant les deux vaisseaux. Se comportant comme s'il était rompu à l'espace, il prit appui sur ses pieds et plongea, droit le long du filin tendu. Je rentrai vivement et lui fis signe de me suivre. Tiny, le nouveau venu et moi-même atteignîmes les sas ensemble.

Outre les habituels sas pour le fret, nous disposions de trois kwikloks. Un kwiklok est un compartiment lisse; il offre juste la place suffisante pour un homme en combinaison spatiale et permet de n'évacuer que quelques litres d'air en se chargeant automatiquement du cyclage. Il permet de gagner énormément de temps lors des relèves d'équipes. Je m'introduisis dans celui de taille moyenne; Tiny choisit naturellement le plus grand. Sans hésitation, le nouvel arrivant se glissa dans le plus petit.

Nous nous rendîmes au bureau de Tiny. Celui-ci détacha ses courroies et rejeta son casque en arrière.

« Eh bien, McNye », dit-il, « je suis heureux de vous recevoir parmi nous. »

Le nouveau radio ouvrit son casque. J'entendis une voix douce et agréable répondre : « Je vous remercie. »

J'ouvris des yeux ronds et ne soufflai mot. De l'endroit où j'étais placé, je vis que le radio portait un ruban dans les cheveux.

Je crus que Tiny allait exploser. Il n'eut pas besoin de voir le ruban; une fois le casque levé, il fut clair que le nouvel « homme » était aussi féminin que la Vénus de Milo. Tiny postillonna puis, dès qu'il se fut libéré de ses courroies, il plongea droit sur le hublot. « Dad », brailla-t-il, « précipite-toi à la cabine radio. Arrête-moi ce vaisseau! »

Mais le *Half Moon* n'était déjà plus qu'une boule de feu dans le lointain. Tiny parut pris de vertige. « Dad », dit-il, « qui d'autre est au courant de cette histoire?

— Personne, que je sache. »

Il réfléchit un instant.

« Il faut la garder hors de vue. Nous allons la mettre sous clé afin que personne ne la voie avant le passage de la prochaine navette. » Il évitait de la regarder.

« Que diable me chantez-vous là? » La voix de McNye avait pris un registre plus aigu et n'était plus du tout agréable.

Tiny roula des yeux furibonds.

« C'est de vous qu'il s'agit. Seriez-vous un passager clandestin, par hasard?

— Trêve de plaisanteries! Je m'appelle G. B. McNye, ingénieur en électronique. N'avez-vous pas reçu mes papiers? »

Tiny se tourna vers moi.

« Dad, c'est ta faute. Comment t'y es-tu pris pour te laisser imposer une femme? N'as-tu pas pris la peine de lire son dossier?

— Moi? dis-je. Écoute-moi, tête de pioche! Ces formulaires ne font pas mention du sexe. La Commission de l'Emploi s'y oppose, sauf lorsque le poste intéressé le requiert expressément.

— Ce qui est bien le cas.

— Pas du point de vue de la qualification profession-nelle. Ce ne sont pas les opératrices radio et radar qui manquent sur Terre.

— Nous ne sommes pas sur Terre. » Sans doute pensait-il aux meutes de bipèdes mâles qui donneraient l'assaut à ce poste. Pour ma part, peut-être huit mois sans la moindre présence féminine avaient-ils affecté mon jugement, mais elle devrait faire l'affaire pour ce poste.

« J'ai même entendu parler de femmes pilotes de fusées, ajoutai-je pour le faire bisquer.

— Peu importe, je ne veux pas de femmes ici!

— Minute, vous deux! » Si j'étais agacé, elle était profondément vexée. « Vous êtes bien le surintendant à la construction, n'est-ce pas?

— Oui, admit Tiny.

— Très bien. Alors comment savez-vous mon sexe?

— Chercheriez-vous à nier que vous êtes une femme?

— Dieu m'en préserve! Mais, officiellement, vous ignorez le sexe de G. B. McNye. Je ne sollicite pas de faveurs. »

Tiny poussa un grognement.

« Vous n'en obtiendriez pas. Je ne sais pas comment vous avez réussi à vous introduire dans cette Station, mais sachez-le bien, McNye ou Gloria ou tout ce que vous voudrez... Je vous chasse. Vous rentrerez par la prochaine navette. Dans l'intervalle, nous ferons l'impossible pour empêcher les hommes de savoir qu'il y a une femme à bord. »

Je pus la voir compter mentalement jusqu'à dix.

« Puis-je parler? » demanda-t-elle enfin. « Ou les pouvoirs dont vous êtes investi me condamnent-ils au silence?

— Je vous en prie.

— Je ne me suis pas introduite frauduleusement. Je fais partie du personnel permanent de la Station, en qualité d'ingénieur en chef du service des transmissions. J'ai posé ma candidature à ce poste afin de connaître l'appareillage en cours d'installation. Et puisque je dois vivre ici finalement, je ne vois aucune raison de ne pas commencer dès à présent. »

Tiny écarta l'objection.

« Sans doute y aura-t-il ici un jour des hommes et des femmes, et même des enfants. Pour l'instant, c'est exclusivement réservé aux hommes et j'entends que les choses restent ainsi.

— Nous verrons bien. Dans tous les cas, vous ne pouvez me chasser. Le personnel radio ne travaille pas sous vos ordres. » Elle avait marqué un point; les agents des transmissions et quelques autres spécialistes étaient loués aux entreprises contractantes, les Cinq Compagnies, S. A., par les Entreprises Harriman.

Tiny renâcla.

« Je ne peux peut-être pas vous chasser; mais je peux vous renvoyer d'où vous venez. *Le personnel réquisitionné doit recevoir l'agrément de l'entrepreneur contractant...,* moi-même en l'occurrence. Paragraphe 7, clause M; c'est moi qui l'ai rédigée personnellement.

— Dans ce cas vous n'ignorez pas que, si le personnel réquisitionné est refusé sans raison valable, l'entrepreneur contractant assume les frais de remplacement.

— Je veux bien risquer de payer votre voyage de retour, mais je ne veux pas vous voir ici.

— Vous êtes extrêmement déraisonnable!

— Peut-être, mais il m'appartient de décider de ce qui convient le mieux à mon entreprise. J'aimerais mieux voir à mon bord un trafiquant de drogue qu'une femme qui passerait son temps à renifler mes gars! »

Elle laissa échapper un cri étouffé. Tiny comprit qu'il était allé trop loin; aussi ajouta-t-il :

« Pardonnez-moi, mademoiselle. Mais ma décision est irrévocable. Je vous tiendrai en quarantaine jusqu'au moment où je pourrai me débarrasser de vous. »

Avant qu'elle ait eu le temps de répondre, j'intervins.

« Tiny... regarde un peu derrière toi! »

Ouvrant des yeux exorbités derrière le hublot se trouvait l'un des monteurs. Deux ou trois autres vinrent le rejoindre.

Tiny fonça comme une flèche vers l'ouverture et ils se dispersèrent comme une volée de moineaux. Je crus un instant qu'il allait enfoncer la vitre de quartz d'un coup de poing.

Il revint avec un air de chien fouetté.

« Mademoiselle », dit-il en indiquant l'endroit du geste, « veuillez m'attendre dans ma cabine ». Lorsqu'elle fut sortie, il reprit : « Dad, qu'allons-nous faire?

— Je croyais que tu avais pris une décision irrévocable, Tiny, répondis-je.

— C'est exact, riposta-t-il d'un ton hargneux. Demande à l'inspecteur en chef de venir me voir, veux-tu? »

Cette décision montrait bien jusqu'à quel point il était allé. Les membres du service d'inspection appartenaient aux Entreprises Harriman et non point à nous, et Tiny les considérait comme des empoisonneurs publics.

Il entra, plastronnant et joyeux.

« Bonjour, surintendant. Bonjour, Mr. Witherspoon. Que puis-je faire pour vous? »

D'un air sombre, Tiny raconta son histoire. Dalrymple prit un petit air coquin.

« Elle a raison, mon vieux. Vous pouvez la renvoyer et demander à sa place un technicien du sexe mâle. Mais quant à contresigner la mention *pour raison valable,* la chose me semble assez difficile, vous en conviendrez!

— Mais bon Dieu, Dalrymple, nous ne pouvons pas garder une femme à bord.

— C'est un point qui peut prêter à controverse et qui n'est pas prévu dans le contrat, voyez-vous.

— Si votre bureau ne nous avait pas envoyé le tricheur qu'elle est supposée remplacer, je ne serais pas dans un pareil pétrin!

— Allons, allons! Ménagez votre tension artérielle. Si nous laissions en blanc les motifs du renvoi et que nous discutions du coût de l'opération à l'amiable? Cela vous paraît-il équitable?

— Je pense. Merci.

— Je vous en prie! Mais veuillez considérer ceci: lorsque vous avez jeté Peters à la porte avant d'examiner son remplaçant, vous avez réduit votre effectif à un seul opérateur. Hammond ne peut tout de même pas demeurer à l'écoute vingt-quatre heures sur vingt-quatre.

— Il peut dormir dans la cabine. La sonnerie le réveillera.

— Je ne puis accepter une pareille solution. Les fréquences du bureau terrestre et des vaisseaux doivent être surveillées en permanence. Les Entreprises Harriman vous ont fourni une opératrice qualifiée, vous devez l'utiliser au moins provisoirement. »

Tiny est toujours disposé à s'incliner devant l'inévitable; il répondit calmement : « Dad, elle prendra la première garde. »

Puis il fit entrer la fille.

« Rendez vous à la cabine radio et tâchez de vous mettre au courant le plus rapidement possible, afin que Hammond puisse aller se reposer. Écoutez-le bien. C'est un homme capable.

— Je sais, dit-elle allégrement, c'est moi qui l'ai formé.

Tiny se mordit les lèvres. L'inspecteur en chef prit la parole.

« Le surintendant ne s'occupe guère des vétilles. Je me présente : Robert Dalrymple, inspecteur en chef. Sans doute a-t-il également omis de vous présenter son assistant, Mr. Witherspoon. »

— Appelez-moi Dad, dis-je.

Elle sourit.

« Comment allez-vous, Dad? » dit-elle.

Je me sentis traversé par une vague de chaleur. Elle s'approcha de Dalrymple. « Curieux que nous ne nous soyons pas encore rencontrés. »

Tiny intervint : « McNye, vous coucherez dans ma chambre... »

Elle leva les sourcils.

« Rassurez-vous, » dit-il, « je vais enlever mes affaires immédiatement. Et comprenez-moi bien : que votre porte demeure fermée lorsque vous ne serez pas de service.

— N'ayez aucune crainte là-dessus! »

Tiny rougit.

J'étais trop occupé pour voir beaucoup Gloria. Il y avait du fret à ranger dans les réserves, les nouveaux réservoirs à monter à et pourvoir de leurs écrans. Restait encore à accomplir la tâche la plus préoccupante de toutes : mettre en rotation le quartier d'habitation. Les optimistes eux-mêmes ne s'attendaient pas à voir s'instaurer un gros trafic interplanétaire d'ici à quelques années; néanmoins les Entreprises Harriman tenaient à démarrer les quelques activités qui leur fourniraient des rentrées d'argent en échange des investissements énormes qu'elles avaient consentis.

La télévision avait loué un espace pour y installer une station-relais à ondes micrométriques, au tarif de plusieurs millions par an. L'office météorologique brûlait de son côté de monter une station d'intégration hémisphérique; l'observatoire du Mont Palomar avait obtenu une concession (les Entreprises Harriman lui avaient fait donation de cette partie de l'espace); le Conseil de Sécurité ruminait un projet secret; les laboratoires de physique Fermi et l'institut Kettering possédaient un espace réservé. Une douzaine de locataires voulaient emménager dès à présent ou le plus tôt possible, même si nous ne terminions jamais les aménagements pour les touristes et les voyageurs.

Les gens qui n'ont jamais mis le pied dans l'espace ont beaucoup de mal à se mettre dans la tête — c'était du moins mon cas — que dans une orbite spatiale on n'éprouve aucune sensation de pesanteur. Il y a la Terre, magnifique et ronde à quelque trente-six mille kilomètres de distance, proche à croire qu'elle frôle votre manche. Vous savez qu'elle vous attire. Mais vous ne pesez rien, absolument rien. Vous flottez.

Cette station flottante est fort commode pour certains types de travaux, mais lorsqu'il s'agit de manger, de jouer aux cartes, de se baigner, il semble bon de sentir un certain poids peser sur vos pieds. Les mets demeurent en place dans votre assiette et vous vous sentez plus normal.

Vous avez vu des photos de la station — un cylindre gigantesque ressemblant à une grosse caisse, avec des ouvertures pour livrer passage à la proue des vaisseaux de l'espace. Imaginez un petit tambour, tournant sur

25

lui-même à l'intérieur de la grosse caisse; ce sont les quartiers d'habitation auxquels la force centrifuge donne une gravité artificielle. Nous aurions pu faire tourner la station entière, mais on ne peut faire accoster un vaisseau le long d'un derviche tourneur.

C'est pourquoi nous avions construit une partie tournante pour assurer le confort de l'homme et une partie immobile pour les déchargements, les réservoirs, les dépôts et le reste. On passe de l'une à l'autre par l'intérieur du moyeu. Lorsque Gloria vint se joindre à nous, la partie intérieure était hermétiquement close et pressurisée, mais le reste n'était qu'un enchevêtrement de poutrelles.

D'une grande beauté d'ailleurs, un vaste réseau en treillis luisant avec ses nœuds d'assemblage se détachent sur le fond noir du ciel étoilé... en alliage de titane 1403, léger, robuste et inoxydable. La station est fragile, comparée à un vaisseau, puisqu'elle ne doit pas encaisser la poussée des moteurs au décollage. Cela impliquait que nous ne pouvions engendrer la rotation par des moyens brutaux... et c'est à ce moment qu'intervenaient les fusées *jato*.

Le mot *jato* est formé des initiales des mots *J*et *a*ssisted *t*ake-*o*ff, c'est-à-dire fusées de décollage assisté, mises au point pour donner une poussée supplémentaire aux avions. Maintenant nous avons recours à elles chaque fois que nous avons besoin d'une poussée déterminée, par exemple pour tirer de la boue un camion enlisé sur un chantier de barrage. Nous avions monté quatre mille d'entre elles sur le pourtour de la carcasse du quartier d'habitation, selon des intervalles convenables. Elles étaient déjà reliées à un fil pour la mise à feu et prêtes à partir lorsque Tiny vint me trouver, l'air préoccupé.

« Dad », dit-il, « laissons tout tomber et terminons le compartiment D-113.

— Bon, dis-je. » Le D-113 se trouvait dans la partie immobile.

« Monte un sas et garnis-le de provisions pour deux semaines.

— Cela va modifier la répartition de masse pour la rotation, fis-je remarquer.

— Je reprendrai les calculs à la prochaine période d'obscurité. Ensuite nous modifierons la disposition des *jato*. »

Sitôt que Dalrymple eut vent de la chose, il accourut au galop. Cette opération retardait la mise en exploitation de l'espace rentable. « Quelle est cette nouvelle idée? »

Tiny le fixa dans les yeux. Depuis quelque temps, leurs relations étaient devenues glaciales. Dalrymple était toujours à l'affût d'un prétexte pour aller voir Gloria. Il devait traverser le bureau de Tiny pour atteindre la chambre où elle était logée temporairement, et Tiny lui avait finalement enjoint de sortir et de ne plus remettre les pieds dans son bureau.

« L'idée nouvelle », dit-il lentement, « consiste à se ménager une tente provisoire au cas où la maison viendrait à brûler.

— Que voulez-vous dire?

— Supposez que nous allumions les *jato* et que la structure cède? Voudriez-vous moisir parmi ces poutrelles, en combinaison spatiale, en attendant qu'un vaisseau vienne à passer?

— C'est impossible. Les efforts ont été calculés.

— C'est exactement ce que disait l'ingénieur des ponts et chaussées devant son pont écroulé. Nous ferons comme j'ai décidé. »

Dalrymple s'éloigna en tempête.

Les efforts de Tiny pour garder Gloria cloîtrée avaient quelque chose d'assez pitoyable. D'abord, la tâche la plus importante du technicien radio, au cours de sa garde, consistait à réparer les petits postes émetteurs récepteurs des combinaisons spatiales. Une véritable épidémie de pannes vint frapper ces appareils au cours de son tour de veille. Je procédai à quelques transferts dans les équipes et je portai le coût des réparations sur la note de quelques-uns des gaillards; il est positivement immoral qu'un homme se permette de saboter son antenne.

D'autres symptômes apparurent bientôt. Chacun voulut désormais être rasé de près. Les hommes se mirent à arborer des chemises dans le quartier habité et la fréquence des bains s'accrut au point que je vis le moment où je me verrais contraint de monter un nouvel alambic pour distiller de l'eau.

Vint le moment où le D-113 fut prêt et les *jato* ajustés selon une disposition nouvelle. Je ne ferai aucun scrupule d'avouer que j'étais nerveux. Tout le personnel reçut l'ordre d'évacuer le quartier d'habitation et d'enfiler les combinaisons spatiales. Les hommes se juchèrent alentour sur les poutrelles et attendirent.

Des hommes en combinaison spatiale se ressemblent tous; nous utilisons des numéros et des brassards de couleur. Les surveillants possédaient deux antennes, l'une pour l'équipe, l'autre pour le circuit des surveillants. Avec Tiny et moi, la seconde antenne était reliée à la cabine radio qui retransmettait sur toutes les fréquences — en somme une véritable émission.

Les surveillants avaient déjà signalé que leurs hommes se trouvaient hors de portée du feu d'artifice, et je me préparais à donner à Tiny le signal, lorsqu'on vit apparaître une silhouette, grimpant à travers les poutrelles, dans l'intérieur de la zone dangereuse. Pas de cordon de sécurité. Pas de brassard. Une seule antenne.

Gloria, naturellement. Tiny l'extirpa de la zone de réaction et lui passa son propre cordon à la ceinture. J'entendis sa voix qui parlait avec hargne dans mon écouteur de casque : « Pour qui vous prenez-vous? »

Et la voix féminine :

« Et où voudriez-vous que j'aille? Me garer sur une étoile?

— Je vous avais dit de vous tenir à l'écart de l'opération. Si vous ne pouvez obéir aux ordres, je vous bouclerai. »

Je m'approchai de lui, coupai ma radio et choquai mon casque contre le sien :

« Patron, patron! » dis-je. « Vous émettez sur l'antenne générale!

— Oh... », fit-il en coupant son circuit, puis il appuya son casque contre celui de Gloria.

Nous pouvions toujours l'entendre; elle était demeurée à l'antenne.

« Dites donc, espèce de grand babouin, si je suis sortie c'est que vous avez envoyé une équipe pour évacuer tout le monde. » Puis : « Comment pouvais-je me douter qu'il était interdit de sortir sans cordon? Vous m'avez mise au cachot comme une criminelle. » Et enfin : « Nous verrons. »

Je l'entraînai et il donna l'ordre de procéder à la mise à feu. Après quoi nous oubliâmes l'algarade car nous assistions au plus joli feu d'artifice jamais vu, un soleil gigantesque avec toutes ces fusées qui crachaient les flammes sur la périphérie du tambour. Sans un bruit d'ailleurs, à cause du vide... mais le spectacle était d'une beauté insurpassable.

Les fusées s'éteignirent et le quartier d'habitation tournait sur lui-même, tel un volant. Nous laissâmes, Tiny et moi, échapper un soupir de soulagement. Puis nous rentrâmes à l'intérieur pour prendre un petit goût de la pesanteur.

Cela faisait une drôle d'impression. Je m'introduisis dans le moyeu et descendis l'échelle. En m'écartant du centre, je sentais mon poids augmenter. Je fus pris de nausées comme la première fois où j'étais entré en apesanteur. C'est à peine si je pouvais marcher et j'avais des crampes dans les chevilles.

Nous procédâmes à une inspection générale, puis nous pénétrâmes dans le bureau et nous nous assîmes. Cela semblait bon, exactement la quantité requise pour vous procurer une sensation de confort — un tiers de la gravité normale sur le bord du cylindre. Tiny passa ses mains sur les bras de son fauteuil et sourit.

« Cela vaut mieux que d'être bouclé dans le D-113.

— A propos d'être bouclé, dit Gloria en pénétrant dans la pièce, pourrais-je vous dire deux mots, Mr. Larsen?

— Hein? Mais certainement. A vrai dire, je voulais moi-même vous voir. Je vous dois des excuses, Miss McNye, j'étais...

— N'y pensez plus. Mais il est une chose que je voudrais savoir : combien de temps encore allez-vous poursuivre cette absurde comédie consistant à me chaperonner? »

Il lui jeta un regard pénétrant. « Fort peu; jusqu'à l'arrivée de votre remplaçant.

— Vraiment? Qui est le commissaire de bord?

— Un charpentier de marine du nom de Mc Andrews. Mais vous ne pouvez faire appel à lui, vous faites partie du personnel.

— Pas dans l'emploi que j'occupe. Je vais lui parler. Vous opérez une discrimination contre moi, et en dehors de mes heures de service, qui plus est.

— Peut-être, mais vous découvrirez que j'en possède le droit. Du point de vue légal, je suis capitaine de navire tant que durera la construction. Un capitaine en espace est investi de vastes pouvoirs discriminatoires.

— Dans ce cas, vous devriez en user avec discrimination! »

Il sourit. « N'est-ce pas précisément ce que vous venez de me reprocher? »

Nous n'eûmes aucune nouvelle du commissaire de bord, mais Gloria commença de n'en faire qu'à sa tête. A sa période de repos suivante, elle se montra au cinéma en compagnie de Dalrymple. Tiny quitta la salle au milieu de la séance — le film était bon d'ailleurs : *Lysistrata monte en ville,* relayé de New York.

Elle revenait seule du spectacle lorsqu'il l'arrêta,

après s'être assuré de ma présence. « Hmm... Miss McNye...

— Oui?

— Il m'a semblé préférable que vous le sachiez... euh... l'inspecteur en chef Dalrymple est marié.

— Oseriez-vous prétendre que ma conduite n'a pas été convenable?

— Non, mais...

— Dans ce cas, mêlez-vous de ce qui vous regarde! » Avant qu'il ait pu répondre, elle ajouta :. « Peut-être vous intéressera-t-il d'apprendre qu'il m'a parlé de vos quatre enfants. »

Tiny bafouilla. « Comment... mais... je ne suis même pas marié!

— Cela ne fait qu'aggraver votre cas, il me semble? » Elle s'éclipsa.

Tiny renonça à la tenir cloîtrée dans sa chambre mais lui enjoignit de le prévenir chaque fois qu'elle la quittait. Ce rôle de chien de berger accaparait une bonne partie de son temps. Je faillis lui proposer de se faire relayer par Dalrymple, mais je me retins.

Malgré tout, je fus surpris lorsqu'il me donna l'ordre de transmettre son ordre de renvoi. J'avais fini par me persuader qu'il reviendrait sur sa décision.

« Quel est le motif? demandai-je.

— Insubordination! »

Je demeurai bouche close.

« Elle refuse d'exécuter les ordres, dit-il.

— Son travail est satisfaisant. Tu lui donnes des ordres que tu te garderais bien de donner aux autres et que nul homme n'accepterait.

— Tu désapprouves mes ordres?

— Ce n'est pas de cela qu'il s'agit. Tu es incapable de fournir la preuve de ce que tu avances, Tiny.

— Eh bien, il n'y a qu'à l'accuser d'être une femme. Cela, au moins, on peut le prouver. »

Je ne répondis pas. « Dad », reprit-il d'un ton enjôleur, « tu sais comment rédiger ça. *Aucune animosité personnelle contre Miss McNye, mais nous nous le sentiment que, pour maintenir l'harmonie*, etc. »

Je rédigeai le document et le soumis en privé à Hammond. Les techniciens radio sont tenus par le secret professionnel, mais je ne fus pas le moins du monde surpris lorsque je fus interpellé par O'Connor, l'un de nos meilleurs forgerons. « Eh! Dad, c'est vrai que le Vieux est en train de vider Brooksie?

— Brooksie?

— Brooksie McNye... c'est elle-même qui se fait appeler Brooks. C'est vrai? »

J'opinai et poursuivis mon chemin en me demandant si je n'aurais pas mieux fait de mentir.

Il faut environ quatre heures pour relier la Terre à la Station par la navette. Au cours de la relève précédant l'arrivée du *Polar Star* avec à son bord le remplaçant de Gloria, le chronométreur m'apporta deux bulletins de démission. Deux hommes, ce n'était rien. La moyenne des mouvements par navette était supérieure à ce chiffre. Une heure plus tard, il me joignit par le circuit des surveillants et me demanda de venir à son bureau. Je me trouvais sur la charpente extérieure, inspectant un travail de soudure; je répondis non. « *Je vous en prie,* Mr. Witherspoon », implora-t-il, « il faut que vous veniez. » Lorsque l'un des gars ne m'appelle plus « Dad », c'est qu'il y a du nouveau dans l'air. J'obtempérai.

Il y avait à l'extérieur de sa porte une queue, à croire qu'on distribuait le courrier. J'entrai dans le bureau et refermai la porte derrière moi. Il me tendit une double poignée de bulletins de démission. « Par tous les diables », demandai-je, « qu'est-ce que ça veut dire?

— Il y en a d'autres par douzaines, que je n'ai pas encore eu le temps de rédiger. Enfin, qu'est-ce qui se passe? »

Aucun des bulletins ne portait le motif de la résilia-

32

tion du contrat — simplement la mention *pour convenance personnelle.*

Je lui fis part de mon impression et il acquiesça. Puis je pris les bulletins, appelai Tiny et lui demandai de venir nous rejoindre d'urgence.

Tiny se mordilla considérablement les lèvres en m'écoutant.

« Voyons, Dad, ils ne peuvent se mettre en grève. C'est un contrat d'où toute grève est exclue, avec la garantie de tous les syndicats intéressés.

— Il ne s'agit pas d'une grève, Tiny. On ne peut empêcher un homme de s'en aller.

— Ils paieront leur voyage de retour, c'est moi qui te le dis!

— Reste à savoir. La plupart d'entre eux ont travaillé durant un temps suffisant pour avoir droit à la gratuité du passage.

— Il nous faudra embaucher des remplaçants en vitesse, si nous voulons tenir nos engagements.

— C'est bien pire que cela, Tiny... nous ne terminerons pas. Lors de la prochaine période sombre, il ne te restera même plus une équipe d'entretien.

— De ma vie, je n'ai jamais été abandonné par mes équipes. Je vais leur parler.

— Tu n'y gagneras rien, Tiny, tu as affaire à trop forte partie.

— Tu es contre moi, Dad?

— Je ne suis jamais contre toi, Tiny.

— Dad », dit-il, « tu penses peut-être que je fais ma tête de cochon, mais c'est moi qui ai raison. On ne peut jeter une seule femme au milieu de plusieurs centaines d'hommes. Cela les rend fous. »

Je ne lui répondis pas qu'il partageait leur sort. « Est-ce grave à ce point?

— Bien entendu. Je ne puis laisser le chantier aller à vau-l'eau pour les beaux yeux d'une seule femme.

— Tiny, as-tu regardé récemment les diagrammes de rendement?

— Je n'en ai guère eu le temps... et alors? »

Je savais en effet qu'il n'en avait pas eu le temps.
« Tu auras du mal à prouver que Gloria a retardé le
travail. Nous sommes en avance sur le programme.

— Sans blague? »

Pendant qu'il étudiait les diagrammes, je lui passai
un bras autour des épaules. « Écoute, vieux », lui dis-je,
« ce n'est pas d'aujourd'hui que la question des sexes se
pose sur notre planète. Sur Terre on n'en sort jamais, ce
qui n'empêche pas de mener à bien des constructions de
belle taille. Peut-être devrons-nous apprendre à nous en
accommoder à notre tour. A vrai dire, tu as trouvé la
réponse il y a moins d'une minute.

— Vraiment? Je ne m'en étais pas rendu compte.

— N'as-tu pas dit : On ne peut jeter une seule
femme au milieu de plusieurs centaines d'hommes. Tu
saisis?

— Hein? Pas du tout. Minute! Il me semble que je
commence à comprendre.

— As-tu jamais pratiqué le judo? Il arrive parfois
que l'on gagne en cédant devant l'adversaire.

— Oui, oui! »

Il sonna la cabine radio. « Faites-vous remplacer par
Hammond, Miss McNye, et venez à mon bureau. »

Il s'en tira avec élégance, se leva et prononça une
harangue... Il avait eu tort, il avait mis longtemps à la
voir, espérait qu'elle ne lui tiendrait pas rigueur, etc. Il
demandait immédiatement au bureau terrestre de s'informer du nombre d'emplois qui pourraient être tenus
par une main-d'œuvre féminine.

« N'oublie pas les couples mariés », lui soufflai-je, « et
demande également un certain nombre de femmes d'âge
plus mûr.

— J'y penserai, dit Tiny. Ai-je oublié quelque chose,
Dad?

— J'ai l'impression que non. Il nous faudra aména-
ger des logements mais nous avons le temps.

— Entendu. Je leur demande de retarder le départ

du *Polar Star* afin qu'ils puissent nous en envoyer quelques-unes par le même voyage.

C'est magnifique! » Elle semblait réellement heureuse.

Il se mordait les lèvres.

« Il me semble que j'ai oublié quelque chose. J'y suis, Dad, demande-leur de faire monter un pasteur à la Station, et cela le plus tôt possible. Étant donné la nouvelle politique, nous pourrions en avoir besoin incessamment. » C'est également ce que je pensais.

JOCKEY DE L'ESPACE

JUSTE au moment où ils partaient, il entendit le téléphone appeler son nom.

« Ne réponds pas », supplia-t-elle. « Nous allons manquer le lever du rideau.

— Qui est à l'appareil? » répondit-il. L'écran s'illumina; il reconnut Olga Pierce et, derrière elle, le bureau de Colorado Springs du Transit Translunaire.

« On demande Mr. Pemberton. On demande Mr. Pemberton... Oh! c'est vous, Jake. Vous êtes désigné pour le vol 27, de Supra-New York à Space Terminal. Je vais vous faire prendre par hélicoptère dans vingt minutes.

— Comment se fait-il? Je suis le quatrième sur la liste de départ!

— Vous *étiez* le quatrième. A présent, vous êtes pilote remplaçant de Hicks... or, il vient d'être refusé à l'examen psychologique.

— Hicks refusé en psycho? C'est impensable!

— Cela arrive aux meilleurs, mon vieux. Préparez-vous. Au revoir! »

Sa femme triturait un mouchoir de dentelle et le transformait en une masse informe. « Jake, c'est vraiment ridicule. En trois mois, je ne t'ai pas vu suffisamment pour voir à quoi tu ressembles.

— Désolé, fillette. Emmène Helen au spectacle.

— Oh! Jake, je me moque pas mal du spectacle; pour

36

une fois, je voulais t'emmener en un lieu où l'on ne pourrait pas t'atteindre.

— Ils m'auraient appelé au théâtre.

— Tu te trompes. J'avais effacé la bande magnétique que tu avais laissée dans l'appareil.

— Phyllis! Essaierais-tu de me faire renvoyer?

— Ne me regarde pas de cette façon. » Elle attendit, espérant le voir parler, regrettant les conséquences accessoires de son acte, se demandant comment lui dire que sa nervosité était causée non par la déception, mais par l'inquiétude lancinante que lui donnait le souci de sa sécurité, chaque fois qu'il s'élançait dans l'espace.

Elle poursuivit désespérément : « Tu n'es pas obligé d'accepter ce vol, mon chéri; le temps que tu as passé sur la Terre n'a pas encore atteint la limite autorisée. Je t'en prie, Jake! »

Déjà il retirait son smoking. « Je te l'ai répété mille fois; un pilote n'obtient pas un emploi stable en chicanant à propos du règlement. Effacer mon message... Pourquoi avoir fait une pareille chose, Phyllis?

— Mon chéri, j'ai pensé que juste pour cette fois...

— Lorsqu'on m'offre un vol, je le prends. » Il sortit avec raideur de la pièce.

Il revint dix minutes plus tard, habillé pour l'espace et apparemment de bonne humeur. Il sifflotait mais s'interrompit en voyant le visage de la jeune femme; il serra les lèvres. « Où est ma combinaison?

— Je vais la prendre. Laisse-moi te préparer quelque chose à manger.

— Tu sais que je ne peux pas supporter les grandes accélérations quand j'ai l'estomac plein. D'ailleurs, pourquoi gaspiller trente dollars pour emmener dans l'espace une livre d'excédent de poids? »

Habillé comme il l'était d'un short, d'une chemisette et de sandales, il gagnait déjà sur le poids réglementaire, ce qui lui vaudrait une prime; elle voulut lui dire que le poids d'une tasse de café et d'un sandwich n'avait pas d'importance à leurs yeux, mais ce n'était peut-être là qu'une cause supplémentaire de mésentente.

Ni l'un ni l'autre ne parlèrent beaucoup jusqu'au moment où l'héli-taxi se posa sur le toit. Il l'embrassa et lui recommanda de ne pas sortir. Elle obéit... jusqu'au moment où elle entendit l'hélicoptère décoller. Alors elle monta sur la terrasse et arriva juste pour le voir disparaître dans le lointain.

Le public qui voyage se plaint de l'absence d'un service direct Terre-Lune, mais il faut trois types de fusées et deux transbordements en station spatiale pour réaliser ce bond de quatre cent mille kilomètres, et cela pour une bonne raison : l'argent.

La Commission du Commerce avait fixé le coût du voyage en trois étapes de la Terre à la Lune à trente dollars la livre de poids. Un service direct aurait-il coûté moins cher? Un vaisseau construit pour décoller de la Terre, opérer un atterrissage dans le vide sur la Lune, accomplir le voyage de retour et se poser après avoir traversé l'atmosphère, serait à ce point encombré d'équipements spéciaux destinés au parcours que celui-ci ne serait pas rentable, même si l'on fixait le tarif du transport à mille dollars la livre!

Ainsi donc, la Translunaire utilisait des fusées équipées pour le catapultage et munies d'ailes en vue de l'atterrissage de retour, pour effectuer la terrible ascension depuis la Terre jusqu'à la station satellite Supra-New York. Le long intervalle séparant cette dernière de Space Terminal, qui décrivait une orbite circulaire autour de la Lune, exigeait du confort, mais point de dispositifs d'atterrissage. Le *Flying Dutchman* et le *Philip Nolan* ne se posaient jamais; ils avaient même été assemblés dans l'espace et ressemblaient à des fusées ailées comme le *Skysprite* et le *Firefly* autant qu'un train Pullman à un parachute.

Enfin le *Moonbat* et le *Gremlin* ne pouvaient servir qu'au bond entre Space Terminal et la Lune... pas d'ailes, hamacs d'accélération et de freinage ultra-souples, contrôle à la fraction de seconde près sur les fusées à haute puissance.

Les points de transbordement n'exigeaient d'être que de simples réservoirs à air conditionné. Bien entendu, Space Terminal était une véritable cité, en raison de la circulation des vaisseaux avec Mars et Vénus, mais Supra-New York demeurait assez primitif, n'étant guère autre chose qu'un point de ravitaillement en combustible et une salle d'attente-restaurant. C'était seulement au cours des cinq dernières années qu'il avait été équipé pour offrir aux passagers le confort d'une gravité centrifuge de 1 g aux passagers pourvus d'un estomac délicat.

Pemberton subit la formalité de la pesée dans le bureau du port spatial puis se hâta vers l'endroit où se tenait le *Skysprite*, dans le berceau de la catapulte.

Il se dépouilla de sa combinaison, frissonna en la tendant au portier et se glissa à l'intérieur. Il se dirigea vers son hamac d'accélération et s'endormit; le passage de la Terre à Supra-New York n'était pas son affaire — son rôle commençait en espace profond.

Il s'éveilla en sentant dans toutes ses fibres la poussée de la catapulte et la ruée éprouvante pour les nerfs sur les flancs du Pike's Peak. Lorsque le *Skysprite* entra en vol libre après avoir quitté verticalement la montagne, Pemberton retint son souffle; si la mise à feu des moteurs ne se produisait pas, le pilote chargé de conduire l'engin de la Terre à l'espace devrait tenter de lui faire accomplir un vol plané et de lui faire reprendre contact avec le sol par le moyen de ses ailes.

Les fusées rugirent en temps voulu; Jake reprit son sommeil interrompu.

Lorsque le *Skysprite* eut accosté Supra-New York, Pemberton se rendit à la salle de navigation stellaire de la station. Il fut heureux d'y trouver Shorty Weinstein, le calculateur de service. Jake se fiait aux calculs de Shorty — ce qui est une bonne chose lorsque la sécurité du vaisseau et des passagers en dépend. Pour avoir décroché son brevet de pilote, Pemberton devait être lui-même un mathématicien au-dessus de la moyenne; ses propres talents, pour limités qu'ils fussent, lui permettaient d'apprécier le génie de ceux qui calculaient les orbites.

« Super-pilote Pemberton, la plaie des voies spatiales... je vous salue! » Après cet exorde, Weinstein lui tendit une feuille de papier.

Jake la parcourut puis son visage refléta la stupéfaction. « Hé! Shorty, vous avez commis une erreur.

— Comment? Impossible. Mabel ne se trompe jamais. » Weinstein désigna du geste l'ordinateur-astrogateur géant qui occupait toute la surface du mur opposé.

« Je dis bien *vous* avez commis une erreur. Vous m'avez confié un parcours facile : « Véga, Antarès, Regulus. Facilitez la tâche des pilotes et votre syndicat vous aura bientôt vidé. » Weinstein prit un air niais mais flatté. « Si je comprends bien, je ne prends pas le départ avant dix-sept heures. J'aurais pu venir par le transport de fret du matin. » Les pensées de Jake revinrent vers Phyllis.

« Les Nations Unies ont annulé le voyage du matin.

— Oh... » Il se tut, car Weinstein n'en savait pas plus long que lui. Peut-être l'engin serait-il passé trop près d'une fusée à tête nucléaire accomplissant sa ronde autour du monde, tel un agent de police. L'état-major général du Conseil de Sécurité ne fournissait aucun renseignement sur les secrets garantissant la paix de la planète.

Pemberton haussa les épaules. « Eh bien, si je dors, appelez-moi à H moins trois.

— Entendu. Votre programme sera prêt. »

Tandis qu'il dormait, le *Flying Dutchman* vint se glisser doucement dans son berceau, accola ses sas à la station et débarqua les passagers et le fret en provenance de Luna City. Lorsqu'il s'éveilla, ses soutes étaient en bonne voie de remplissage, on faisait le plein de carburant, et les passagers montaient à bord. Il s'arrêta au passage devant le pupitre radio de la poste, espérant une lettre de Phyllis. N'en trouvant pas, il se dit qu'elle avait dû l'adresser à Space Terminal. Il pénétra dans le restaurant, acheta le fac-similé du *Herald Tribune* et s'assit d'un air résolu pour savourer les bandes dessinées et son petit déjeuner.

Un homme vint s'asseoir en face de lui et se mit à l'accabler de sottes questions sur les fusées puis, se méprenant sur la signification de l'insigne brodé ornant la chemisette de Pemberton, il lui donna du « capitaine » gros comme le bras. Jake se hâta d'avaler son petit déjeuner pour échapper à ce raseur, puis saisit le programme de son pilote automatique et monta à bord du *Flying Dutchman*.

Après s'être présenté au capitaine, il se rendit à la salle de contrôle, flottant en apesanteur et se propulsant au moyen de poignées. Il boucla ses courroies dans le siège du pilote et commença son compte à rebours.

Le capitaine Kelly se laissa dériver à son tour dans la pièce et vint prendre place sur le second siège au moment où Pemberton terminait ses vérifications sur le traceur balistique. « Une Camel, Jake?

— Merci, j'aimerais mieux un billet de tombola. » Cela dit, il reprit ses occupations. Kelly l'observait avec un léger pli au front. Le capitaine d'un vaisseau spatial est maître à bord et possède tout pouvoir sur l'équipage, le fret, les passagers, mais c'est le pilote qui décide en dernier ressort et légalement de la conduite du vaisseau, depuis le décollage jusqu'à la fin du parcours. Un capitaine peut refuser de prendre un pilote donné — rien de plus. Kelly passa ses doigts sur une feuille de papier placée dans sa pochette et rumina les mots qu'avait prononcé le psychiatre de la Compagnie en lui remettant le billet.

« Je donne le feu vert à ce pilote, capitaine, mais rien ne vous oblige à l'accepter.

— Pemberton est un homme capable. Qu'est-ce donc qui ne va pas?

— Il est un peu plus insociable que ne le laissent apparaître les éléments contenus dans son dossier. Quelque chose le préoccupe. Pour l'instant, cela ne risque pas de nuire à son travail. Mais il faut le tenir à l'œil. »

Pemberton introduisit la bande de Weinstein dans le pilote-robot puis se tourna vers Kelly. « Contrôle paré, capitaine.

— Procédez à la mise à feu dès que vous serez prêt, pilote. » Kelly éprouva du soulagement en s'entendant prendre l'irrévocable décision.

Pemberton signala à la station de dégager le vaisseau. Le grand astronef fut repoussé à l'extérieur par un vérin pneumatique jusqu'au moment où il flotta dans l'espace à une distance de trois cents mètres, retenu par un simple filin. Ensuite le pilote fit pivoter l'engin pour lui faire prendre sa trajectoire, en lançant dans un mouvement de rotation rapide un volant monté sur roulement à billes et placé au centre de gravité. Le vaisseau tourna lentement dans la direction opposée, par la grâce de la troisième loi du mouvement de Newton.

Guidé par la bande-programme, le pilote-robot inclina les prismes du périscope directionnel de telle sorte que Véga, Antarès et Regulus se confondent en une seule image lorsque l'astronef serait pointé correctement; Pemberton guida méticuleusement le grand navire sur ce cap; une erreur d'une minute d'arc se solderait par une dérive de plus de trois cents kilomètres à l'arrivée.

Lorsque les trois images furent confondues pour former une pointe d'épingle, il arrêta les volants et mit en prise les gyroscopes. Il vérifia alors le cap de son vaisseau par observation directe de chacune des étoiles, exactement comme le fait un navigateur maritime à l'aide de son sextant, mais avec des instruments d'une précision incomparablement plus grande. Ceci ne lui apprenait rien quant à la correction de la trajectoire calculée par Weinstein — il devait la prendre pour parole d'Evangile — mais du moins était-il assuré que le robot et la bande-programme se comportaient comme prévu. Satisfait, il largua la dernière amarre.

Encore sept minutes — Pemberton actionna le commutateur permettant au pilote-robot de procéder à la mise à feu lorsque son chronomètre lui donnerait le signal. Il attendait, les mains sur les commandes manuelles, prêt à prendre l'initiative si le robot subissait une défaillance, et il sentit monter en lui le vieux, l'inévitable trac.

En dépit de l'adrénaline qui se déversait dans son sang, allongeant sa sensation du temps, lui faisant battre le sang aux oreilles, son esprit revenait obstinément à Phyllis.

Il s'avoua qu'elle traversait une rude épreuve... les hommes de l'espace ne devraient pas se marier. Bien sûr, elle ne mourrait pas de faim si par hasard il manquait un atterrissage; mais une fille ne cherche pas la sécurité, elle veut un mari... H moins six minutes.

S'il parvenait à décrocher un poste de titulaire sur une ligne régulière, elle pourrait vivre dans Space Terminal.

Mauvaise solution... les femmes oisives dans Space Terminal tournaient mal. Sans doute Phyllis ne deviendrait-elle pas une épave et ne chercherait-elle pas une consolation dans l'alcool; simplement, elle perdrait la raison.

Encore cinq minutes... Personnellement, Space Terminal ne lui disait pas grand-chose. Ni d'ailleurs l'espace! *Le romanesque des voyages interplanétaires* — cela faisait bien sur les prospectus, mais il connaissait la réalité. Un travail comme un autre... monotone. Pas de paysage. Du travail par à-coups, de fastidieuses attentes. Pas de vie de famille.

Pourquoi ne trouverait-il pas un travail honnête qui lui permettrait de coucher tous les soirs chez lui?

Il connaissait la réponse! Parce qu'il était un jockey

de l'espace, et il était trop vieux pour changer désormais.

Quelle chance avait un homme marié de trente ans, habitué à beaucoup dépenser, de changer d'occupation ou de métier? (Quatre minutes.) Il aurait bonne mine de s'improviser vendeur d'hélicoptères à la commission à présent, n'est-il pas vrai?

Peut-être pourrait-il acheter une pièce de terre irriguée et... A ton âge, mon bonhomme! Tu t'y connais, en agriculture? Autant demander à une vache d'extraire une racine cubique! Non, il avait tracé sa voie en choisissant les fusées au cours de ses études. Si seulement il avait voulu opter pour l'électronique ou prendre une bourse de démobilisé... Il était trop tard à présent. En quittant le service militaire, il était entré directement dans les Entreprises Harriman et avait été employé dans le transport de minerai. C'est cela qui avait décidé de son destin.

« Où en sommes-nous? » La voix de Kelly était légèrement tranchante.

« H moins deux minutes et quelques secondes. » Bon sang. Kelly était tout de même suffisamment averti pour éviter de parler au pilote dans les dernières minutes précédant la mise à feu.

Il jeta un ultime regard dans le périscope. Antarès semblait avoir dérivé. Il débrancha le gyroscope, braqua puis lança le volant, freinant furieusement pour arrêter le mouvement un instant plus tard. De nouveau l'image avait repris la taille d'une pointe d'épingle. Il eût été incapable d'expliquer ses gestes; c'était de la virtuosité, une jonglerie précise, très au-delà du livre de cours et de la salle de classe.

Vingt secondes... Sur le cadran du chronomètre, des perles de lumière comptaient les secondes tandis qu'il sentait ses muscles se tendre, prêts à déclencher la mise à feu manuellement, voire à déconnecter ou à refuser le voyage s'il le jugeait nécessaire. Une décision par trop prudente pourrait déterminer les Lloyds' à annuler ses investissements; une action téméraire pourrait lui coûter sa licence ou même sa vie — sans parler de celle des autres.

Mais il ne pensait ni aux souscripteurs ni aux licences, pas même aux vies. A vrai dire, il ne pensait pas du tout; il sentait son vaisseau, comme si l'extrémité de ses nerfs se prolongeait jusqu'en toutes ses parties. Cinq secondes... trois secondes... deux secondes... une...

Il appuyait sur le bouton manuel de mise à feu au moment où le rugissement parvint à ses oreilles.

Kelly se détendit dans la gravité artificielle produite par la réaction et observa. Pemberton s'activait sobrement, interrogeant les cadrans, notant les temps, vérifiant sa progression par radar, les chiffres de Weinstein, le pilote-robot, le vaisseau lui-même... tout tournait parfaitement rond.

Quelques minutes plus tard, l'instant critique se fit proche lorsque le robot coupa les fusées. Pemberton posa son doigt sur le commutateur de rupture manuelle, tout en partageant son attention entre l'écran radar, l'accéléromètre, le périscope et le chronomètre. Durant un instant, ils foncèrent sous la poussée des fusées; une fraction de seconde plus tard, le vaisseau se trouva en orbite libre, plongeant silencieusement vers la Lune. L'homme et le robot étaient à ce point synchronisés que Pemberton lui-même eût été bien en peine de dire lequel des deux avait coupé les fusées.

Il jeta un nouveau regard au tableau de commande, puis déboucla son harnachement. « Si nous reparlions de cette cigarette, capitaine? Vous pouvez permettre à vos passagers de déboucler leurs harnais. »

Aucun copilote n'est nécessaire en espace et la plupart des pilotes aimeraient mieux partager une brosse à dents qu'une cabine de contrôle. Le pilote travaille environ une heure au moment de la mise à feu, à peu près le même temps à l'atterrissage, et il flâne dans l'intervalle, à part quelques vérifications et corrections de routine. Pemberton se prépara à passer cent quatre heures à manger, à lire, à rédiger des lettres et à dormir... surtout à dormir.

Lorsque la sonnerie retentit, il vérifia la position du vaisseau, puis écrivit à sa femme. *Ma chère Phyllis,* commença-t-il. *Je comprends la déception que tu as éprouvée pour ta soirée perdue. Moi aussi j'étais déçu. Mais prends patience, chérie. Bientôt je devrais obtenir un poste sur les lignes régulières. Dans moins de dix ans je pourrai faire valoir mes droits à la retraite, et nous aurons le loisir de rattraper le temps perdu. Je sais qu'il est dur de...*

Le circuit phonique intervint : « Eh! Jake, arbore ton visage du dimanche. J'amène un visiteur à la salle de contrôle.

— Pas de visiteurs à la salle de contrôle, capitaine.

— Voyons, Jake. Cette tête de lard porte une lettre du Vieux Harriman lui-même. *Prière de lui donner toutes facilités...* etc. »

Pemberton réfléchit rapidement. Il pouvait refuser — mais il serait stupide d'offenser le grand patron. « Entendu, capitaine. Mais que cela ne s'éternise pas. »

Le visiteur était un homme jovial, volumineux — Jake l'aurait facilement taxé pour un excédent de poids de trente kilos. Derrière lui apparut un modèle réduit du personnage, treize ans, sexe masculin, qui franchit la porte comme une flèche et piqua droit sur la console de commande. Pemberton le saisit par le bras et se contraignit à parler aimablement. « Accrochez-vous à cette main courante, jeune homme. Je ne voudrais pas que vous vous bosseliez le crâne.

— Lâchez-moi! Papa... dis-lui de me lâcher. »

Kelly s'interposa : « Je crois qu'il serait bien de ne pas trop se démener, monsieur le juge.

— Hmm... euh... très bien. Obéis au capitaine, mon petit.

— Oh! flûte, papa! »

— Monsieur le juge Schacht, je vous présente Pemberton, premier pilote », dit Kelly rapidement. Il vous fera les honneurs de son royaume.

— Enchanté de vous connaître, pilote. Vous êtes bien aimable.

— Qu'aimeriez-vous voir, monsieur le juge? demanda Jake sur un ton réservé.

— Ceci et cela. C'est plutôt pour le gosse — c'est son premier voyage. Je suis moi-même un vétéran de l'espace — j'ai probablement accompli plus d'heures de vol que la moitié de votre équipage. Il rit. Pemberton s'abstint de l'imiter.

— Il n'y a pas grand-chose à voir en chute libre.

— C'est parfaitement vrai. Nous allons simplement faire comme chez nous... n'est-ce pas, capitaine?

— Je veux m'asseoir sur le siège de pilotage », annonça le jeune Schacht.

Pemberton fit la grimace. Kelly intervint précipitamment : « Jake, pourrais-je vous demander d'expliquer le système de commandes à ce jeune homme? Ensuite nous partirons.

— Inutile de m'expliquer. Je sais déjà tout sur la question. Je fais partie de la Ligue des Jeunes Amateurs de Fusées... vous voyez mon insigne? » Le garçon se propulsa vers le pupitre de commande.

Pemberton le saisit, le consuisit jusqu'au siège du pilote, dont il boucla les courroies sur le corps du galopin. Après quoi il coupa le commutateur général du panneau.

« Que faites-vous?

— J'ai coupé les circuits des commandes pour mieux pouvoir les expliquer.

— N'allez-vous pas allumer les fusées?

— Non. » Jake se lança dans une description rapide du rôle et du maniement de chaque bouton, cadran, commutateur, instrument de mesure et de visée.

Le jeune garçon se trémoussa sur son siège. « Et les météores? interrogea-t-il.

— Ils ne présentent pas un grand danger... on estime les chances de collision à une pour cinq cents mille voyages Terre-Lune. Les météores sont rares.

— Et alors? Si ça se passe quand même?

— Pas du tout. Le radar anti-collision explore l'espace environnant à huit cents kilomètres à la ronde. Si un objet conserve un cap régulier durant trois secondes, un dispositif automatique déclenche la mise à feu. Un gong avertisseur retentit au préalable, pour permettre à chacun de se retenir à un appui solide, puis une seconde plus tard nous sortons de la région dangereuse en vitesse.

— Ça me semble un peu tiré par les cheveux. Écoutez, je vais vous raconter comment s'y est pris le Commodore Cartwright dans *Les destructeurs de comètes*...

— Ne touchez pas à ces commandes!

— Ce vaisseau ne vous appartient pas. Mon père dit que...

— Hé, Jake! » A l'appel de son nom, Pemberton se retourna comme un poisson pour se trouver face à face avec Kelly.

« Jake, le juge Schacht aimerait savoir... » Du coin de l'œil, Jake vit le garçon tendre la main vers le panneau. Il virevolta, lança un cri; l'accélération l'entraîna, tandis que les fusées rugissaient dans ses oreilles.

Un vieux routier de l'espace peut généralement se rattraper lorsqu'intervient un passage inopiné de l'apesanteur à l'accélération. Mais Jake avait tenté de saisir le jeune garçon au lieu de chercher un point d'ancrage. Il fut projeté en arrière et vers le bas, effectua une torsion du corps pour éviter Schacht, vint heurter de la tête le chambranle de la porte étanche demeurée ouverte au-dessous de lui, et vint s'abattre sur le pont inférieur, complètement assommé.

Kelly le secouait. « Vous n'avez pas de mal, Jake? »

Il s'assit. « Ça va. » Puis il perçut le bruit de tonnerre, la vibration des tôles du pont. « Les fusées! Coupez le contact! »

Il écarta Kelly et fonça dans la salle de contrôle, actionna la commande de rupture. Dans le silence retentissant soudain revenu, ils étaient de nouveau en apesanteur.

Jake se retourna, déboucla les sangles du jeune Schacht et le tendit à bout de bras dans la direction de Kelly. « Capitaine, je vous en prie, emmenez cette catastrophe ambulante hors de ma salle de contrôle.

— Lâchez-moi! Papa... il veut me faire du mal! »

Schacht aîné se hérissa aussitôt. « Que signifie? Ne touchez pas à mon fils!

— Votre précieux rejeton a mis les fusées en marche.

— C'est vrai, mon petit? »

Le gamin baissa les yeux. « Non, papa... c'était un météore. »

Schacht parut perplexe. Pemberton poussa un grognement. « Je venais de lui dire comment le radar peut déclencher spontanément la mise à feu pour éviter un météore. Il ment. »

Schacht se livra au processus mental appelé « prendre un parti », puis il répondit : « Mon fils ne ment jamais. Vous devriez avoir honte de vouloir faire retomber la faute sur un malheureux enfant sans défense. Je vous signalerai, monsieur! Viens, mon petit. »

Jake le saisit par le bras. « Capitaine, je demande que l'on photographie les commandes afin de relever les empreintes digitales, avant que cet homme quitte la pièce. Il ne s'agissait nullement d'un météore. Tous les circuits étaient coupés jusqu'au moment où ce gosse les a fermés. De plus, le circuit anti-collision fait retentir la sonnerie d'alarme. »

Schacht prit un air méfiant. « C'est ridicule. J'ai simplement relevé un propos diffamatoire à l'encontre de mon fils. Aucun dommage n'a été causé.

— Aucun dommage, vraiment! Et les bras cassés ou les cous rompus? Et le carburant gaspillé, sans compter celui qu'il faudra brûler en pure perte pour ramener le vaisseau sur sa trajectoire. Savez-vous, monsieur le *vétéran de l'espace,* combien nous sera précieuse cette petite quantité de combustible — si elle nous manque — lorsque viendra le moment de régler notre orbite sur celle de Space Terminal? Il nous faudra peut-être jeter du fret, à soixante mille dollars la tonne, pour sauver le vaisseau, en comptant uniquement les frais de transport. Les empreintes digitales diront à qui la Commission du Commerce devra imputer ces dépenses imprévues. »

Lorsqu'ils furent de nouveau seuls, Kelly demanda anxieusement : « Vous ne serez pas réellement contraint de jeter du fret par-dessus bord? Il vous reste une réserve de manœuvre?

— Peut-être ne pourrons-nous même pas atteindre Terminal. Pendant combien de temps ont brûlé les fusées? »

Kelly se gratta la tête. « J'étais moi-même dans le cirage.

— Nous allons ouvrir l'accélérographe et jeter un coup d'œil. »

Le visage de Kelly s'éclaira. « Excellente idée! Si ce sale gosse n'a pas gâché trop de combustible, il nous suffira de virer bord sur bord. »

Jake secoua la tête. « Vous oubliez le changement intervenu dans le rapport de masse.

— C'est vrai! Kelly parut embarrassé. Rapport de masse... sous accélération, le vaisseau avait perdu le poids du carburant brûlé. La poussée était demeurée constante, la masse propulsée se réduisant à mesure. Le retour à la position, à la trajectoire et à la vitesse correctes devenait un problème de balistique d'une extrême complexité. « Mais vous pourrez y parvenir, n'est-ce pas?

— Il faudra bien. Mais je regrette que Weinstein ne soit pas à bord.

Kelly quitta la pièce pour aller s'informer de ses passagers; Jake se mit au travail. Il vérifia sa position par observation astronomique et radar. Celui-ci fournit rapidement les trois facteurs, mais avec une précision limitée. Les visées prises sur le Soleil, la Lune et la Terre lui fournirent sa position, mais sans le renseigner sur sa trajectoire et sa vitesse à ce moment — et d'autre part il n'avait plus le temps de prendre une seconde série de visées dans ce but.

Un calcul sommaire lui fournit une position approximative, en additionnant les prévisions de Weinstein aux effets calculés de l'intervention du jeune Schacht. Ces recoupements concordèrent relativement bien avec les observations radar et visuelles, mais il ne pouvait toujours pas déterminer s'il se trouvait sur la trajectoire correcte et était en mesure d'atteindre sa destination.

Avec obstination, il se mit en devoir de calculer la façon d'opérer la manœuvre en utilisant le minimum de combustible, mais son petit calculateur électronique ne pouvait en rien se comparer à l'ordinateur géant IBM de Supra-New York; d'un côté, il n'était pas Weinstein. Trois heures plus tard, il avait obtenu une sorte de réponse. Il appela Kelly. « Allô, capitaine? Vous pouvez commencer par jeter par-dessus bord Schacht & fils.

— Cela me plairait assez. Pas d'issue, Jake?

— Je ne puis vous promettre d'amener votre vaisseau à bon port sans jeter du lest. Mieux vaut y procéder maintenant avant la mise à feu des fusées. Ce sera plus économique. »

Kelly hésita; il aurait éprouvé autant de joie si on lui avait demandé de sacrifier une jambe. « Donnez-moi le temps de trier le fret à jeter par-dessus bord.

— Soit. » Pemberton retourna tristement à ses chiffres, espérant découvrir une erreur providentielle, puis il se ravisa. Il appela la cabine radio. « Demandez-moi Weinstein à Supra-New York.

— Hors de portée normale.

— Je sais. C'est le pilote qui parle. Priorité absolue, raisons de sécurité — urgent. Braquez un faisceau étroit sur la station et prenez-en soin.

— Euh... oui, monsieur. Je vais essayer. »

Weinstein manifesta des doutes. « Diable, Jake, je ne peux pas piloter à votre place.

— Mais vous pouvez résoudre un problème pour moi.

— A quoi servirait une prévision allant jusqu'à la septième décimale quand on dispose de données approximatives?

— Sans doute, sans doute. Mais vous savez de quels instruments je dispose et vous connaissez à peu près les limites de mes compétences. Donnez-moi une meilleure réponse.

— Je vais essayer. »

Weinstein rappela quatre heures plus tard. « Allô, Jake? Voici le résultat. Vous pensiez faire agir les rétro-fusées pour atteindre la vitesse prévue, puis opérer des corrections accessoires pour obtenir la position. Orthodoxe mais peu économique. Au lieu de cela, j'ai demandé à Mabel de me fournir la solution en n'ayant recours qu'à une seule manœuvre.

— Bravo!

— Ne vous emballez pas. Ce procédé économise du combustible mais pas suffisamment. Impossible de rentrer dans votre ancienne trajectoire et de vous synchroniser ensuite sur Terminal sans jeter du lest. »

Pemberton donna le temps à cette idée de pénétrer, puis il dit : « Je vais prévenir Kelly.

— Attendez encore une minute, Jake. Essayez ceci. Reprenez tout depuis le début.

— Hein?

— Traitez la question comme s'il s'agissait d'un problème entièrement nouveau. Oubliez l'orbite enregistrée sur la bande-programme. A partir de vos présentes trajectoire, vitesse et position, calculez l'orbite la plus économique pour obtenir la synchronisation avec celle de Terminal. Déterminez une nouvelle trajectoire. »

Pemberton se sentit tout bête. « Je n'y avais jamais pensé.

— Bien entendu. Avec le petit calculateur de bord, il vous faudrait trois semaines pour résoudre le problème. Etes-vous prêt à enregistrer?

— Certainement.

— Voici vos éléments. » Weinstein se mit à dicter les renseignements.

Lorsqu'ils eurent vérifié, Jake dit : « Ça me permettra d'arriver à bon port?

— Peut-être. *Si* les renseignements que vous m'avez fournis ont la précision la plus grande que vous puissiez atteindre, *si* vous pouvez suivre les instructions aussi fidèlement qu'un robot, *si* vous pouvez déclencher la mise à feu et opérer le contact avec une précision telle qu'aucune correction accessoire ne sera plus nécessaire, alors vous pourrez peut-être toucher au but. Quoi qu'il en soit, je vous souhaite bonne chance. » Une réception défectueuse noya leurs adieux.

Jake envoya un signal à Kelly. « Ne jetez pas de lest, capitaine. Demandez aux passagers de boucler leurs courroies. Préparez-vous à la mise à feu. H moins quatorze minutes.

— Très bien, pilote. »

Le nouveau départ effectué et vérifié, il eut de nouveau du temps à sa disposition. Il reprit sa lettre inachevée, la lut puis la déchira.

Phyllis chérie, écrivit-il, *j'ai mûrement réfléchi durant ce voyage, et je viens de m'apercevoir que je me suis montré têtu comme une mule. Que puis-je bien fabriquer dans l'espace? J'aime ma maison. J'aime à voir ma femme.*

Pourquoi risquerais-je ma vie et ferais-je fi de la tranquillité d'esprit pour véhiculer de la ferraille de rebut à travers le ciel? Pourquoi être pendu au télépho-

ne pour chaperonner des têtes de lard jusqu'à la Lune —
des têtes de pioche qui seraient incapables de piloter une
barque et qui auraient bien mieux fait de demeurer au
coin du feu et les pieds dans leurs pantoufles?

Pour l'argent, bien entendu. Jusqu'à présent, j'ai eu
peur de risquer un changement de situation. Je ne
retrouverai pas un autre emploi où je gagnerais seulement
la moitié de mon salaire actuel, mais si tu es prête à
risquer l'aventure, je redeviendrai un rampant et nous
pourrons repartir à zéro. Avec tout mon amour.

JAKE

Il rangea sa lettre et s'endormit pour rêver qu'une
troupe entière de membres de la Ligue des Jeunes
Amateurs de Fusées avait été logée dans sa salle de
contrôle.

Un gros plan de la Lune constitue une attraction
touristique que surpasse seul le panorama du globe
terrestre vu de l'espace. Néanmoins Pemberton insista
pour que tous les passagers bouclent leurs harnais de
siège durant la trajectoire d'approche vers Terminal.
Avec le peu de combustible dont il disposait pour ses
manœuvres, il se refusait à perturber ses mouvements
pour faire plaisir aux amateurs de points de vue.

Au détour de la Lune, Terminal apparut, mais seulement sur l'écran radar, car le vaisseau marchait à
reculons. Après chaque freinage, Pemberton consultait
le radar puis comparait sa courbe d'approche avec celle
tracée d'après les chiffres de Weinstein — avec un œil
sur le chronomètre, un autre sur le viseur, un troisième
sur la courbe tracée sur le papier et un quatrième sur la
jauge de combustible.

« Eh bien, Jake », dit Kelly qui bouillait sur place.
« Y arriverons-nous?

— Comment le saurais-je? Préparez-vous à jeter du

lest. » Ils s'étaient mis d'accord pour jeter l'oxygène liquide puisqu'on pouvait le laisser s'échapper à l'extérieur par les conduites sans autre manipulation.

« Ne dites pas une pareille chose, Jake.

— Je ne le dirais pas si je pouvais faire autrement. » De nouveau ses doigts volaient sur les commandes; le rugissement des fusées avait haché ses dernières paroles. Lorsque revint le silence, le circuit radiophonique de manœuvre l'appelait.

« Ici le *Flying Dutchman*. Le pilote à l'appareil, répondit Jake à pleins poumons.

— Ici contrôle de Terminal. Supra signale que vous êtes à court de carburant.

— C'est exact.

— N'approchez pas. Synchronisez vos vitesses en dehors de nous. Nous vous enverrons un vaisseau de transfert pour vous ravitailler en combustible et recueillir vos passagers.

— Je crois que je peux réussir la manœuvre tout seul.

— N'essayez pas. Attendez le ravitaillement.

— Vous ne m'apprendrez pas à piloter mon vaisseau! »

Pemberton coupa le circuit puis considéra le tableau de bord en sifflotant d'un air morose.

« Vous allez tenter la manœuvre malgré tout, Jake? demanda Kelly.

— Humm... non. Je ne peux pas risquer de venir me coincer dans Terminal, surtout avec des passagers à bord. Mais je ne vais pas synchroniser nos vitesses à quatre-vingts kilomètres au large et attendre qu'on vienne me prendre en charge. »

Il pointa son vaisseau sur un point tangent à l'orbite de Terminal, mesurant ses coordonnées d'instinct, car les chiffres de Weinstein n'avaient plus aucune signification désormais. Sa trajectoire fut bien ajustée; il n'eut pas à dépenser du précieux carburant en corrections de dernière minute pour ne pas se jeter dans Terminal. Lorsqu'il fut enfin assuré de longer la station sans intervenir autrement, il freina une fois de plus. Déjà il tendait la main pour couper les fusées, lorsque celles-ci toussèrent, crachottèrent et se turent.

Le *Flying Dutchman* flottait dans l'espace, à cinq cents mètres au large de Terminal, vitesses synchronisées.

Jake brancha la radio. « Allô, Terminal. Préparez-vous à haler mon filin. Je vais accoster. »

Il avait rédigé son rapport, pris une douche et se dirigeait vers le bureau de poste pour expédier sa lettre par radiostat, lorsque le haut-parleur le convoqua dans le bureau du commodore-pilote. Oh! oh! se dit-il, Schacht a fait intervenir les galons.

Il se présenta avec raideur : « Premier pilote Pemberton, monsieur. »

Le commodore Soames leva les yeux. « Pemberton... Ah! oui. »

Ne tournons pas autour du pot, se dit Jake, puis il continua : « Je n'ai pas d'excuses à faire valoir pour ce qui s'est passé. Si l'on n'approuve pas la façon dont je dirige ma salle de contrôle, je peux donner ma démission.

— De quoi parlez-vous donc?

— Je... Eh bien... n'avez-vous pas reçu une plainte déposée par un passager?

— Ah! je vois à quoi vous faites allusion! » Soames écarta cette affaire d'un geste. « Oui, il est venu ici. Mais j'ai également reçu le rapport de Kelly et celui de votre chef mécanicien, en même temps qu'une note spéciale de Supra-New York. Vous avez accompli là un chef-d'œuvre de pilotage, Pemberton.

— Vous voulez dire qu'il n'y a pas de blâme de la part de la Compagnie?

— Quand ai-je manqué de soutenir mes pilotes? Vous aviez parfaitement raison; à votre place j'aurais jeté ce malotru à travers le sas. Mais parlons plutôt de choses sérieuses : vous êtes actuellement sur une ligne espace-espace, mais je voudrais envoyer un vaisseau spécial à Luna City. Voudriez-vous le piloter, pour me rendre service ? »

Pemberton hésita. Soames poursuivit : « Cet oxygène que vous avez réussi à épargner est destiné à la Recherche Cosmique. Ils ont fait sauter les fermetures dans le tunnel du nord et perdu des tonnes de cette substance. Le travail est arrêté — cela coûte cent trente mille dollars par jour de frais généraux, de salaires et de pénalités de retard. Le *Gremlin* est ici, mais nous ne disposerons pas de pilote avant l'arrivée du *Moonbat* — sauf vous. Eh bien ?

— Mais... commodore, vous ne pouvez risquer la vie de passagers dans un atterrissage effectué par mes soins. Je suis rouillé; j'aurais besoin d'un recyclage et d'un examen complet.

— Pas de passagers, ni d'équipage, ni de capitaine — vous ne risquez que votre propre vie.

— J'accepte. »

Vingt-huit minutes plus tard, enclos dans la coque laide mais puissante du *Gremlin,* il prenait le départ. Une solide poussée pour annuler la vitesse orbitale et laisser tomber le vaisseau vers la Lune, ensuite il n'avait plus de souci à se faire jusqu'au moment de le poser.

Il se sentait en forme... jusqu'au moment où il sortit de sa poche deux lettres, celle qu'il avait omis d'expédier et l'autre venant de Phyllis, qu'on lui avait remise à Terminal.

La lettre de Phyllis était tendre... et superficielle. Elle ne faisait aucune allusion à son départ précipité; elle semblait ignorer complètement sa profession. L'épître était un modèle de correction et pourtant elle ne laissait pas de le préoccuper.

Il déchira les deux lettres et en recommença une autre. Celle-ci disait notamment : *Tu ne me l'as jamais avoué en face, mais tu m'en veux de ma profession.*

Je dois travailler pour assurer notre existence. Toi aussi tu as ton travail. Il est vieux comme le monde et les femmes l'ont accompli au long des siècles, traversant les plaines en chariots couverts, attendant le retour des bateaux partis pour la Chine, ou autour des puits de mine après un coup de grisou — donnant à leur homme un baiser d'adieu avec le sourire et s'occupant de lui au foyer.

Tu as épousé un homme de l'espace, et donc une partie de ton travail consiste à accepter joyeusement ma profession. Je pense que tu pourras y parvenir lorsque tu t'en rendras compte. Je l'espère, car la façon dont les choses ont tourné récemment ne peut nous satisfaire ni l'un ni l'autre.

Crois-moi, je t'aime.

JAKE

Il continua à ruminer ses pensées jusqu'au moment de préparer le vaisseau pour l'approche. De trente kilomètres à seize cents mètres d'altitude, il laissa le robot se charger du freinage, puis il passa sur commandes manuelles tandis que la descente se poursuivait avec lenteur.

Quarante secondes plus tard, tombant à une vitesse quelque peu supérieure à deux cent vingt-cinq kilomètres à l'heure, il saisit dans ses périscopes les tours statiques de trois cents mètres de haut. A cent mètres, il déclencha une poussée égale à 5 g pendant plus d'une seconde, la coupa, puis retint le vaisseau avec un sixième de g, correspondant à la gravité normale de la Lune. Lentement il réduisit cette valeur, avec un sentiment de bonheur.

Le *Gremlin* demeura suspendu sur les jets brillants de ses fusées, éclaboussant le sol de la Lune, puis il se posa sans une secousse.

L'équipe au sol prit la relève; un véhicule étanche conduisit Pemberton à l'entrée du tunnel. Une fois à l'intérieur de Luna City, on le demanda avant même qu'il eût fini de rédiger son rapport. Lorsqu'il prit l'appel, Soames lui sourit de l'écran. « J'ai vu cet atterrissage par l'intermédiaire de la caméra du terrain, Pemberton. Vous n'avez nullement besoin de suivre un cours de recyclage. »

Jake rougit. « Je vous remercie, monsieur.

— A moins que vous ne teniez absolument à demeurer au service espace-espace, je puis vous affecter à la ligne régulière desservant Luna City. Voulez-vous habiter ici ou à Luna City? Si toutefois vous acceptez. »

Il s'entendit répondre : « Luna City. J'accepte. »

Il déchira sa lettre en pénétrant dans le bureau de poste de Luna City. Au guichet du téléphone, il s'adressa à une blonde en costume lunaire de couleur bleue. « Voudriez-vous demander Mrs. Jake Pemberton, banlieue six quatre zéro trois, Dodge City, Kansas, je vous prie. »

Elle le dévisagea d'un regard. « Les pilotes ne regardent pas à la dépense, dit-elle.

— Il arrive que des appels téléphoniques ne paraissent pas chers. Voudriez-vous demander l'urgence, je vous prie? »

Phyllis s'efforçait de rédiger la lettre qu'elle se reprochait de n'avoir pas écrite plus tôt. Il était plus facile de dire par écrit qu'elle ne se plaignait pas de la solitude ni du manque de distractions, mais qu'elle ne pouvait supporter de trembler toujours pour sa sécurité. Mais elle se trouva incapable d'envisager la conséquence logique de cet état de choses. Était-elle prête à renoncer entièrement à lui s'il refusait de renoncer à l'espace? Elle n'en savait vraiment rien... La sonnerie du téléphone la surprit au milieu de cette crise d'incertitude.

L'écran demeura vide. « Appel à longue distance, dit une voix fluette. Ici Luna City. »

La crainte lui étreignit le cœur. « Phyllis Pemberton à l'appareil. »

Un intervalle interminable — les ondes mettaient près de trois secondes, elle le savait, pour accomplir l'aller et retour Terre-Lune, mais elle ne s'en souvint pas sur l'instant, et cette précision ne l'aurait d'ailleurs pas rassurée. Tout ce qu'elle pouvait voir, c'était un foyer brisé, elle-même sous des voiles de veuve, et son Jake bien-aimé mort dans l'espace.

« Mrs. Jake Pemberton?

— Oui, oui! Parlez. » Une autre attente. L'avait-elle laissé partir de mauvaise humeur, prêt à courir des risques inutiles, le jugement altéré? Était-il mort dans le ciel, se souvenant seulement qu'elle lui avait fait une scène parce qu'il l'abandonnait pour rejoindre son travail? Avait-elle failli à son rôle d'épouse au moment où il avait le plus besoin d'elle? Elle savait que Jake n'était pas un homme qu'on pouvait tenir en laisse en lui passant au cou le cordon d'un tablier. Alors, pourquoi avait-elle voulu se l'attacher ainsi?

Puis ce fut une autre voix, une voix qui lui fit se sentir les jambes faibles : « Est-ce toi, chérie?

— Oui, mon chéri, oui! Que fais-tu sur la Lune?

— C'est une longue histoire que je ne puis te raconter à un dollar la seconde. Ce que je voudrais savoir, c'est ceci. Consentirais-tu à venir à Luna City? »

Ce fut le tour de Jake d'endurer l'inévitable délai de réponse. Il se demanda si Phyllis allait caler, incapable de prendre une décision. A la fin il l'entendit répondre : « Naturellement, chéri. Quand dois-je partir?

— Lorsque... Dis donc, tu ne me demandes même pas *pourquoi*? »

Elle voulut répondre qu'elle s'en moquait puis se ravisa. « Oui, dis-moi. » Le délai de réponse était toujours présent, mais ni l'un ni l'autre ne s'en préoccupait. Il raconta l'histoire puis ajouta : « Cours demander les papiers officiels. As-tu besoin de mon aide pour faire tes malles? »

Elle réfléchit rapidement. S'il avait eu l'intention de rentrer, il n'aurait pas posé la question. « Non, je me débrouillerai.

— Brave petite fille. Je t'enverrai une longue lettre en radiostat, en t'indiquant ce qu'il faut emporter. Je t'aime. A bientôt!

— Oh! je t'aime aussi. Au revoir, mon chéri. »

Pemberton sortit de la cabine en sifflotant. Une fille bien, sa Phyllis! Elle avait du cran. Il se demanda pourquoi il avait jamais douté d'elle.

LA LONGUE VEILLE

Neuf vaisseaux décollèrent de la Base Lunaire. Une fois dans l'espace, huit d'entre eux se formèrent en globe autour du plus petit. Ils gardèrent cette formation durant tout le trajet jusqu'à la Terre.

A bord du petit vaisseau, il n'y avait aucun être vivant. Ce n'était même pas un transport de passagers, mais un vaisseau-robot construit pour contenir dans ses soutes une cargaison radioactive. Au cours de ce voyage, il m'emmenait rien d'autre qu'un cercueil de plomb — et un compteur Geiger qui ne demeura pas un seul instant muet. »

Extrait de l'éditorial *Après dix ans,*
Film 38, 17 juin 2009,
Archives du *New York Times*

1

Johnny Dahlquist souffla de la fumée sur le compteur Geiger. Il eut un sourire contraint et recommença sa tentative. Son corps entier devait être radioactif maintenant. Même sa respiration, la fumée de sa cigarette, faisaient crépiter le compteur Geiger.

Depuis combien de temps se trouvait-il là? Le temps ne signifie pas grand-chose sur la Lune. Deux jours?

Trois? Une semaine? Il laissa son esprit opérer un retour en arrière; le dernier fait qui restât clairement marqué dans son esprit remontait au moment où le colonel l'avait convoqué, immédiatement après le petit déjeuner...

« Lieutenant Dahlquist, à vos ordres, mon colonel! »

Le colonel Towers leva les yeux. « Ah! vous voilà, John Ezra. Asseyez-vous, Johnny. Cigarette? »

Johnny s'assit, perplexe mais flatté. Il admirait chez le colonel Towers sa personnalité brillante, son esprit dominateur et ses exploits sur le champ de bataille. Johnny n'avait à son actif aucun exploit de ce genre; il avait été promu officier après avoir passé son doctorat de physique nucléaire et se trouvait maintenant comme officier subalterne affecté aux bombes sur la Base Lunaire.

Le colonel voulait parler politique; Johnny était intrigué. Finalement Towers en était venu au fait : il n'était pas prudent (c'est lui qui le disait) de laisser la direction du monde entre les mains des politiciens; le pouvoir devait être détenu par un groupe choisi scientifiquement. En un mot : la Patrouille.

Johnny était plutôt surpris que choqué. En tant qu'idée abstraite, l'opinion de Towers paraissait plausible. La Société des Nations avait fait faillite; qu'est-ce qui empêcherait les Nations Unies de faire faillite à leur tour et d'ouvrir ainsi la voie à une nouvelle guerre mondiale? « Et vous savez combien serait terrifiante une telle guerre, Johnny. »

Johnny approuva. Towers se déclara heureux que Johnny ait compris son point de vue. L'officier supérieur préposé aux bombes pouvait se charger de la besogne, mais il valait mieux faire appel aux deux spécialistes.

Johnny se redressa avec un sursaut. « Vous auriez l'intention d'entreprendre une action? » Il avait cru que l'officier voulait simplement échanger des idées.

Towers sourit. « Nous ne sommes pas des politiciens; nous ne nous contentons pas de parler. Nous agissons. »

Johnny poussa un sifflement. « Quand comptez-vous commencer? »

Towers pressa un bouton. Johnny fut surpris d'entendre sa propre voix, puis se souvint que la conversation enregistrée avait eu lieu au mess des officiers subalternes. Une discussion politique à laquelle il avait refusé de se mêler plus avant au bout d'un moment.. il avait été bien inspiré, d'ailleurs! Mais le fait d'être ainsi espionné le gênait.

Towers arrêta l'appareil. « Nous avons agi, effectivement », dit-il. « Nous savons qui est sûr et qui ne l'est pas. Prenez Kelly... » Il fit un geste dans la direction du haut-parleur. « On ne peut pas compter sur lui politiquement. Vous avez remarqué son absence au petit déjeuner?

— Comment? Je le croyais de garde.

— Kelly ne prendra plus la garde désormais. Oh! rassurez-vous, on ne lui a pas fait de mal. »

Johnny rumina cette réponse. « Sur quelle liste suis-je inscrit? Celle des gens sûrs... ou l'autre?

— Votre nom est suivi d'un point d'interrogation. Mais j'ai toujours dit que l'on pouvait compter sur vous. » Il eut un sourire engageant. « Vous ne me ferez pas mentir, Johnny? »

Dahlquist ne répondit pas. « Allons », dit Towers d'un ton sec, « qu'en pensez-vous? Parlez.

— Eh bien, si vous me demandez mon avis, je crois que vous avez eu les yeux plus gros que le ventre. S'il est vrai que la Base Lunaire contrôle la Terre, elle est également une cible facile pour un vaisseau. Une seule bombe... *et crac!* »

Towers saisit une formule de message et la lui tendit. On y lisait : VOTRE LINGE PROPRE EST REVENU DU BLANCHISSAGE — ZACK. « Cela signifie que toutes les bombes qui se trouvent à bord du *Trygve Lie* ont été désamorcées. J'ai reçu des rapports sur tous les vaisseaux qui pouvaient nous donner des inquiétudes. » Il se leva. « Pensez-y et revenez me voir après le déjeuner. Le major Morgan a besoin immédiatement de votre concours pour mofidier le contrôle des fréquences sur les bombes.

— Le contrôle des fréquences?

— Naturellement. Nous ne voulons pas que les bombes soient désarmées avant d'avoir atteint leurs cibles.

— Comment? Vous avez dit que l'idée de base est de prévenir la guerre. »

Towers balaya l'objection. « Il n'y aura pas de guerre; simplement une démonstration psychologique — une ou deux villes sans importance. Une légère effusion de sang pour éviter une guerre totale. Simple question d'arithmétique. »

Il mit la main sur l'épaule de Johnny. « Vous n'êtes pas à ce point sensible, sans quoi vous ne seriez pas officier de bombardement. Envisagez la chose comme une opération chirurgicale. Et pensez à votre famille. »

Johnny Dahlquist avait précisément pensé à sa famille. « Si vous le permettez, mon colonel, je voudrais voir le commandant en chef. »

Towers fronça les sourcils. « Le commodore ne reçoit pas. Comme vous le savez, je parle en son nom. Revenez me voir... après le déjeuner. »

Le commodore ne recevait effectivement pas; le commodore était mort. Mais Johnny ignorait ce détail.

Dahlquist revint au mess, acheta des cigarettes, s'assit et se mit à fumer. Il se leva, écrasa son mégot et se dirigea vers le sas ouest de la base. Puis il enfila sa tenue spatiale et s'approcha du maître de sas.

« Ouvez-moi ça, Smitty. »

Le marine parut surpris. « Je ne peux laisser personne sortir à la surface sans un mot du colonel Towers. Vous ne le saviez pas?

— Si, si! Passez-moi votre livre d'ordre. » Dahlquist le prit, rédigea un laissez-passer à son nom et le signa « *par ordre du colonel Towers* ». Il ajouta : « Vous pouvez appeler l'officier responsable pour obtenir confirmation. »

Le maître de sas lut et glissa le livre dans sa poche. « Oh! non, mon lieutenant. Votre parole me suffit.

— Vous n'aimez pas déranger l'officier responsable? Je vous comprends. » Il pénétra dans le compartiment, ferma la porte intérieure et attendit que l'air eût été évacué.

Une fois sur la surface de la Lune, la lumière lui fit cligner des yeux et il se hâta vers le terminus de la voie des véhicules-fusées; une voiture était en attente. Il s'y introduisit, abaissa le capot et pressa le bouton de démarrage. La voiture-fusée s'élança vers les collines, plongea dans un tunnel et déboucha sur une plaine plantée de missiles. Il s'engouffra rapidement dans un second tunnel, franchit de nouvelles collines. Une décélération à vous décrocher l'estomac, et le véhicule s'immobilisa dans le silo souterrain contenant les bombes atomiques.

En descendant de voiture, Dahlquist brancha son poste émetteur-récepteur portatif. Le garde en tenue spatiale à l'entrée présenta les armes. « Bonjour, Lopez », lui dit Dahlquist, et il passa devant lui pour se diriger vers le sas. Il l'ouvrit.

Le garde lui fit signe de reculer. « Défense d'entrer sans un ordre exprès de l'officier responsable. » Il changea son fusil de main, fouilla dans sa sacoche et en tira un papier. « Lisez, mon lieutenant. »

Dahlquist l'écarta du geste. « C'est moi-même qui ai rédigé cet ordre. Vous l'avez lu mais vous l'avez mal interprété.

— Je ne vois pas comment, mon lieutenant. »

Dahlquist lui arracha le papier, y porta les yeux, puis plaça son doigt sous une phrase. « Vous voyez?... *sauf par les personnes spécifiquement désignées par l'offi-*

cier responsable, c'est-à-dire les officiers de bombardement, le major Morgan et moi-même. »

Le garde eut l'air embarrassé. « Bon sang », dit Dahlquist, « reportez-vous à *personnes spécifiquement
désignées* dans votre manuel d'instruction. Ne me dites
pas que vous l'avez oublié au casernement!

— Oh! non, mon lieutenant! Je l'ai sur moi. » Le
garde avança la main vers sa sacoche. Dahlquist lui
rendit au même moment le papier; l'homme le prit,
hésita, puis appuya son arme contre sa hanche, passa le
papier de la main gauche à la droite et plongea celle-ci
dans la sacoche.

Dahlquist saisit le fusil, l'introduisit entre les jambes
du garde et opéra une poussée brusque. Il jeta l'arme et
plongea dans le sas. En fermant la porte à toute volée,
il vit le garde se remettre sur ses pieds en portant la
main à son pistolet. Il ferma la porte extérieure et sentit
un chatouillement dans les doigts lorsqu'une balle vint
frapper le panneau.

Il se jeta sur la porte intérieure, actionna le levier de
compression, revint en toute hâte à la porte extérieure
et pesa de tout son poids sur la poignée. Il la sentit
immédiatement bouger. Le garde la soulevait; Dahlquist
poussa vers le bas, mais avec le seul secours de la
gravité lunaire qui réduisait son poids au sixième de sa
valeur normale. Lentement, la poignée se souleva devant
ses yeux.

L'air provenant du silo à bombes se précipita dans le
sens par le tube de compression. Dahlquist sentit sa
tenue spatiale venir au contact de son corps, à mesure
que la pression régnant à l'intérieur du sas venait
contrebalancer celle de l'air contenu dans la combinaison. Il cessa sa pesée sur la poignée et laissa le garde
tourner celle-ci, à sa guise. Cela n'avait plus aucune
importance; treize tonnes de pression appliquaient à
présent la porte contre ses joints.

Il ouvrit la porte intérieure menant au silo à bombes,
de telle sorte qu'il lui fût impossible de se refermer

d'elle-même. Tant qu'elle demeurerait béante, le sas ne pourrait pas fonctionner et nul ne pourrait entrer.

Devant lui, dans la pièce, se trouvaient les têtes nucléaires, une par fusée, séparées par des intervalles largement suffisants pour exclure toute possibilité de réaction en chaîne spontanée. C'étaient les engins les plus dévastateurs que l'univers eût jamais connus, mais ils étaient ses enfants. Il s'était placé entre eux et quiconque prétendrait en faire mauvais usage.

Mais, à présent qu'il se trouvait sur les lieux, il n'avait rien prévu pour tirer profit de son avantage temporaire.

Le haut-parleur mural émit un crachotement: « Hé, mon lieutenant! Que se passe-t-il là-dedans? Seriez-vous devenu fou? » Dahlquist ne répondit pas. Que Lopez se perde en conjectures... ce serait toujours autant de gagné avant qu'il ait pris une décision. Lopez continua de protester, puis finalement se tut.

Johnny n'avait fait que suivre une impulsion aveugle le poussant à ne pas laisser les bombes — *ses* bombes — servir à des « démonstrations sur des villes sans importance ».

Mais que faire ensuite? Après tout, Towers ne pourrait pas franchir le sas. Johnny pouvait demeurer ici jusqu'au moment où la grande folie serait calmée.

Mais ne te fais pas d'illusions, John Ezra! Towers peut parfaitement entrer. Une charge à grande puissance, contre la porte extérieure... L'air se précipiterait explosivement au-dehors, et le petit Johnny baignerait dans le sang jailli de ses poumons éclatés — et les bombes seraient toujours intactes dans leur silo. Elles étaient construites pour supporter le bond entre Lune et Terre et le vide ne pouvait leur causer aucun dommage.

Il décida de conserver sa tenue spatiale; la perspective d'une décompression explosive ne lui disait rien qui vaille. A bien y réfléchir, il préférait encore mourir de vieillesse.

68

Ils pourraient aussi percer un trou dans le panneau, laisser l'air fuser au-dehors et ouvrir la porte sans démolir le sas. Towers pourrait encore faire monter un nouveau sas à l'extérieur de l'ancien. Peu probable, pensa Johnny. Un coup d'État dépend, pour sa réussite, de la vitesse d'exécution. Il était pratiquement certain que Towers choisirait le procédé le plus expéditif : l'explosion. Et Lopez était probablement en train d'appeler la Base à l'heure actuelle. Un quart d'heure, le temps que Towers mettrait à enfiler sa tenue — et la comédie serait terminée.

Quinze minutes...

Dans quinze minutes, les bombes pourraient retomber entre les mains des conspirateurs; en quinze minutes, il devait rendre les bombes inutilisables.

Une bombe atomique se compose de deux parties (ou davantage) de métal fissile, tel que le plutonium. Séparées, ces parties ne sont pas plus explosives que du beurre; mises en contact, elles explosent. La complication réside dans les dispositifs, circuits et déflagrations destinés à les réunir suivant des conditions de temps et de lieu d'une pression rigoureuse.

Ces circuits, qui constituent le cerveau de la bombe, sont faciles à détruire, tandis que la bombe est d'une robustesse à toute épreuve en raison de sa simplicité même. Johnny décida donc de fracasser les « cerveaux », et cela sans perdre un instant!

Les seuls outils dont il disposât étaient ceux, fort simples, servant à la manipulation des engins. A part un compteur Geiger, le haut-parleur du circuit émetteur-récepteur, l'écran de télévision à la base de ce dernier et les bombes elles-mêmes, la pièce était nue. Une bombe sur laquelle on voulait travailler était transportée autre part — non par crainte d'une explosion, mais pour réduire l'intensité des rayonnements auxquels était exposé le personnel. La matière radioactive contenue par une bombe est enfouie à l'intérieur d'un blindage — consti-

tué en l'occurrence par de l'or. L'or arrête les rayonnements alpha, bêta et une grande partie des mortelles
radiations gamma — mais pas les neutrons.

Ces insaisissables neutrons empoisonnés que dégage le
plutonium doivent pouvoir s'échapper, sous peine de voir
se déclencher une réaction en chaîne. La pièce baignait
dans une pluie de neutrons pratiquement indétectables.
L'endroit était par conséquent des plus malsains; et les
règlements ordonnaient d'y séjourner le moins longtemps possible.

Le compteur Geiger décelait les radiations de fond,
les rayons cosmiques, les traces de radioactivité existant dans la croûte lunaire et la radioactivité
secondaire régnant à l'intérieur du silo en raison de la
présence des neutrons. Les neutrons libres ont la fâcheu-
se propriété d'infecter les matières qu'ils frappent et de
les rendre radioactives, qu'il s'agisse de ciment ou de
chair humaine. Au bout d'un certain temps, le silo
devrait être abandonné.

Dahlquist tourna un bouton sur le compteur Geiger,
lequel cessa aussitôt de crépiter. Il avait fait intervenir
un contre-circuit afin de supprimer le bruit de fond
provenant des radiations ambiantes. Celui-ci lui faisait
une pénible impression, en lui rappelant le danger qu'il
courait à demeurer dans cette enceinte. Il sortit de sa
poche le film-test que portaient tous les gens suscepti-
bles d'être exposés à des radiations. La partie la plus
sensible en était déjà voilée. A mi-chemin, le film était
barré d'un trait rouge. En théorie, si le porteur était
exposé durant la semaine à un flux de radiations suffisant pour voiler le film jusqu'à ce trait, son compte
était bon.

Il retira son encombrante tenue spatiale; il fallait agir
rapidement. Exécuter le travail et se rendre... mieux
valait être prisonnier que de s'attarder en un lieu aussi
« brûlant ».

Il s'empara d'un marteau sur le ratelier et se mit à
l'ouvrage, prenant seulement le temps de débrancher la

caméra de télévision. La première bombe lui donna des scrupules. Il commença de défoncer le capot du « cerveau » puis s'interrompit, ne parvenant pas à dompter sa répugnance. Toute sa vie, il avait eu l'amour de la mécanique de haute précision.

Il se domina et brandit son outil; le verre tinta, le métal se fendit. Son humeur changea; bientôt il tira une volupté malsaine de son acte destructeur. Ce fut avec enthousiasme qu'il broya, brisa, écrasa!

Il était tellement absorbé qu'il demeura quelque temps sans s'apercevoir qu'on l'appelait par son nom. « Dahlquist! Répondez-moi! Etes-vous là? »

Il essuya son front ruisselant de sueur et se tourna vers l'écran de télévision. Le visage troublé de Towers apparaissait sur l'image.

Johnny constata avec dépit qu'il n'avait saboté que six bombes. Allait-il être pris avant d'avoir terminé? Pas question! Il fallait à tout prix mener sa besogne à son terme. « Oui, mon colonel. Vous m'avez appelé?

— Je pense bien. Que signifie?

— Je vous fais mes excuses, mon colonel. »

Towers se rasséréna quelque peu. « Branchez votre caméra, Johnny, je ne vous vois pas. D'où provenait ce bruit?

— La caméra est bien branchée », mentit Johnny. « Elle doit sans doute être en panne. Ce bruit?... A vrai dire, mon colonel, je prenais mes dispositions pour que personne ne puisse pénétrer dans le silo. »

Towers hésita puis dit d'une voix ferme : « Je suppose que vous êtes malade et que je dois vous remettre entre les mains de l'officier de santé. Je vous demande de sortir de là immédiatement. C'est un ordre, Johnny. »

Johnny répondit lentement : « Impossible pour l'instant, mon colonel. Je suis venu ici pour prendre une décision mais n'y suis pas encore parvenu. Vous m'aviez dit de venir vous retrouver après le déjeuner.

— Je comptais que vous seriez resté dans votre chambre.

— Sans doute, mon colonel. Mais j'ai décidé de venir monter la garde devant les bombes pour le cas où je déciderais que vous avez tort.

— Il ne vous appartient pas d'en décider, Johnny. Je suis votre supérieur, vous me devez l'obéissance.

— Oui, mon colonel. » Tout ce bla-bla n'était que du temps perdu. Le vieux renard pouvait fort bien avoir déjà dépêché une escouade sur les lieux. « Mais je dois également sauvegarder la paix. Pourriez-vous venir dans le silo pour en discuter avec moi? Je ne voudrais pas commettre une erreur irréparable. »

Towers sourit. « Excellente idée, Johnny. Attendez-moi. Je suis certain que vous vous rendrez à mes raisons. » Il coupa l'image.

« Et voilà! dit Johnny. J'espère que tu es convaincu d'avoir affaire à un simple d'esprit, sale fripouille! » Il saisit le marteau afin de tirer parti des minutes gagnées.

Il s'interrompit immédiatement; il venait de s'aviser que la destruction des cerveaux n'était pas suffisante. Il n'en existait pas de rechange, mais le magasin d'accessoires électroniques était amplement pourvu. Morgan pourrait improviser des circuits de contrôle pour les bombes. Enfer et damnation! Il lui faudrait démolir les bombes elles-mêmes — et cela dans les dix minutes suivantes.

Mais une bombe était taillée dans la masse, enfermée dans un épais blindage. Ce n'est pas en dix minutes qu'il en viendrait à bout.

Malédiction!

Bien entendu, il existait un moyen. Il connaissait les circuits de contrôle; il connaissait également le moyen de leur damer le pion. Cette bombe, par exemple; s'il démontait le cran de sûreté, déposait le circuit de proximité, court-circuitait le dispositif de retardement, coupait à la main le circuit d'amorçage — puis dévissait *ceci* et *cela* pour atteindre *autre chose,* il serait capable, au moyen d'un long fil rigide, de faire détoner la bombe.

Et les autres bombes exploseraient à leur tour en réduisant la vallée en poussière.

Et Johnny Dahlquist du même coup. C'était là où le bât le blessait.

Durant tout ce temps, joignant le geste à la pensée, il avait exécuté les diverses manœuvres que lui suggérait son esprit, y compris l'amorçage de la bombe. Il se redressa, le corps moite de transpiration.

Il se demanda s'il aurait le courage d'accomplir le geste décisif. Il n'aurait pas voulu qu'il ratât — tout en l'espérant au fond de lui-même. Il fouilla dans sa poche et en sortit une photo d'Edith et du bébé. « Mes chéris », dit-il, « si jamais je m'en tire, jamais plus je ne tenterai de franchir un feu orange ». Il embrassa la photo et la remit en place. Il ne lui restait plus rien d'autre à faire que d'attendre.

Qu'est-ce qui retardait Towers? Johnny voulait s'assurer que le colonel se trouverait bien à portée de la déflagration. Quelle excellente blague à lui faire! L'idée le mit en joie; elle le conduisit en outre à une solution encore meilleure : pourquoi se faire sauter... vivant?

Il existait une autre solution : disposer le système de telle façon que l'ultime étape, celle qui mettrait le feu à la bombe, ne pourrait se produire tant qu'il retiendrait de la main un levier, un contact, n'importe quoi. Alors, s'ils faisaient sauter la porte, s'ils l'abattaient sur place — en route pour le grand feu d'artifice!

Mieux encore, s'il pouvait les maintenir à distance en les avertissant de la menace qui pesait sur eux, le secours viendrait tôt ou tard — Johnny était certain que la majorité de la patrouille ne trempait pas dans cette puante conspiration — et alors : retour triomphal de Johnny dans ses foyers!

Durant tout ce temps, il ne cessait de travailler. Dispositif électrique? Non, il lui restait trop peu de temps. Une simple liaison mécanique ferait l'affaire. Il avait déjà conçu le système lorsque le haut-parleur l'appela : « Johnny?

— Est-ce vous, mon colonel? » Ses mains continuaient de s'activer.

« Laissez-moi entrer.

— Voyons, mon colonel, ce n'était pas dans nos conventions. » Où diable trouver quelque chose qu'il pourrait utiliser comme un long levier?

« J'entrerai seul, Johnny, je vous en donne ma parole. Nous parlerons d'homme à homme. »

Sa parole! « Nous pouvons nous entretenir par l'intermédiaire du haut-parleur, mon colonel. » Justement ce qu'il cherchait : un mètre métallique, sur le râtelier à outils.

« Johnny, je vous préviens, laissez-moi entrer, sinon je fais sauter la porte. »

Un fil... Il lui fallait un fil, de bonne longueur et rigide. Il arracha son antenne de poste portatif. « Vous ne feriez pas cela, mon colonel. Les bombes deviendraient inutilisables.

— Le vide ne peut pas nuire aux bombes. Assez tergiversé!

— Vous feriez bien de vous informer auprès du major Morgan. Le vide ne leur causera aucun dégât, c'est vrai; mais une décompression explosive détruirait tous les circuits. » Le colonel n'était pas un spécialiste en matière de bombes; il demeura muet pendant plusieurs minutes. Johnny poursuivit sa besogne.

« Dahlquist, reprit Towers, vous avez menti impudemment. J'ai interrogé Morgan. Je vous donne soixante secondes pour passer votre tenue spatiale, si vous ne la portez déjà. Je vais faire sauter la porte.

— Vous n'en ferez rien, dit Johnny. Sinon tout le reste sautera avec.

— Comment? Qu'entendez-vous par là?

— J'ai aménagé la bombe n° 7 de façon à la faire détoner à la main. Mais j'y ai introduit une astuce. Elle ne sautera pas tant que je retiendrai la détente au moyen de la courroie qui se trouve dans ma main. Mais s'il m'arrive la moindre chose... *c'est le grand feu*

74

d'artifice. Vous vous trouvez à une quinzaine de mètres du centre de l'explosion. Pensez-y. »

Suivit un court silence. « Je ne vous crois pas.

— Vraiment? Interrogez Morgan. Il me croira. Il pourra examiner le dispositif grâce à la caméra. » Johnny lia sa ceinture de combinaison au bout du mètre.

« Vous m'avez dit que la caméra était en panne.

— J'ai menti. Mais cette fois je donnerai la preuve de ce que j'avance. Dites à Morgan de m'appeler. »

Bientôt le visage du major Morgan apparut sur l'écran. « Lieutenant Dahlquist?

— Attendez une seconde. » Avec d'infinies précautions, Dahlquist effectua une dernière connexion, sans lâcher l'extrémité du mètre. Toujours avec le même soin, il passa sa main de la tige à la ceinture, s'assit sur le sol, tendit un bras et brancha la caméra. « Me voyez-vous?

— Je vous vois », répondit Morgan avec raideur. « Que signifie cette plaisanterie?

— Il s'agit d'une petite surprise que je vous ai préparée. » Il donna les explications nécessaires, indiqua les circuits qu'il avait coupés, ceux qui avaient été court-circuités, expliqua la façon dont fonctionnait le bricolage qu'il avait imaginé.

Morgan inclina la tête. « Vous bluffez, Dahlquist. J'ai la certitude que vous n'avez pas déconnecté le circuit K. Vous n'auriez pas le cran de vous faire sauter vous-même. »

Johnny gloussa. « Vous avez raison. Mais c'est justement ce qui fait la beauté de la chose. Elle ne pourra exploser *tant que je serai vivant.* Si votre patron, l'ex-colonel Towers, fait sauter la porte, je suis un homme mort et la bombe saute. Ça n'aura plus d'importance pour moi, mais pour lui, si. Il vaut mieux le prévenir. » Il coupa la communication.

Towers intervint peu de temps après au haut-parleur. « Dahlquist?

— Je vous entends.

— Inutile de sacrifier votre vie. Sortez de là et vous serez mis à la retraite avec solde complète. Vous pourrez rentrer dans votre famille. Vous avez ma promesse. »
Johnny fut pris de fureur. « Laissez ma famille en dehors de cette histoire!

— Pensez à elle, mon ami!

— Taisez-vous! Rentrez dans votre trou. J'ai envie de me gratter et toute la baraque pourrait fort bien vous sauter au nez. »

2

Johnny se redressa avec un sursaut. Il avait somnolé. Ses mains n'avaient pas lâché la ceinture, mais il avait la tremblote rien que d'y penser.

Peut-être ferait-il mieux de désarmer la bombe en espérant que la crainte empêcherait ses ennemis de tenter de le faire sortir? Mais la tête de Towers était déjà mise à prix pour haute trahison; le colonel félon pourrait courir ce risque. Dans ce cas, si la bombe était désamorcée, Johnny mourrait pour rien et Towers aurait de nouveau les bombes à sa disposition. Non, l'affaire était allée trop loin; il ne laisserait pas son enfant passer sous le joug de la dictature parce qu'il avait besoin de sommeil.

Il entendit crépiter le compteur Geiger et se souvint d'avoir supprimé le bruit de fond. La radioactivité devait croître dans la pièce... sans doute parce qu'il avait éparpillé les circuits du « cerveau ». Ces circuits étaient certainement infectés; ils étaient demeurés trop longtemps à proximité du plutonium. Il tira son film de sa poche. La partie voilée s'étendait de plus en plus vers la ligne rouge.

Il le remit en place et soliloqua : « Mon vieux, il vaudrait mieux que tu trouves une porte de sortie, sinon tu vas devenir phosphorescent comme un cadran de montre. » Ce qui n'était qu'une figure de rhétorique; des tissus organiques infectés ne luisent pas mais se contentent de mourir lentement.

L'écran de télévision s'éclaira; le visage de Towers apparut, « Dahlquist? Je voudrais vous parler.

— Allez plutôt jouer au cerf-volant.

— Admettons que vous nous gênez.

— Je vous gêne? Charmant euphémisme! Dites plutôt que je vous ai réduits à l'impuissance.

— Pour le moment. Je me débrouille actuellement pour me procurer de nouvelles bombes...

— Vous mentez.

— ... mais vous nous mettez des bâtons dans les roues. J'ai une proposition à vous faire.

— Elle ne m'intéresse pas.

— Attendez. Lorsque tout sera fini, je serai le chef du gouvernement mondial. Si vous consentez à me donner votre collaboration, même en ce moment, je ferai de vous le chef de mon administration. »

Johnny lui dit d'aller se faire voir. « Ne soyez pas stupide, dit Towers. Que gagnerez-vous à mourir? »

Johnny poussa un grognement. « Towers, vous êtes vraiment abject. Vous avez parlé de ma famille. J'aimerais mieux la voir morte que vivante sous la botte d'un dictateur au petit pied tel que vous! Maintenant disparaissez! J'ai besoin de réfléchir. »

Towers coupa la communication.

Johnny inspecta de nouveau son film. Il s'était encore voilé plus avant, ce qui lui rappelait avec force que le temps continuait à s'écouler. Il avait faim et soif... il ne pourrait pas toujours demeurer éveillé. Un vaisseau mettait quatre jours à faire le voyage Terre-Lune; il ne pouvait attendre de secours avant ce délai. Et quant à lui, il ne tiendrait sûrement pas quatre jours... Une fois que le voile se serait étendu au-delà de la ligne rouge, il serait perdu.

La seule chance qui lui restât, c'était de saboter les bombes de manière irréparable et de prendre la fuite avant que le voile du film ait atteint la limite fatale.

Il se tortura l'esprit pour chercher une solution puis se mit au travail. Il pendit un poids au bout de la ceinture, la lia par une ficelle. Si jamais Towers faisait sauter la porte, il espérait avoir le temps de libérer le système avant de mourir.

Il existait un moyen à la fois simple et ardu de saboter les bombes de façon à ce qu'elles soient irréparables. Le cœur de chacune d'elles était constitué par deux hémisphères de plutonium aux surfaces de section ultra-polies, afin de permettre un contact intime lorsqu'elles seraient projetées l'une contre l'autre. Le moindre défaut de précision suffirait à amortir la réaction en chaîne et par conséquent à supprimer l'explosion.

Johnny se mit donc en devoir de démonter l'une des bombes. Il dut défoncer quatre cloisons successives, puis briser l'enveloppe de verre entourant le montage intérieur. Ceci mis à part, le démontage de la bombe ne présenta pas de grandes difficultés. A la fin, il trouva devant lui deux demi-globes plus polis que des miroirs.

Un coup de marteau, et l'un d'eux avait cessé d'être parfait. Un second coup et la deuxième moitié se brisa comme du verre; il avait attaqué sa structure cristalline au point favorable.

Des heures plus tard, recru de fatigue, il revint à la bombe amorcée. Dominant ses nerfs, il la désamorça avec des soins infinis. Bientôt, ses deux hémisphères d'argent furent inutilisables à leur tour. Il ne restait plus dans le silo une seule bombe en état de fonctionner — mais, éparpillés sur le sol, se trouvaient des fragments du métal le plus coûteux, le plus dangereux pour l'organisme, le plus redoutable par ses effets destructeurs, et dont la valeur représentait une fortune colossale.

Johnny jeta un regard sur le matériau diabolique. « Saute dans ta combinaison, mon vieux, et sors d'ici en vitesse », dit-il tout haut. « Je me demande ce que va dire Towers. »

Il se dirigea vers le râtelier dans le but d'y replacer le

marteau. le compteur Geiger crépita violemment à son passage.

Le plutonium influence à peine le compteur Geiger; il n'en va pas de même de l'infection secondaire qu'il produit autour de lui. Johnny regarda le marteau, puis l'approcha de l'instrument. Aussitôt le compteur se mit à crépiter follement.

Johnny s'en débarrassa en toute hâte et se dirigea vers sa combinaison.

Comme il repassait devant le compteur, celui-ci crépita de nouveau. Il s'arrêta court.

Il approcha une main de l'instrument. Le crépitement se transforma en un rugissement continu. Sans se déplacer, il tira son film de sa poche. Il était voilé d'un bout à l'autre.

3

Le plutonium, une fois entré dans l'organisme, se concentre rapidement dans la moelle épinière. Il n'y a plus rien à faire. La victime est perdue. Les neutrons qu'il émet parcourent le corps, ionisant les tissus, transmutant les atomes en isotopes radioactifs, détruisant et tuant. La dose fatale est incroyablement faible; une masse atteignant le dixième d'un grain de sel de table est plus que suffisante — une dose susceptible de s'introduire dans la plus petite écorchure. Au cours de l'historique Projet Manhattan, l'amputation immédiate était considérée comme le seul recours possible.

Johnny n'ignorait rien de tout cela, mais il avait cessé de s'en inquiéter. Il s'assit sur le sol, en fumant une cigarette qu'il avait précieusement mise de côté, et se mit à réfléchir.

Il souffla un jet de fumée en direction du compteur Geiger et un sourire sans joie distendit ses lèvres lorsqu'il l'entendit crépiter de plus belle. Sa respiration même était devenue empestée... le carbone 4, supposa-t-il, s'exhalant de son flux sanguin sous forme d'oxyde de carbone. Cela n'avait plus d'importance.

Au point où il en était, une reddition de sa part n'aurait plus de sens, et il ne donnerait pas cette satisfaction à Towers — il finirait simplement sa garde sur place. De plus, en continuant à lui faire croire que la bombe était prête à exploser, il l'empêcherait de récupérer la matière première dont les bombes étaient faites.

Il constata sans étonnement qu'il n'éprouvait pas de regrets. Il trouvait une certaine douceur dans la pensée que tous ses soucis étaient terminés. Il ne souffrait pas, n'éprouvait pas le moindre malaise; sa faim même avait disparu. Il se sentait toujours en bonne condition physique et l'esprit en paix. Il était mort... il savait qu'il était mort; néanmoins, pour un temps, il était encore capable de marcher, de respirer, de voir et de sentir.

Il ne souffrait même pas de la solitude. Il n'était pas seul; il était entouré de ses camarades — le garçon qui avait enfoncé son doigt dans la digue; le colonel Bowie, trop malade pour se mouvoir; le capitaine du *Chesapeake,* mourant, qui gardait toujours sur ses lèvres un défi immortel; Rodger Young, scrutant les ténèbres. Ils se rassemblaient autour de lui dans la pénombre du silo à bombes.

Et, bien entendu, il y avait Édith. Elle était la seule dont il sentit vraiment la présence. Johnny aurait voulu distinguer plus clairement son visage. Était-elle en colère? Ou plutôt fière et heureuse?

Fière, bien que malheureuse... Il la distinguait mieux à présent et sentait même le contact de sa main. Il demeura tout à fait immobile.

Bientôt il sentit sa cigarette lui brûler les doigts. Il tira une dernière bouffée, la souffla dans la direction du compteur Geiger, et l'éteignit. C'était la dernière qui lui restât. Il ramassa plusieurs mégots et en roula une avec un fragment de papier découvert dans sa poche. Il l'alluma soigneusement et s'adossa pour attendre le retour d'Édith. Il se sentait très heureux.

Il était toujours adossé à l'enveloppe de la bombe, la dernière cigarette refroidie à ses côtés, lorsque le haut-parleur se fit entendre de nouveau. « Johnny? Hé, Johnny? M'entends-tu? Ici Kelly. Tout est fini. Le *La Fayette* vient de se poser et Towers s'est fait sauter la cervelle. Johnny? *Réponds-moi.* »

Lorsqu'ils ouvrirent la porte, le premier des hommes tenait un compteur Geiger au bout d'une longue perche. Il s'arrêta sur le seuil et battit précipitamment en retraite. « Hé, chef! » 'appela-t-il. « Amenez des appareils de manipulation... et un cercueil de plomb. »

Le petit vaisseau et son escorte mirent quatre jours à rejoindre la Terre. Quatre jours durant lesquels tous les peuples du globe attendirent son arrivée. Quatre-vingt-dix-huit heures durant, les programmes commerciaux furent évincés de la télévision pour faire place à des hymnes funèbres qui se succédaient sans interruption.

Les neuf vaisseaux se posèrent au port spatial de Chicago. Un tracteur télécommandé retira le coffre du petit astronef; celui-ci fut ensuite réapprovisionné en combustible, lancé sur une trajectoire de libération et projeté à travers l'espace, afin de ne plus jamais être utilisé à des fins moins nobles.

Le tracteur fut conduit à la ville de l'Illinois où était né le lieutenant Dahlquist et c'est là que se poursuivirent les cérémonies funèbres. Le tracteur déposa l'urne sur un piédestal, à l'intérieur d'une enceinte délimitant le rayon dangereux. Des Marines de l'espace, crosses en l'air et la tête inclinée, montèrent la garde autour d'elle; la foule se tenait au-delà du cercle. Et toujours se poursuivait le deuil.

Lorsqu'un temps suffisant se fut écoulé, longtemps, très longtemps après que les montagnes de fleurs se furent fanées, l'urne de plomb fut enclose dans le marbre, et c'est ce monument que vous pouvez contempler aujourd'hui.

ASSEYEZ-VOUS, MESSIEURS!

Pour coloniser la Lune, il faut à la fois des agoraphobes et des claustrophobes. Disons plutôt des agoraphiles et des claustrophiles. Il vaut mieux en effet que les gens qui vont en espace ne souffrent pas de phobies. Si quoi que ce soit sur une planète, dans l'intérieur d'une planète ou dans le vide entourant les planètes est susceptible d'effrayer un candidat éventuel, mieux vaudrait pour lui ne point quitter notre mère, la Terre. Un homme qui veut gagner sa vie loin de la terre ferme doit être prêt à vivre confiné dans un astronef où l'espace est strictement mesuré, sachant qu'il peut devenir son cercueil, et d'autre part ne doit pas se laisser troubler par les profondeurs infinies de l'espace lui-même. Quant aux astronautes — ceux qui *travaillent* dans l'espace, pilotes, mécaniciens, astrogateurs et autres — ils exigent, pour avoir les coudées franches, quelques millions de kilomètres aux entournures.

D'un autre côté, les colonisateurs de la Lune doivent appartenir à cette espèce qui se sent parfaitement dans son élément lorsqu'il lui faut jouer les taupes en creusant des galeries dans le sol.

A mon second voyage à Luna City, je me rendis à l'observatoire de Richardson, à la fois pour contempler le Grand Œil et pour recueillir les éléments d'un article qui me paierait mes frais de vacances. J'exhibai ma carte de journaliste, prononçai quelques propos aimables et fis tant et si bien que le trésorier payeur lui-même me servit de cicérone. Nous sortîmes du tunnel nord que l'on creusait à ce moment dans le site prévu pour l'installation du coronascope.

Ce fut une fastidieuse randonnée, consistant à prendre place sur une *patinette,* à parcourir un tunnel totalement dépourvu d'intérêt, à faire l'ascension d'un puits en traversant un sas et à reprendre le même processus en sens inverse. « Ceci n'est que temporaire », commentait Mr. Knowles. « Lorsque nous aurons creusé le second tunnel, nous les connecterons transversalement, supprimerons les sas, installerons un trottoir roulant nord-sud dans celui-ci, un trottoir roulant sud-nord dans l'autre et vous accomplirez le trajet en moins de trois minutes. Exactement comme à Luna City ou à Manhattan.

— Pourquoi ne pas démonter les sas dès à présent? » demandai-je au moment où nous pénétrions dans un autre sas — environ le septième. « Jusqu'à présent, la pression est identique de chaque côté de tous les sas. »

Knowles me jeta un regard mi-figue mi-raisin. « Vous ne voudriez tout de même pas profiter d'une particularité de cette planète pour le seul plaisir d'en tirer un article à sensation? »

Je me sentis piqué au vif. « Dites donc, ripostai-je, je suis tout aussi digne de confiance que le premier fabricant de néologismes, mais si ce projet a quelque chose de pas très catholique, rebroussons chemin immédiatement et n'en parlons plus. Je ne suis pas disposé à me laisser censurer.

— Ne vous fâchez pas, dit-il doucement. Il n'est pas question de vous censurer. Nous sommes heureux de collaborer avec la presse, mais la Lune n'a déjà que trop pâti d'une mauvaise publicité — d'une publicité qu'elle ne mérite pas. »

Je demeurai bouche close.

« Chaque entreprise technique présente ses propres risques », poursuivit-il, « mais également ses avantages. Nos hommes ne contractent pas la malaria et n'ont pas à se préoccuper des serpents à sonnette. Je puis vous montrer des statistiques prouvant qu'il est moins dangereux de travailler dans les caissons de compression sur la Lune que d'être un employé de bureau aux États-Unis. Par exemple, les fractures osseuses sont extrêmement rares sur la Lune (la gravité y est tellement faible) tandis que sur Terre on risque sa vie chaque fois qu'on pénètre dans sa baignoire ou qu'on en sort.

— D'accord, d'accord, interrompis-je, l'endroit est donc sûr. Mais où se trouve la paille dans l'acier?

— Il est *effectivement* sûr. Je n'invoquerai pas ici de chiffres...

— Mais vous conservez des sas superflus. Pour quelle raison? »

Il hésita avant de répondre. « Les séismes. »

Des séismes. Des tremblements de terre. Ou plutôt de lune. Je regardai les murs incurvés qui défilaient devant mes yeux et souhaitai me trouver sur Terre. Nul ne désire être enterré vivant, mais il fallait en plus que la chose se produisît sur la Lune, on n'aurait pas la plus petite chance de s'en tirer. Aussi rapides que pussent être les secours, les poumons éclateraient, faute d'air.

« Ils ne se produisent pas très souvent, poursuivit Knowles, mais il faut que toutes les précautions soient prises. Souvenez-vous : la Terre a huit fois la masse de la Lune, si bien que les pressions induites ici par les marées sont huit fois plus importantes que celles provoquées par la Lune sur les marées terrestres.

— Allons donc, dis-je, il n'y a pas une goutte d'eau sur la Lune. Comment pourrait-il y avoir des marées?

— La présence de l'eau n'est pas nécessaire pour provoquer des pressions de marée. Ne vous en occupez pas. Acceptez-en simplement le principe. Le résultat, ce sont des pressions inégalement réparties. Elles peuvent provoquer des séismes. »

J'inclinai la tête. « Je vois. Puisque toutes les installations lunaires doivent être étanches, il importe de prévoir les séismes. Ces sas ne servent qu'à faire la part de vos pertes.

— Oui et non. Les sas limiteraient effectivement un accident s'il venait à s'en produire. Avant tout, ils nous permettent de travailler dans une section du tunnel à pression zéro, sans perturber le reste de la galerie. Mais leur rôle est plus important; chacun d'eux tient l'office d'un joint de dilatation temporaire. On peut assembler un structure compacte et lui laisser affronter un séisme, mais un ouvrage aussi long que ce tunnel doit être souple, sinon des fuites se produiraient sur son parcours. Un joint flexible est ce qu'il y a de plus difficile à réaliser sur la Lune.

— Le caoutchouc ne conviendrait donc pas? demandai-je. J'ai chez moi une voiture terrestre qui a plus de trois cent mille kilomètres au compteur, et pourtant je n'ai jamais touché aux pneus depuis qu'ils ont été montés à Detroit. »

Knowles soupira. « J'aurais dû me faire accompagner par l'un des ingénieurs. Les éléments volatils qui donnent au caoutchouc sa souplesse tendent à bouillir et à s'évaporer dans le vide, et il devient dur. Il en va de même pour les plastiques flexibles. Lorsqu'on les expose aux basses températures, ils deviennent fragiles comme des coquilles d'œuf. »

La *patinette* s'arrêta alors que Knowles parlait encore, et nous en descendîmes juste à temps pour croiser une demi-douzaine d'hommes qui sortaient du sas suivant. Ils portaient des tenues spatiales, ou plus précisément des tenues de pression, car ils portaient des tubes de connexion au lieu de bouteilles à oxygène, et pas de visières à soleil. Leurs casques étaient rejetés en arrière et chacun avait glissé sa tête dans l'ouverture à glissière de sa tenue, ce qui leur donnait l'apparence curieuse d'individus bicéphales. « Hé, Konski! » s'écria Knowles.

L'un des hommes se retourna. Il devait mesurer un

mètre quatre-vingt-cinq et possédait trop de graisse pour sa taille. J'évaluai son poids terrestre à cent cinquante kilos. « C'est Mr. Knowles, dit-il tout joyeux. Ne me dites pas qu'on m'a donné de l'augmentation.

— Vous gagnez déjà trop d'argent, Fatso. Je vous présente Jack Arnold. Voici Fatso Konski, le meilleur travailleur en chambre de compression des quatre planètes.

— Des quatre seulement? » demanda Konski. Il glissa son bras hors de sa combinaison et plaça sa main nue dans la mienne. Je lui exprimai ma joie de faire sa connaissance et tentai de retirer ma main avant qu'il l'eût complètement mise en bouillie.

« Jack Arnold voudrait voir la façon dont on colmate ces tunnels, poursuivit Knowles. Accompagnez-nous. »

Konski leva les yeux vers la voûte. « Maintenant que vous m'y faites penser, Mr. Knowles, je viens justement de terminer mes heures de travail.

— Fatso, vous êtes un affreux grippe-sou, et fort peu hospitalier avec cela. Entendu... tarif des heures supplémentaires avec cinquante pour cent de majoration. »

Konski fit demi-tour et se mit en devoir d'ouvrir le sas.

Le tunnel au-delà était sensiblement identique à la section que nous venions de quitter, sauf qu'il ne comportait pas de rails pour « Patinettes » et que l'éclairage était monté provisoirement au moyen de fils volants. Deux cents mètres plus loin, le tunnel était obturé par une cloison dans laquelle était ménagée une porte circulaire. Le gros homme suivit mon regard. « C'est le sas mobile, expliqua-t-il. Il ne se trouve pas d'air au-delà. Nous creusons immédiatement devant lui.

— Pourrais-je voir l'endroit où vous venez de creuser?

— Non, à moins que nous ne revenions sur nos pas pour vous procurer une tenue. »

Je secouai la tête. Il y avait peut-être dans le tunnel une douzaine d'objets en forme de vessie, de la taille et de la forme de ballons d'enfant. Ils semblaient déplacer exactement leur propre poids d'air; ils flottaient sans montrer grande tendance à monter ou à descendre. Konski écarta l'un d'eux de sa route et me répondit avant même que j'aie eu le temps de poser ma question. « Cette partie du tunnel a été pressurisée aujourd'hui, dit-il. Ces ballons-témoins cherchent des fuites indécelées. Ils contiennent une sorte de glu. Lorsqu'une fuite se présente, ils se trouvent attirés, l'enveloppe cède et la substance qu'elle contient se trouve aspirée dans la fente, gèle et colmate la fuite.

— S'agit-il d'une réparation définitive?

— Vous plaisantez! Cela sert simplement à montrer au préposé où il doit souder.

— Montrez-lui un joint flexible, dit Knowles.

— Nous y venons. » Nous nous arrêtâmes à mi-chemin du tunnel et Konski désigna un segment annulaire qui faisait le tour du tunnel tubulaire. « Nous intercalons un joint flexible tous les trente mètres. C'est du tissu de verre dans l'intérieur duquel sont frettées les deux sections d'acier qu'il réunit. Cela donne au tunnel une certaine élasticité.

— Du tissu de verre? Pour former un joint étanche? objectai-je.

— Ce n'est pas le tissu qui constitue le joint. Il y a dix couches de tissu séparées les unes des autres par une graisse aux silicones. Elle se détériore progressivement en partant de l'extérieur, mais il faut cinq ans ou davantage avant qu'il soit nécessaire de remplacer le joint. »

Je demandai à Konski son opinion sur son travail, pensant trouver là de quoi alimenter mon article. Il haussa les épaules. « Ça va. Rien à dire. Tout juste une pression d'une atmosphère. Lorsque je travaillais sous l'Hudson...

— Et que vous gagniez à peine le dixième de ce que vous empochez ici, intervint Knowles.

— Mr. Knowles, vous me faites de la peine, protesta Konski. Ce n'est pas la question d'argent; c'est l'art de traiter la matière. Prenez Vénus. Ça paye aussi bien sur Vénus, mais il faut y marcher sur la pointe des pieds. Le sol est tellement friable qu'il faut le congeler. Pour travailler là-bas, il faut de vrais durs. La moitié des types que vous voyez ici ne sont que des mineurs et rien d'autre; un incident leur ferait perdre la tête.

— Dites-lui pourquoi vous avez quitté Vénus, Fatso. » Konski prit un air digne. « Examinerons-nous le bouclier mobile, messieurs? » demanda-t-il.

Nous continuâmes notre examen puis je me trouvai disposé à rentrer. Il n'y avait pas grand-chose à voir, et plus je prolongeais mon séjour en cet endroit, moins il me plaisait. Konski ouvrait la porte du sas sur le chemin du retour lorsqu'il se produisit quelque chose.

Je me retrouvai à quatre pattes; il faisait un noir d'encre. J'ai peut-être hurlé — je serais incapable de le dire. J'entendais tinter des cloches dans mes oreilles. Je tentai de me relever puis je demeurai dans la position où j'étais. C'était la nuit la plus noire que j'eusse connue. Je croyais être devenu aveugle.

Le pinceau lumineux d'une torche troua les ténèbres, vint se poser sur moi puis se déplaça. « Que s'est-il passé? criai-je. Un séisme?

— Cessez de hurler », répondit la voix tranquille de Konski. « Ce n'était pas un séisme mais une sorte d'explosion. Mr. Knowles, vous n'avez pas de mal?

— Je pense. » Knowles reprit bruyamment sa respiration. « Que s'est-il passé?

— Sais pas. Voyons un peu à la ronde. » Konski se leva et explora le tunnel. Sa lampe était de celles qu'il faut actionner par un mouvement de pompe; sa lumière vacillait. « Ça me paraît étanche mais j'entends... Oh! oh! mes amis! » Son faisceau était braqué sur une partie du joint flexible, près du sol.

Les ballons-témoins se rassemblaient en cet endroit. Trois avaient déjà atteint le point intéressé; d'autres dérivaient lentement vers lui. Sous nos yeux, l'un d'eux éclata et s'effondra en une masse gluante qui signalait la fuite.

Le trou aspira le ballon éclaté et produisit un siffle-ment. Un autre roula vers le même point, s'agita quel-ques intants puis éclata à son tour. Il fallut un peu plus de temps cette fois à la fuite pour absorber et engloutir la masse gommeuse.

Konski me passa la lampe. « Continuez à pomper, mon vieux. » Il extirpa son bras de sa combinaison et plaça sa main nue sur le point où, à ce moment, une troisième vessie venait d'éclater.

« Qu'en dites-vous, Fats? demanda Knowles.

— Difficile à dire. J'ai l'impression que le trou est gros comme le pouce. Il aspire comme le diable.

— Comment a pu se produire un trou pareil?

— Je donne ma langue au chat. Il a été percé de l'extérieur, peut-être.

— Avez-vous obturé la fuite.

— Je le crois. Allez voir le manomètre. »

Knowles se dirigea vers le sas. Bientôt il annonça : « Pression stabilisée!

— Pouvez-vous lire le vernier? lui demanda Konski.

— Certainement. Stable d'après le vernier.

— Combien avons-nous perdu?

— Pas plus d'une livre ou deux. Quelle était la pression précédemment?

— Normale terrestre.

— Dans ce cas, nous avons perdu sept cents gram-mes.

— Pas mal. Continuez d'avancer, Mr. Knowles. Il y a une trousse à outils au-delà du sas, dans la section suivante. Apportez-moi une « rustine » numéro trois ou plus grande.

— Bien. » Nous entendîmes la porte s'ouvrir et se refermer, et nous fûmes de nouveau plongés dans l'obs-curité totale. Je dus émettre quelque bruit, car Konski me dit de garder le moral.

Bientôt nous entendîmes la porte; la bienheureuse lumière apparut de nouveau. « Vous avez trouvé? demanda Konski.

— Non, Fatso. Non... » Knowles avait la voix tremblante. « Il n'y a pas d'air de l'autre côté. La seconde porte refuse de s'ouvrir.

— Coincée, peut-être?

— Non, j'ai vérifié le manomètre. Il n'y a pas de pression dans l'autre section. »

Konski émit un sifflement. « On dirait qu'il nous faudra attendre qu'on vienne nous chercher. Dans ce cas, dirigez la lumière sur moi, Mr. Knowles. Et vous, Mr. Arnold, aidez-moi à sortir de cette combinaison.

— Que comptez-vous faire?

— Si je ne peux pas trouver de *rustine,* il faut que j'en confectionne une, Mr. Knowles. Cette combinaison est la seule matière première qui se trouve à ma disposition. » Je me mis en devoir de l'aider — ce qui n'était guère facile puisqu'il devait garder sa main sur la fuite.

« Vous pourriez bourrer ma chemise dans la fissure, suggéra Knowles.

— Autant écoper de l'eau avec une fourchette. Il faut que ce soit la combinaison; rien d'autre, parmi les matières dont nous disposons, ne pourrait résister à la pression. » Lorsqu'il eut quitté sa tenue, il me fit nettoyer une partie du dos, puis, au moment où il retirait sa main, j'appliquai la combinaison sur le trou. Konski s'assit promptement dessus. « Voilà! » dit-il tout heureux. « Nous l'avons obturé. Il ne nous reste plus qu'à attendre. »

je voulus lui demander pourquoi il ne s'était pas contenté de s'asseoir sur le trou sans se défaire de la tenue. Puis je m'avisai que le fond du pantalon était tout rugueux — il lui fallait une pièce lisse pour s'ajuster sur la matière gluante laissée par les ballons.

« Laissez-moi voir votre main, demanda Knowles.

— Ce n'est pas grand-chose. » Mais Knowles l'examina néanmoins. J'y jetai un regard et sentis mon estomac se soulever un peu. Il avait sur la paume une marque ressemblant à un stigmate; le sang avait traversé la peau par osmose. Knowles fit une compresse de son mouchoir, et je me servis du mien pour la tenir en place.

« Je vous remercie, messieurs », dit Konski, puis il ajouta : « Nous avons du temps à tuer. Que diriez-vous d'une petite partie de poker?

— Avec vos cartes? demanda Knowles.

— Voyons, Mr. Knowles! Bah... peu importe. Les trésoriers-payeurs ne doivent pas jouer, après tout. A propos de payeurs, vous vous rendez compte qu'il s'agit de travail sous pression, Mr. Knowles?

— Pour sept cents grammes de différence?

— Je suis certain que le syndicat adopterait cette optique... vu les circonstances.

— Supposez que ce soit moi qui m'assoie sur la fuite?

— Mais le tarif s'applique également aux aides.

— C'est bon, grippe-sou — ce sera le tarif triple.

— Voilà qui est plus conforme à votre généreuse nature, Mr. Knowles. J'espère que l'attente sera bonne et longue.

— Combien de temps estimez-vous qu'elle durera, Fatso?

— Ma foi, cela ne devrait guère leur prendre plus d'une heure, même s'ils devaient venir de Richardson.

— Hum... qu'est-ce qui vous fait croire qu'ils partiront à notre recherche?

— Hein? Votre bureau ne sait-il pas où vous êtes?

— Je crains que non. Je leur ai dit que je ne rentrerais pas aujourd'hui. »

Konski réfléchit un instant. « Je n'ai pas marqué ma carte de pointage. Ils sauront que je n'ai pas quitté l'intérieur.

— Certainement... mais demain seulement, lorsque votre carte sera portée manquante à mon bureau.

— Il y a cette tête de pipe à la porte. Il doit savoir qu'il y a trois personnes supplémentaires à l'intérieur.

— A condition qu'il transmette la consigne à celui qui viendra le relever et qu'il n'ait pas été pris dans le coup.

— Oui, en effet, dit Konski pensivement. Mr. Arnold, il vaudrait mieux cesser d'actionner cette lampe. Vous consommez inutilement de l'oxygène. »

Nous demeurâmes assis un long moment dans le noir, nous interrogeant sur les raisons de l'incident. Konski était certain qu'il s'agissait d'une explosion; Knowles déclara que cela lui rappelait une circonstance où il avait vu un vaisseau de marchandises s'écraser au décollage. Lorsque la conversation commença de s'éteindre, Konski raconta quelques histoires. Je voulus en raconter ùune à mon tour, mais j'étais tellement nerveux — si effrayé, devrais-je dire — que je n'arrivais pas à me rappeler la chute. Pour un peu, devrais-je dire — que je n'arrivais pas à me rappeler la chute. Pour un peu, j'aurais hurlé.

Konski reprit après un long silence : « Mr. Arnold, voulez-vous nous redonner la lumière. Je viens d'avoir une idée.

— Si nous avions une *rustine,* vous pourriez revêtir ma combinaison et aller chercher du secours.

— Il n'y a pas d'oxygène pour la combinaison.

— C'est précisément pourquoi j'ai pensé à vous. vous êtes le plus petit — la tenue pourra contenir suffisamment d'air pour vous permettre de franchir la prochaine section.

— Bon... soit. Mais avec quoi allez-vous obturer la fuite?

— Je suis assis avec.

— Comment?

— Cette masse large et ronde qui me sert de postérieur. Je vais retirer mon pantalon. Si j'applique une de mes fesses sur ce trou, je puis vous assurer qu'il sera bouclé hermétiquement.

— Mais... non, Fats, ça n'ira pas. Regardez ce qui

est arrivé à votre main. Vous seriez saigné comme un lapin à travers la peau et mort avant que j'aie eu le temps de revenir.

— Je parie à deux contre un qu'il n'en sera rien — pour cinquante dollars, disons.

— Et si je gagne, comment entrerai-je en possession de mon argent?

— Vous êtes bien mignon, Mr. Knowles. Mais écoutez-moi... j'ai sur le corps un rembourrage de graisse de cinq ou six centimètres d'épaisseur. Je ne saignerai guère; cela me fera tout au plus une marque grosse comme une fraise. »

Knowles secoua la tête. « Ce n'est pas nécessaire. Si nous demeurons bien tranquilles, il y a ici suffisamment d'air pour plusieurs jours.

— Ce n'est pas l'air, Mr. Knowles. Avez-vous remarqué qu'il fait de plus en plus froid? »

Je l'avais remarqué pour ma part, mais je n'y avais pas attaché autrement d'importance. Dans ma misère et ma détresse, le fait d'avoir froid me semblait assez approprié. A présent j'y pensais. En perdant la ligne porteuse d'énergie, nous avions du même coup perdu les réchauffeurs. Le froid allait augmenter de plus en plus, de plus en plus...

Mr. Knowles comprit également. « Eh bien soit, Fats. Exécution. »

Je m'assis sur la combinaison tandis que Konski se préparait. Après avoir retiré son pantalon, il saisit l'un des ballons, le fit éclater et étala l'enduit visqueux sur sa fesse droite. Puis il se tourna vers moi. Nous effectuâmes l'échange sans perdre beaucoup d'air, bien que la fuite se mît à siffler avec colère. « Aussi confortable qu'un fauteuil, bonnes gens. » Il sourit.

Knowles enfila précipitamment la combinaison et s'en fut. Nous étions de nouveau dans l'obscurité.

Au bout d'un moment, la voix de Konski se fit

entendre. « il est un jeu auquel nous pouvons jouer dans le noir. Connaissez-vous les échecs?

— Mon Dieu, j'y joue, oui.

— Un jeu fameux. Nous avions coutume d'y jouer lorsque nous nous trouvions dans la chambre de décompression, lorsque je travaillais sous l'Hudson. Que diriez-vous d'une partie à vingt dollars, histoire de rendre la chose amusante?

— Hein? Ça me va. » Il aurait pu la mettre à mille dollars; je m'en moquais éperdument.

« Bravo. Pion du roi en roi quatre.

— Euh... Pion du roi en roi quatre.

— Un peu conventionnel, non? Cela me rappelle une fille que je connaissais à Hoboken... » Ce qu'il me raconta à son sujet n'avait rien à voir avec les échecs, sauf que cela tendait à prouver qu'elle était également conventionnelle. « Fou du roi en fou de la reine quatre. C'est comme sa sœur. Apparemment, elle n'avait pas toujours été rousse, mais elle tenait à en persuader les gens. Alors elle... excusez-moi. Annoncez votre coup. »

J'essayai de réfléchir, mais la tête me tournait. « Pion de la reine en reine trois.

— Reine en fou du roi trois. Quoi qu'il en soit, elle... » Il continua avec force détails. Son histoire n'avait rien de nouveau et je doute fort qu'elle lui fût arrivée personnellement, mais elle me réconforta quelque peu. J'en vins même à sourire, dans le noir. « A vous de jouer, ajouta-t-il.

— Oh! » Je n'arrivais plus à me souvenir de notre échiquier imaginaire. Je décidai de me préparer à roquer, ce qui est toujours assez sûr au début du jeu. « Cavalier de la reine en fou de la reine trois.

— La reine s'avance pour capturer le pion de votre fou du roi... échec et mat. Vous me devez vingt dollars.

— Comment cela? Ce n'est pas possible!

— Voulez-vous que je répète les coups? » Il fit comme il l'avait dit.

Je parvins à me les représenter. « Bon Dieu! dis-je. Vous m'avez coincé! »

Il gloussa. « Vous n'auriez pas dû quitter ma reine de l'œil au lieu de vous occuper de la rousse. »

J'éclatai de rire. « Vous connaissez d'autres histoires?

— Sans doute. » Il en raconta une nouvelle. Mais lorsque je le pressai de continuer, il répondit : « Je crois que je vais me reposer pendant un petit moment. »

Je me levai. « Vous vous sentez bien, Fats? » Il ne répondit pas; je m'approchai de lui à tâtons. Son visage était froid et il ne proféra pas un son lorsque je le touchai. J'entendais son cœur battre faiblement lorsque je posais mon oreille sur sa poitrine, mais ses mains et ses pieds étaient comme de la glace.

Je dus le dégager à la force des poignets; il était gelé sur place. Je sentais la glace, dont je savais qu'elle devait être du sang. Je voulus le ramener à lui en le frictionnant, mais le sifflement de la fuite m'arrêta court. J'arrachai mon propre pantalon et m'assis dessus, la fesse droite appliquée fermement contre l'ouverture.

Elle aspira ma peau comme une ventouse d'un froid glacial. Puis ce fut du feu qui se répandit à travers ma chair. Au bout d'un moment, je ne sentis plus rien qu'une douleur vague et le froid.

Une lumière apparut quelque part. Elle vacilla un instant puis disparut. J'entendis une porte claquer. Je me mis à crier.

« Knowles! hurlai-je. Mr. Knowles! »

La lumière apparut de nouveau. « J'arrive... »

Je me mis à bafouiller. « Oh! vous avez réussi! Vous avez réussi!

— Non, je n'ai pas réussi. Je n'ai pas pu atteindre la section suivante. En parvenant au sas, j'ai perdu connaissance. » Il s'interrompit pour éternuer. « Il y a un cratère... » La lumière vacilla et tomba avec fracas sur le sol. « Aidez-moi », dit-il d'un ton geignard. « Ne voyez-vous pas que j'ai besoin d'aide? J'ai essayé de... »

Je l'entendis trébucher et tomber. Je l'appelai, mais il ne répondit pas.

Je tentai de me lever, mais j'étais littéralement collé sur place, coincé comme un bouchon dans une bouteille...

Je revins à moi, étendu à plat ventre — avec un drap propre sous mon corps. « Vous vous sentez mieux? » demanda quelqu'un. C'était Knowles debout près de mon lit, vêtu d'un peignoir de bain.

« Vous êtes mort! lui dis-je.

— Pas le moins du monde. (Il sourit.) Ils sont arrivés à temps.

— Que s'est-il passé? » Je le fixai, n'en croyant pas encore mes yeux.

« Une fusée téléguidée, emportant le courrier, est devenue folle et est venue s'écraser sur le tunnel.

— Où est Fats?

— Salut! »

Je me tordis le cou; c'était Konski allongé à plat ventre comme moi.

« Vous me devez vingt dollars, dit-il joyeusement.

— Je vous dois... » Je découvris que mon visage ruisselait de larmes sans raison valable. « C'est bon, je vous dois vingt dollars. Mais il vous faudra venir sur Terre pour les encaisser. »

LES PUITS NOIRS DE LA LUNE

LE matin qui suivit notre arrivée sur la Lune, nous nous rendîmes à Rutherford. Papa et Mr. Latham — Mr. Latham est l'homme du trust Harriman que papa était venu voir à Luna City — papa et Mr. Latham devaient sortir pour affaires. J'obtins de papa la promesse de l'accompagner parce que ce serait, selon toute probabilité, ma seule chance de jamais mettre le pied sur la surface de la Lune. Luna City c'est très bien, sans doute, mais je défie quiconque de distinguer un couloir de Luna City des sous-niveaux de New York — sauf naturellement que vous pesez fort peu sur vos pieds.

Lorsque papa entra dans l'appartement de notre hôtel pour annoncer que nous étions prêts à partir, j'étais accroupi sur le parquet, jouant à la carotte avec mon petit frère. Maman s'était étendue sur le lit et m'avait demandé de faire tenir le môme tranquille. Elle avait eu le mal de l'espace pendant tout le trajet Terre-Lune et je suppose qu'elle ne se sentait pas encore très bien. Le moutard n'avait cessé de jouer avec les lumières, les faisant passer du « crépuscule » au « hâle du désert » et vice versa. Je l'attrapai au collet et le fit asseoir sur le plancher.

Bien sûr je ne joue plus à la carotte, mais sur la Lune, c'est un jeu drôlement fameux. Le couteau flotte pratiquement dans l'air et l'on parvient à lui faire exécuter toutes sortes de tours. Nous avons instauré un bon nombre de règles nouvelles.

« Exécution du programme, ma chérie, dit papa. Nous partons immédiatement pour Rutherford. Rassemblons nos affaires et en route.

— Doux Jésus, dit maman, je ne crois pas que j'en aie la force. Pars avec Dickie. Bébé Chéri et moi nous passerons ici une journée bien tranquille. »

Bébé Chéri, c'est le même.

J'aurais pu lui dire qu'elle s'y prenait fort mal. Il faillit me faire sauter l'œil avec son couteau et dit : « Qui ? Quoi ? J'y vais aussi ! En route !

— Voyons, Bébé Chéri, dit maman, ne fais pas de peine à ta chère petite maman. Nous irons au cinéma tous les deux, toi et moi, comme deux grandes personnes. »

Le môme a sept ans de moins que moi, mais ne vous avisez pas de l'appeler Bébé Chéri si vous voulez obtenir quelque chose de lui. Il se mit aussitôt à piailler. « Tu m'avais dit que j'irais ! beuglait-il.

— Non, Bébé Chéri, je ne t'ai pas dit ça. Je...

— Papa a dit que je pourrais y aller !

— Richard, as-tu dit à Bébé qu'il pourrait t'accompagner ?

— Mais non, ma chérie, du moins je n'en ai pas le souvenir. Peut-être ai-je... »

Le môme l'interrompit sans perdre de temps. « Tu as dit que je pourrais aller partout où Dickie irait. Tu me l'as promis, tu me l'as promis, tu me l'as promis. »

Parfois il faut lui tirer son chapeau, au môme ; il les avait amenés à se manger le nez pour savoir qui lui avait dit ceci ou cela. Quoi qu'il en soit, c'est ainsi que vingt minutes plus tard, nous nous trouvions tous quatre au port spatial, en compagnie de Mr. Latham, et que nous montions dans la navette qui devait nous conduire à Rutherford.

●

Le voyage ne dure environ qu'une dizaine de minutes, et l'on ne voit pas grand-chose, juste un coup d'œil fugitif sur la Terre tandis que la fusée se trouve encore à proximité de Luna City, et encore même pas cela, puisque les usines atomiques où nous nous rendions se trouvent sur le côté opposé de la Lune. Il y avait avec nous peut-être une douzaine de touristes et la plupart eurent le mal de l'espace aussitôt que nous entrâmes en chute libre. Maman était du nombre. Certaines gens ne parviennent jamais à se faire aux fusées.

Mais maman se trouva complètement remise dès que nous nous fûmes posés et que nous eûmes pénétré à l'intérieur. Les choses ne se passent pas à Rutherford comme à Luna City. Au lieu d'amener un tube jusqu'au vaisseau, ils envoient une voiture pressurisée qui vient s'adapter à la fusée par l'intermédiaire d'un sas, après quoi vous parcourez quinze cents mètres jusqu'à l'entrée des souterrains. Cette randonnée nous a plu, au môme et à moi. Papa devait accompagner Mr. Latham pour affaires, laissant maman, le môme et moi nous joindre aux touristes qui devaient faire la visite des laboratoires.

C'était sans doute très bien, mais pas très excitant. Pour autant que je sache, rien ne ressemble davantage à une usine atomique qu'une autre usine atomique; Rutherford aurait aussi bien pu se trouver à la place de la centrale principale près de Chicago. J'entends que tout ce qui a de l'importance est caché, dissimulé, enveloppé. Tout ce qu'il reste à voir, ce sont des cadrans sur des pupitres avec des tas de boutons et les gens qui regardent. Des appareils de télécommande comme à Oak Ridge. Le guide vous donne quelques renseignements sur les expériences en cours et vous fait voir quelques films — un point, c'est tout.

J'aimais bien notre guide. Je lui ai demandé s'il était un homme de l'espace et il m'a regardé d'un drôle d'air et m'a répondu que non, qu'il était simplement du Service Colonial.

Papa et Mr. Latham vinrent nous rejoindre au moment où nous terminions la visite et où Mr. Perrin

— c'est le nom de notre guide — annonçait l'excursion à l'extérieur. «La visite de Rutherford», disait-il comme s'il récitait une leçon, «comprend une excursion en tenue spatiale sur la surface de la Lune, sans supplément de prix, pour la visite du Cimetière du Diable et du lieu du Grand Désastre de 1984. Cette excursion est facultative. Elle n'offre aucun danger particulier et nous n'avons jamais connu d'accident à cette occasion, mais la Commission exige que chacun des participants signe une décharge de responsabilité envers l'entreprise. La visite dure environ une heure. Ceux qui préfèrent s'abstenir trouveront des films et des rafraîchissements dans la cantine.»

Papa se frottait les mains. «Ceci, c'est pour moi», annonça-t-il. «Mr. Latham, heureusement que nous sommes revenus à temps. Je n'aurais pas voulu manquer cette occasion pour un empire.

— Vous y prendrez du plaisir, dit Mr. Latham, comme vous-même, d'ailleurs, Mrs. Logan. Je ne sais ce qui me retient de vous accompagner.

— Pourquoi ne viendriez-vous pas? demanda papa.

— Non, il faut que je prépare les papiers afin que vous puissiez les parapher en même temps que le directeur, dès votre retour et avant votre départ de Luna City.

— Pourquoi vous priver de ce plaisir? insista papa. Si la parole d'un homme n'est pas une garantie suffisante, sa signature ne vaudra pas davantage. Vous pourrez me faire parvenir toutes ces paperasses à New York.»

Mr. Latham secoua la tête. «Non, vraiment... je suis sorti à la surface des douzaines de fois. Mais je vais vous conduire et vous aider à enfiler vos tenues spatiales.

— Oh! mon Dieu», dit maman. Elle n'avait pas grande envie de sortir; elle n'était pas très sûre de pouvoir supporter d'être enfermée dans une tenue spatiale, et d'autre part les rayons directs du soleil lui donnaient toujours des maux de tête.

«Ne fais pas l'enfant, ma chérie, dit papa, c'est une

occasion qu tu ne retrouveras plus au cours de ta vie. »
Et Mr. Latham lui dit que les filtres de casque empê-
chaient la lumière d'être éblouissante. Maman fait toujours des objections et cède régulièrement. C'est sans
doute que les femmes n'ont pas de force de caractère.
C'était comme la veille au soir — la nuit terrestre
j'entends, heure de Luna City — elle avait acheté une
tenue lunaire de fantaisie pour la porter à dîner dans le
restaurant de l'hôtel qui donne sur la Terre, et voilà
qu'elle a eu peur d'attraper froid. Elle s'est plainte à
papa d'être trop grasse pour porter un costume de ce
genre.

Il faut dire qu'il montrait un tas de peau. « Sornettes,
ma chérie, tu es ravissante. » Si bien qu'elle a porté le
costume et s'est amusée comme une petite folle, surtout
lorsqu'un pilote a voulu l'enlever.

Cette fois-ci ce fut encore la même comédie. Elle est
finalement venue avec nous. Nous sommes entrés dans
la salle d'habillage et j'ai inspecté les lieux pendant que
Mr. Perrin rassemblait son troupeau et faisait signer les
décharges. Il y avait à l'autre extrémité la porte du sas
donnant accès à la surface, avec son œil de bœuf, et un
second tout pareil dans l'autre porte au-delà. On pouvait voir à travers et apercevoir la surface de la Lune,
qui avait l'air toute chaude et brillante et un peu
irréelle, en dépit du verre ambré des fenêtres. Il y avait
aussi une double rangée de tenues spatiales, suspendues,
pareilles à des hommes vidés. Je tournai de gauche et
de droite jusqu'au moment où Mr. Perrin vint s'occuper
de notre groupe.

« Nous pourrions laisser le jeune homme sous la
garde de l'hôtesse, dans la cantine », disait-il à maman.
Il abaissa la main et ébouriffa les cheveux du môme.
Celui-ci essaya de le mordre et il retira vivement sa
main, je vous prie de le croire.

« Je vous remercie, Mr. Perkins, dit maman, je pense
en effet que ce serait la meilleure solution — mais il
vaudrait peut-être mieux que je reste avec lui.

— Je m'appelle Perrin, dit le guide doucement. Ce ne sera pas nécessaire. L'hôtesse prendra bien soin de lui. »

Pourquoi les adultes parlent-ils en présence des enfants comme si ceux-ci ne comprenaient pas leur propre langue? Ils auraient simplement dû le fourrer d'autorité dans la cantine. Mais le môme avait parfaitement compris qu'on voulait le plaquer. Il jeta autour de lui un regard belliqueux. « J'irai aussi! dit-il à haute voix. Vous me l'avez promis.

— Voyons, Bébé Chéri, dit maman pour tenter de l'arrêter, ta maman chérie ne t'a jamais dit... » Mais elle aurait bien pu souffler dans un violon; le môme eut recours aux effets sonores.

« Tu as dit que j'irais partout où Dickie pourrait aller; tu me l'as promis quand j'étais malade. Tu me l'as promis, tu me l'as promis... » Et il continuait de répéter la même phrase de plus en plus fort.

Mr. Perrin avait l'air embarrassé. « Richard, dit maman, débrouille-toi avec ton fils. Après tout, c'est toi qui lui as promis.

— Moi, chérie? dit papa, surpris. Après tout, je ne vois rien de si compliqué là-dedans. Si nous lui avons promis qu'il pourrait aller partout où irait Dickie... nous n'avons qu'à l'emmener, voilà tout. »

Mr. Perrin se racla le gosier. « Je crains que ce ne soit pas possible. Nous pouvons équiper votre aîné d'une tenue de femme; il est grand pour son âge. Mais nous n'avons rien de prévu pour les petits enfants. »

En moins de temps qu'il n'en faut pour le dire, nous étions plongés dans un joli pétrin. Le môme parvient toujours à faire tourner maman en bourrique. Maman arrive au même résultat avec papa. Il devient rouge comme une tomate et c'est moi finalement qui paie les pots cassés. C'est comme une réaction en chaîne, dont je suis le dernier maillon, sans personne sur qui je puisse faire rebondir les particules. Ils trouvèrent une solution très simple : je resterais à la cantine et je prendrais soin de Bébé Chéri le petit poison!

« Mais, papa, tu m'avais dit..., commençai-je.

— Ça suffit, coupa-t-il. Je ne veux pas voir ma famille se désintégrer au cours d'une algarade en public. Tu as entendu ce que ta mère a dit. »

J'étais désespéré. « Voyons, papa, dis-je en parlant d'une voix retenue, si je rentre sur Terre sans avoir une seule fois enfilé une tenue spatiale ni mis le pied sur la surface de la Lune, il faudra que tu me changes d'école. Je ne rentrerai pas à Lawrenceville; je serais la risée de tout l'établissement.

— Nous réglerons cette question à notre retour.

— Mais, papa, tu m'avais promis expressément...

— Je te prie de te taire, mon jeune ami. La question est réglée. »

Mr. Latham se tenait à proximité, observant la scène mais demeurant bouche close. A ce moment, il leva un sourcil vers papa et lui dit d'un ton fort calme : « Eh bien, mon cher, je croyais que votre parole était une garantie? »

Ces mots n'étaient pas destinés à mes oreilles et personne d'autre ne les entendit — c'est fort heureux d'ailleurs, car il est plutôt malsain de laisser entendre à papa que vous savez qu'il est dans son tort. Je me hâtai de changer de sujet. « Regarde, papa, peut-être pourrons-nous sortir tous. Que dis-tu de cette tenue que l'on voit là-bas? » Je désignai du doigt une penderie close par une grille cadenassée. On y voyait deux douzaines de tenues et, au bout de la rangée, pratiquement hors de vue, on apercevait une toute petite combinaison, dont les bottes atteignaient la ceinture de la voisine.

« Comment? » Papa s'épanouit. Mais c'est justement là ce qu'il nous faut! Mr. Perrin! Ho... Mr. Perrin, voudriez-vous venir une minute! Je croyais que vous ne disposiez pas de petites tenues, mais en voici une qui devrait faire l'affaire. »

Papa secouait déjà la poignée de la penderie.

Mr. Perrin l'arrêta. « Je regrette, monsieur, cette tenue n'est pas à la disposition du public.

— Pourquoi pas?

— Toutes les tenues qui se trouvent dans cette penderie appartiennent à des particuliers et ne peuvent être louées.

— Comment? Cela ne tient pas debout — Rutherford est une entreprise publique. Je veux cette tenue pour mon enfant.

— Je ne puis vous la remettre.

— Je vais parler au directeur.

— Ce serait en effet la meilleure solution. Cette tenue a été spécialement établie pour sa fille. »

Et ce qui fut dit fut fait. Mr. Latham appela le directeur au téléphone, papa lui parla, puis le directeur parla à Mr. Perrin, puis parla de nouveau à papa. Le directeur ne voyait aucun inconvénient à prêter la tenue, surtout à papa, mais il refusait de donner l'ordre à Mr. Perrin d'emmener au-dehors un enfant qui n'avait pas atteint l'âge réglementaire.

Mr. Perrin s'entêtait dans son refus, et ce n'est pas moi qui penserais à le lui reprocher, mais papa lui passa la main dans le dos et bientôt nous étions en train d'enfiler nos combinaisons; on vérifiait les pressions intérieures, les réserves d'oxygène et le fonctionnement des petits postes émetteurs-récepteurs portatifs. Mr. Perrin fit l'appel des membres du groupe par radio, puis nous fit remarquer que nous étions tous sur la même longueur d'onde et qu'il vaudrait donc mieux le laisser parler et s'abstenir de faire des réflexions sans intérêt, sinon il serait impossible de l'entendre. Puis nous fûmes dans le sas et il nous demanda de rester bien groupés, de ne pas tenter de courir pour voir quelle vitesse nous pouvions atteindre, ni à quelle hauteur nous pouvions sauter. Je sentais mon cœur cogner contre mes côtes.

La porte extérieure s'ouvrit et nous sortîmes en file, indienne sur la surface de la Lune. Elle était exactement aussi merveilleuse que je l'avais rêvé, mais j'étais tellement surexcité que c'est à peine si je m'en rendis compte sur le moment. Le soleil avait un éclat éblouissant qui dépassait de loin tout ce que j'avais connu jusqu'à présent, et les ombres étaient d'un noir d'encre, si dense et si profond qu'on y distinguait à peine un détail. On n'entendait rien à part les voix retransmises par les écouteurs, mais il n'y avait qu'un geste à faire pour couper le circuit et s'isoler dans le silence.

La ponce était meuble et s'élevait sous nos pieds comme de la fumée, pour se reposer lentement, dans une chute au ralenti. Rien d'autre ne bougeait. C'était l'endroit le plus mort qu'on pût imaginer.

Nous marchions sur un sentier, demeurant tout près les uns des autres pour nous tenir compagnie, sauf à deux occasions, où je dus me précipiter à la poursuite du môme qui venait de s'apercevoir qu'il pouvait faire des bonds de six mètres. Je lui aurais volontiers donné la fessée mais je ne vois pas quel effet cela aurait produit à travers la combinaison spatiale! Je n'insistai donc pas.

Mr. Perrin nous demanda bientôt de faire halte et se mit à parler.

« Vous vous trouvez à présent dans le Cimetière du Diable. Les pics qui sont derrière vous s'élèvent à quinze cents mètres au-dessus du niveau de la plaine et n'ont jamais été escaladés. On a donné à ces pics des noms bibliques ou mythologiques à cause de la ressemblance qu'offre ce décor fantastique avec un cimetière géant : Belzébuth, Thor, Siva, Caïn, Seth... » Il désignait à mesure les formes étranges. « Les sélénologues ne sont pas d'accord quant à l'origine de ces formes bizarres. Certains y voient les signes d'une érosion due à l'action du vent, de l'eau ou de phénomènes volcaniques. Dans ce cas, ces pics sont debout depuis un temps incalculable, car aujourd'hui, comme vous le voyez, la Lune... »

C'était exactement le genre de laïus que l'on trouve dans *le Magazine de l'espace,* à ceci près que nous avions le décor sous les yeux, ce qui fait une drôle de différence, je vous prie de le croire.

Les pics me rappelaient un peu les rochers qui se trouvent dans le Jardin des Dieux, à Colorado Springs, où nous avions séjourné aux vacances de l'été dernier, seulement ils étaient autrement plus grands et, au lieu du ciel bleu, il n'y avait que du noir et des étoiles brillantes au-dessus d'eux. Fantomatique.

Un autre garde était venu avec nous, avec un appareil photographique. Mr. Perrin voulut ajouter quelque chose, mais le môme s'était mis à criailler et je dus couper sa radio avant que quiconque entende. Je ne remis pas le contact avant que Mr. Perrin eût fini de parler.

Il nous demandait de nous aligner pour la photo avec pour fond de décor les pics et le ciel noir. « Avancez vos visages le plus près possible de la visière afin qu'on puisse distinguer vos traits. Que tout le monde prenne une belle pose. Voilà! » ajouta-t-il au moment où son compère déclenchait l'obturateur. « Les épreuves seront à votre disposition lorsque vous rentrerez, à dix dollars la pièce. »

Je ruminai aussitôt la chose. J'avais certainement besoin d'une photo pour ma chambre à l'école et j'en voulais une seconde pour la donner à... enfin bref, il m'en faudrait une seconde. Il me restait dix-huit dollars sur l'argent qu'on m'avait donné à mon anniversaire; si je lui demandais gentiment, maman compléterait la somme. Je commandai donc deux épreuves.

Nous fîmes l'ascension d'une longue pente et soudain nous eûmes devant les yeux le cratère du Grand Désastre : c'était tout ce qui restait du premier laboratoire. Il s'étendait devant nous jusqu'à trente kilomètres de distance et le sol était recouvert d'une substance luisante, vitrifiée, de couleur verte, au lieu de ponce. Il y avait une stèle sur laquelle on avait gravé :

ICI, AUTOUR DE VOUS,
SE TROUVENT LES DÉPOUILLES
MORTELLES DE
Kurt Schaeffer
Maurice Feinstein
Thomas Dooley
Hazel Hayakawa
G. Washington Slappey
Sam Houston Adams
QUI MOURURENT POUR LA VÉRITÉ
QUI REND LES HOMMES LIBRES
le onzième jour d'août 1984

Je me sentis tout drôle et reculai pour venir écouter Mr. Perrin. Papa et quelques autres hommes lui posaient des questions. « On ne sait pas exactement, disait-il. Il n'est rien resté. Aujourd'hui nous transmettons les renseignements à Luna City à mesure qu'ils sortent des instruments, mais cela s'est passé avant l'installation de la ligne des relais à vue.

— Que serait-il advenu, demanda quelqu'un, si cette explosion s'était produite sur Terre?

— Il me serait difficile de vous le dire... mais c'est pourquoi le laboratoire a été installé ici sur le côté opposé de la Lune. (Il consulta sa montre.) Il est temps de rentrer, mesdames, messieurs. » Ils avaient fait demi-tour et se dirigeaient vers le sentier, lorsque maman poussa un hurlement.

« Bébé! Où est passé Bébé Chéri? »

Je sursautai mais je ne pris pas peur, du moins pas encore. Ce môme, il faut toujours qu'il coure à droite et à gauche, mais il ne s'écarte jamais beaucoup car il veut toujours quelqu'un sous la main pour écouter ses piaillements.

Mon père avait passé un bras autour de ma mère et me faisait des signes avec l'autre. « Dick », dit-il d'une

108

voix sèche comme un coup de trique, dans mes écouteurs. « Qu'as-tu fait de ton frère?

— Moi? dis-je. Ne me regarde pas de cette façon... La dernière fois que je l'ai vu, maman le tenait par la main pour monter la colline.

— Ne tourne pas autour du pot, Dick. Maman s'est assise pour se reposer lorsque nous sommes arrivés ici et te l'a envoyé.

— Eh bien, dans ce cas, il n'est jamais arrivé. » Là-dessus maman s'est mise à crier pour de bon. Tout le monde avait entendu, bien entendu... c'était forcé, puisqu'il n'y avait qu'un circuit radio. Mr. Perrin s'avança et coupa l'émetteur de maman, ramenant soudain le silence.

« Occupez-vous de votre femme, Mr. Logan », ordonna-t-il, puis il ajouta : « Où avez-vous vu votre enfant pour la dernière fois? »

Papa ne put lui donner aucun renseignement; lorsqu'on voulut réintégrer maman dans le circuit, il fallut immédiatement la couper de nouveau. Elle ne savait rien et elle nous cassait les oreilles. Mr. Perrin s'adressa alors au reste du groupe. « Quelqu'un aurait-il aperçu le jeune enfant qui nous accompagnait? Ne répondez pas si vous n'avez rien à dire. Quelqu'un l'aurait-il vu s'écarter? »

Personne n'avait vu quoi que ce soit. A mon avis, il avait dû se cacher au moment où tout le monde était tourné vers le cratère. C'est ce que je dis à Mr. Perrin. « Cela me semble probable, dit-il. Je vous demande un instant d'attention! Je vais partir à la recherche de l'enfant. Demeurez où vous êtes. Ne vous écartez de cet endroit sous aucun prétexte. Je ne serai pas absent plus de dix minutes.

— Pourquoi ne participerions-nous pas tous aux recherches?

— Pour l'instant il n'y a qu'un enfant d'égaré, dit Mr. Perrin. Je ne voudrais pas qu'une douzaine de personnes manquent bientôt à l'appel. » Puis il s'en fut, progressant avec aisance par bonds de quinze mètres.

Papa fit mine de s'élancer sur ses traces puis se ravisa, car maman venait subitement de s'effondrer, pliant les genoux et flottant doucement jusqu'au sol. Tout le monde se mit à parler à la fois. Un idiot voulut lui retirer son casque, mais papa n'est pas fou. Je coupai ma radio afin de pouvoir m'entendre penser et entrepris d'inspecter les environs, sans quitter le groupe, mais en me juchant sur le bord du cratère pour tâcher d'y voir le mieux possible.

Je regardais du côté où nous étions venu. Cela n'aurait pas eu de sens de scruter l'intérieur du cratère — s'il s'y était trouvé, il aurait été visible comme une mouche sur une assiette.

A l'extérieur de la cuvette, c'était différent. On aurait facilement caché un régiment à cent mètres de nous, avec tous ces rochers éparpillés dans tous les sens — certains grands comme des maisons, et creusés de cavernes ou de couloirs — un véritable dédale. Je voyais de temps en temps Mr. Perrin fonçant çà et là comme un chien qui poursuit un lapin, et filant comme une flèche. Il volait pratiquement. Lorsqu'il se trouvait en présence d'un gros rocher, il le franchissait d'un seul élan, prenant la position horizontale au sommet de sa trajectoire, afin de mieux voir.

Puis il revint vers nous et je branchai de nouveau ma radio. Ça discutait ferme : « Il faut le retrouver avant le coucher du soleil », disait l'un, à quoi un autre répondait : « Vous plaisantez, le soleil ne se couchera pas avant une semaine. C'est sa réserve d'air qui me donne du souci. Ces tenues ne sont prévues que pour une sortie de quatre heures. » « Oh! dit la première voix, c'est comme un poisson hors de l'eau... » Et c'est à ce moment que j'ai pris peur.

Une voix de femme qui paraissait comme étranglée dit : « Le pauvre petit! Il faut le retrouver avant qu'il suffoque », et la voix de mon père intervint d'un ton tranchant : « Ne parlez pas de cette façon! » J'entendis quelqu'un sangloter. Ç'aurait pu être maman.

Mr. Perrin arrivait à notre hauteur : « Silence, tout le monde! Il faut que j'appelle la base. » Il ajouta d'un ton pressant : « Allô, Perrin appelle le contrôle du sas; Perrin appelle le contrôle du sas. »

Une voix de femme répondit : « Parlez, Perrin. » Il la mit au courant de ce qui venait de se passer et ajouta : « Envoyez Smith pour faire rentrer mon groupe; moi, je reste. Rassemblez tous les gardes disponibles et demandez des volontaires parmi les travailleurs expérimentés. Faites-moi parvenir un chercheur radio par les premiers qui sortiront de la base. »

Nous n'attendîmes pas longtemps, car ils accoururent vers nous comme une volée de sauterelles. Ils devaient foncer à soixante ou quatre-vingts à l'heure. C'eût été un spectacle extraordinaire si seulement je n'avais pas eu l'estomac aussi contracté.

Lorsqu'il s'agit de rentrer, papa voulut protester, mais Mr. Perrin le fit taire. « Si vous n'aviez pas été tellement obstiné, nous n'en serions pas là. Si vous aviez eu l'œil sur votre petit garçon, il ne serait pas perdu. J'ai moi-même des enfants et je ne les laisse pas courir sur la surface de la Lune tant qu'ils sont trop jeunes pour s'y risquer sans danger. Vous allez rentrer... je ne veux pas, en plus, me charger de votre sécurité. »

Je crois bien que papa aurait fini par se colleter avec lui si maman ne s'était pas évanouie une fois de plus. Nous rentrâmes à la base avec le groupe.

Les deux heures qui suivirent furent assez atroces. On nous permit de nous asseoir immédiatement à l'extérieur de la salle de contrôle, d'où l'on pouvait entendre Mr. Perrin diriger les recherches, dans le haut-parleur. Je crus tout d'abord qu'ils allaient localiser le môme dès qu'ils mettraient en batterie le détecteur radio — en se guidant sur les ondes parasites, peut-être, puisqu'il ne disait rien... mais ils n'eurent pas cette chance; ils n'obtinrent aucun résultat avec leur appareil. Et d'autre part les chercheurs ne trouvaient rien non plus.

Ce qu'il y avait de plus affreux, c'est que ni papa ni maman n'essayaient même de me faire des reproches. Maman pleurait doucement et papa s'efforçait de la consoler, et lorsqu'il tournait les yeux vers moi il avait une expression bizarre. Je pense qu'il ne me voyait pas, mais il devait penser que, si je n'avais pas insisté pour me rendre à la surface, tout cela ne se serait pas produit. « Ne me fais pas ces yeux-là, papa », lui dis-je. « Personne ne m'a dit de le surveiller. Je pensais qu'il se trouvait près de maman. »

Papa se contenta de secouer la tête sans répondre. Il semblait fatigué et comme qui dirait ratatiné. Mais maman, au lieu de m'accabler et de crier, s'arrêta de pleurer pour sourire. « Viens ici, Dickie », dit-elle, et elle m'entoura de son bras. « Personne ne te reproche rien, Dickie. Quoi qu'il arrive, ce ne sera pas ta faute. Rappelle-toi cela, Dickie. »

Je la laissai m'embrasser et je demeurai près d'eux pendant un moment, mais je me sentais plus malheureux qu'auparavant. Je n'arrêtais pas de penser au môme, égaré dans ce décor inhumain avec sa provision d'oxygène en train de s'épuiser. Ce n'était peut-être pas ma faute, mais j'aurais pu prévenir ce malheur et je le savais. Je n'aurais pas dû me reposer sur maman pour veiller sur lui, elle ne vaut rien pour ce genre de choses. Elle est de ce genre de personnes qui égareraient leur tête si elle n'était pas solidement vissée sur leurs épaules — elle est plutôt du genre décoratif. Maman est très gentille, vous me comprenez bien, mais elle n'a pas pour deux sous de sens pratique.

Ce serait pour elle un coup très dur si le môme ne revenait pas. Et pour papa... et aussi pour moi. Le môme est une véritable peste, mais je trouvais rudement drôle de ne plus l'avoir dans les jambes. « Comme un poisson hors de l'eau » : cette remarque finissait par m'obséder. Il m'est arrivé un jour de casser un aquarium; et je me souviens encore du spectacle que donnaient ces pauvres bêtes; ce n'était pas joli, joli... Et si le môme allait mourir de cette façon...

Je me refermai comme un escargot dans sa coquille et je décidai tout à coup qu'il m'appartenait de trouver un moyen de le retrouver.

Au bout d'un moment, je me convainquis que je pourrais y arriver, si seulement on voulait me permettre de participer aux recherches. Mais on repousserait ma demande, bien entendu.

Le professeur Evans, le directeur, reparut — il était venu à notre rencontre à notre arrivée — et il demanda s'il pouvait faire quelque chose pour nous et comment allait Mrs. Logan. « Pour rien au monde je n'aurais voulu qu'un tel malheur se produise, ajouta-t-il. Nous faisons tout ce qui est en notre pouvoir. J'ai fait venir quelques détecteurs de minerai depuis Luna City. Nous pourrions peut-être localiser l'enfant en détectant les masses métalliques incorporées dans sa tenue. »

Maman demanda si on ne pouvait pas faire intervenir des chiens policiers; le Dr. Evans ne lui rit même pas au nez. Papa suggéra l'emploi d'hélicoptères puis, se ravisant, préconisa le recours à des fusées. Le Dr. Evans fit remarquer qu'il était impossible d'examiner le sol de près, depuis une fusée.

Je le pris bientôt à l'écart et le pressai de m'autoriser à prendre part aux recherches. Il se montra poli mais sceptique, aussi insistai-je. « Qu'est-ce qui te fait croire que tu pourrais le retrouver? » demanda-t-il. « Nous disposons de gens qui possèdent l'expérience lunaire la plus approfondie. Je suis persuadé que tu t'égarerais bientôt si tu t'avisais de vouloir les suivre. Sur cette planète, si jamais tu perds de vue les repères, tu es irrémédiablement perdu. »

— Mais, professeur, je connais le môme — je veux dire mon petit frère — mieux que personne au monde. Je ne me perdrai pas, ou plutôt je me perdrai exactement de la même façon que lui. Vous n'avez qu'à me faire suivre par l'un de vos hommes. »

Il réfléchit une seconde. « Cela vaut la peine qu'on essaie, dit-il soudain. Je t'accompagne. Enfilons nos combinaisons. »

Une fois dehors, nous ne perdîmes pas de temps. Nous faisions des enjambées de vingt mètres — ce que je pouvais faire de mieux dans le genre — tandis que le professeur Evans me retenait par la ceinture pour m'empêcher de culbuter. Mr. Perrin nous attendait. Mon plan le laissa plutôt sceptique. « Il se peut que le vieux truc de la ″ mule perdue ″ donne des résultats, dit-il, mais je n'interromprai pas pour autant les recherches normales. Tiens, petit, prends cette torche. Tu en auras besoin pour explorer les ombres. »

Je m'approchai du bord du cratère et tentai de me mettre dans la peau du môme, sentant l'envahir l'ennui et le dépit de ne pas être le centre d'intérêt. Que faire pour passer le temps?

Je me laissai glisser le long de la pente sans choisir une direction particulière, comme l'aurait fait le môme. Puis je m'arrêtai et jetai un regard en arrière pour voir si papa, maman et grand frère avaient remarqué mon départ. On me suivait effectivement; le professeur Evans et Mr. Perrin marchaient sur mes talons; je fis comme si personne ne me regardait et me blottis derrière le premier rocher qui se présenta. Il n'était pas assez haut pour me cacher, mais il aurait facilement dissimulé le môme. Je sentais ce qu'il avait dû faire; il adorait jouer à cache-cache — c'était une façon comme une autre de concentrer l'attention sur lui.

Je réfléchis. Lorsque le môme se livrait à ce jeu, il avait toujours le chic pour ramper sous un objet quelconque, un lit, un canapé, une automobile, ou même sous l'évier. Je jetai un regard circulaire autour de moi. Ce n'étaient pas les cachettes qui manquaient; les rochers

114

étaient taraudés, creusés, avec des surplombs. J'entrepris de les explorer; mais la tâche semblait au-dessus de mes forces; il y avait au moins une centaine de cachettes dans un court rayon.

Mr. Perrin s'approcha de moi au moment où je sortais en rampant de la quatrième cachette. « Les hommes ont exploré tous ces endroits avec leurs lampes, dit-il. Je ne crois pas que cela serve à grand-chose, petit.

— Bon », dis-je, mais je n'en persistai pas moins. Je savais pouvoir m'introduire en des endroits inaccessibles aux adultes; j'espérais seulement que le môme n'avait pas choisi une cavité à laquelle je ne pourrais pas moi-même accéder.

Je poursuivais mes efforts sans relâche et je sentais le froid et une fatigue terrible me pénétrer. Le plein soleil est chaud sur la Lune, mais dès l'instant qu'on pénètre dans l'ombre, il fait froid. A l'intérieur de ces rochers, il ne faisait pas chaud du tout. Les tenues qu'on confiait aux touristes étaient assez bien isolées, mais surtout dans les gants, les bottes et le fond du pantalon — et j'avais passé le plus clair de mon temps à plat-ventre, à me tortiller pour m'introduire dans des trous exigus.

J'étais à ce point ankylosé que j'arrivais à peine à me mouvoir, et toute la partie antérieure de mon corps me faisait l'effet d'être changée en glace. Cette constatation me procurait un souci supplémentaire. Et le môme? Était-il gelé lui aussi?

Si je n'avais gardé à l'esprit l'image des poissons en train de suffoquer et du môme transformé en bloc de glace avant que j'aie eu le temps de parvenir jusqu'à lui, je crois bien que j'aurais abandonné. J'étais presque vaincu. De plus, ce n'est guère rassurant de se trouver à l'intérieur de ces trous — on ne sait jamais ce qui peut vous attendre au premier tournant.

Le professeur Evans me prit par le bras au sortir de l'un d'eux et appuya son casque contre le mien, si bien que j'entendis directement sa voix. « Il vaudrait mieux renoncer, petit. Tu es en train de t'épuiser et tu n'as

115

même pas exploré un arpent. » Je m'écartai de lui.

L'endroit suivant était constitué par un léger surplomb, à moins de trente centimètres de la surface. Je l'explorai du faisceau de ma lampe. Le trou était vide et ne semblait mener nulle part. Puis je m'aperçus qu'il formait un coude. Je me jetai à plat-ventre et me tortillai pour m'y introduire. Je ne pensais pas qu'il valait la peine de pousser plus avant, car le môme ne se serait pas tellement enfoncé dans le noir. Je poursuivis néanmoins un peu plus loin et allumai la lampe.

Je vis une botte qui dépassait.

C'est à peu près tout ce qu'il y a à dire. Je fus à deux doigts de crever mon casque en sortant de cet antre, mais je tirais le môme derrière moi. Il était flasque comme une peau de chat et son visage était tout drôle. Mr. Perrin et le professeur Evans se penchaient sur moi et me tambourinaient le dos en criant. « Est-il mort, Mr. Perrin? » demandai-je lorsque je pus retrouver mon souffle. « Il me semble en bien piteux état. »

Mr. Perrin l'examina. « Non... je vois une artère qui bat dans sa gorge. Choc et exposition prolongée, mais cette tenue a été spécialement étudiée... nous allons le ramener à la base en vitesse. » Il souleva le môme dans ses bras et je le suivis.

Dix minutes plus tard, le môme était enveloppé dans des couvertures et buvait du cacao bien chaud. J'en eus également ma part. Tout le monde parlait à la fois et maman pleurait de nouveau à chaudes larmes, mais elle semblait normale et papa avait retrouvé ses esprits.

Il voulut offrir un chèque à Mr. Perrin mais celui-ci refusa. « Je ne veux pas de récompense. C'est votre fils aîné qui l'a retrouvé. Vous pouvez seulement me rendre un service...

— Je vous en prie. » Papa était tout sucre et tout miel.

« Ne remettez plus les pieds sur la Lune. Votre place n'est pas ici; vous n'avez pas le type du pionnier. »

Papa encaissa sans broncher. « C'est une promesse

116

que j'ai déjà faite à ma femme, dit-il. vous n'avez pas de souci à vous faire à ce propos. »

Je suivis Mr. Perrin au moment où il quitta la pièce et lui dis dans le creux de l'oreille : « Mr. Perrin... je voulais simplement vous dire que moi je reviendrai, si vous n'y voyez pas d'inconvénient. »

Il me serra la main. « J'en suis certain, mon petit », dit-il.

QU'IL EST BON DE REVENIR!

« DÉPÊCHE-TOI, Allan! » Rentrer chez soi... retrouver la Terre! Son cœur battait à grands coups.

« Encore une petite seconde. » Elle ne tenait pas en place tandis que son mari jetait un dernier coup d'œil sur l'appartement vide. Les prix de transport du fret sur le parcours Terre-Lune rendaient impensable l'idée même de ramener leur mobilier; à part le contenu de leur valise, ils avaient tout converti en espèces. Satisfait de son examen, il la rejoignit devant l'ascenseur; ils montèrent jusqu'à l'étage administratif et s'arrêtèrent devant une porte sur laquelle on lisait : ASSOCIATION COMMUNAUTAIRE DE LUNA CITY — *Anna Stone, directrice.*

Miss Stone reçut les clés de leur appartement avec un visage fermé. « Mr. et Mrs. MacRae. Alors, vous nous quittez vraiment? »

Joséphine se sentit piquée. « Vous pensiez donc que nous reviendrions sur notre décision? »

La directrice haussa les épaules. « Non. Il y a près de trois ans que je savais que vous ne resteriez pas... Il suffisait d'entendre vos récriminations.

— Mes récrimi... Miss Stone, j'ai supporté aussi patiemment que quiconque les incroyables incommodités de cette... cette cabane à lapins pressurisée. Je ne vous en tiens pas personnellement responsable mais...

— Du calme, Jo! » s'écria son mari.

Joséphine rougit. « Excusez-moi, Miss Stone.

N'en parlons plus. C'est que nous voyons les choses différemment. J'étais déjà ici lorsque Luna City n'était encore composée que de trois huttes étanches reliées par des tunnels qu'il fallait parcourir à quatre pattes. » Elle tendit une main carrée. « J'espère que vous trouverez du plaisir à faire de nouveau partie des rampants. Je vous le souhaite sincèrement. Bonne chance et bon voyage. »

Une fois dans la cabine de l'ascenseur, Joséphine maugréa : « Des rampants, vraiment! Et tout cela parce que nous préférons notre planète natale où l'on peut au moins respirer du bon air pur...

— Ce terme de « rampants », tu ne te fais pas faute de l'employer, lui fit remarquer Allan.

— Sans doute, mais pour désigner des gens qui n'ont jamais quitté le plancher des vaches.

— N'avons-nous pas répété maintes fois que nous aurions dû posséder suffisamment de bon sens pour ne jamais quitter la Terre? Au fond du cœur, nous sommes des rampants, Jo.

— Sans doute, mais... Mais comme tu es contrariant, Allan. C'est le plus beau jour de ma vie. N'es-tu pas heureux de rentrer à la maison?

— Mais si, bien entendu. Ce sera bon d'être de retour. L'équitation, le ski.

— Et l'opéra. Du vrai grand opéra. Allan, il faudra absolument que nous passions une semaine ou deux à Manhattan avant de retourner à la campagne.

— Je croyais que tu voulais sentir la pluie sur ton visage?

— Bien sûr. Je veux tout à la fois et je ne puis plus attendre. Oh! mon chéri, j'ai l'impression de sortir de prison. » Elle se pressa contre lui.

Il défit son étreinte lorsque l'ascenseur s'arrêta. « Allons, pas de sentiment.

— Allan, tu es un affreux méchant, dit-elle rêveusement. Je me sens tellement heureuse. »

Ils firent halte de nouveau à la galerie des banques. L'employé de la National City Bank avait déjà préparé leur transfert de compte. « Alors on regagne ses foyers? Signez simplement ici et posez vos empreintes. Je vous envie! La chasse, la pêche!

— Les bains de mer sont davantage à mon goût. Et la voile.

— Quant à moi, dit Jo, je désire simplement voir des arbres verts et du ciel bleu. »

L'employé inclina la tête. « Je vous comprends. C'est du passé ancien et c'est si loin. Eh bien, amusez-vous. Prenez-vous trois ou six mois de congé?

— Nous ne reviendrons plus! dit Allan sans précautions oratoires. Trois ans passés à vivre comme un poisson dans un aquarium, c'est plus que suffisant.

— Vraiment? » L'employé poussa les papiers vers lui et ajouta d'une voix inexpressive : « Eh bien... bon voyage.

— Merci. »

Ils montèrent au niveau sous-jacent à la surface et prirent le trottoir roulant interurbain conduisant au port spatial. La galerie débouchait à la surface en un point, par l'intermédiaire d'un compartiment pressurisé; un hublot panoramique ménagé à l'ouest donnait sur la surface de la Lune... et, au-delà des collines, se trouvait la Terre.

La vue du globe, imposant, vert et généreux, sur le fond du ciel lunaire d'un noir d'encre avec ses étoiles au regard fixe, fit aussitôt monter les larmes aux yeux de Jo. Cette merveilleuse planète était la sienne! Allan la considérait avec moins de passion, notant l'heure de Greenwich. La ligne du soleil levant venait à peine de toucher l'Amérique du Sud. Il devait être environ huit heures vingt.

Ils quittèrent le trottoir roulant pour tomber dans les bras de quelques-uns de leurs amis venus leur faire leurs adieux. « Dites-donc, les traînards... où étiez-vous passés? Le *Gremlin* décolle dans sept minutes.

— Eh bien, nous le laisserons partir, répondit MacRae.

— Comment? Vous restez? Auriez-vous changé d'avis? »

Joséphine éclata de rire. « Ne faites pas attention à lui, Jack. Nous allons nous embarquer dans l'express; nous avons échangé les billets. Par conséquent nous avons encore vingt minutes.

— Oh! oh! nous avons affaire à un couple de touristes opulents, si je ne m'abuse?

— Le supplément n'est pas tellement important, et je ne voulais pas changer deux fois et passer une semaine en espace lorsque nous pouvions être rendus en deux jours. » Elle frotta son estomac nu d'un geste significatif.

« Elle ne peut supporter la chute libre, Jack, expliqua son mari.

— Ni moi non plus... J'ai été malade durant tout le voyage. Mais je ne pense pas que vous aurez le mal de l'espace, Jo; vous êtes désormais habituée à la pesanteur lunaire.

— Peut-être, avoua-t-elle. Mais il y a une différence entre un sixième de gravité et pas de gravité du tout. »

La femme de Jack Crail intervint : « Joséphine MacRae, allez-vous risquer votre vie dans un vaisseau à propulsion atomique?

— Pourquoi pas, ma chérie? Vous travaillez bien dans un laboratoire atomique.

— Peuh! Au laboratoire, nous prenons les précautions nécessaires. La Commission du Commerce n'aurait jamais dû autoriser les express. Je suis peut-être vieux jeu, mais je rentrerai comme je suis venue, via Terminal et Supra-New York, en empruntant les bonnes vieilles fusées à combustible classique.

— N'essaie pas de l'effrayer, Emma, intervint Crail. On a éliminé tous les pépins de ces vaisseaux.

— Pas suffisamment pour me satisfaire. Je...

— Peu importe, interrompit Allan. La question est réglée, et il nous reste encore à gagner l'aire de lance-

121

ment de l'express. Au revoir, tout le monde! Nous avons été très heureux de vous connaître. Si vous rentrez un jour, venez nous voir.

— Au revoir, les enfants! Au revoir, Jo... Au revoir, Allan! Mes amitiés à Broadway! Adieu... ne manquez pas de nous écrire. Au revoir! Bon voyage!

Ils exhibèrent leurs billets, pénétrèrent dans le sas et prirent place dans la navette pressurisée qui faisait le service entre Leyport proprement dit et l'aire de départ. « Cramponnez-vous, bonnes gens! » leur dit l'opérateur de la navette par-dessus son épaule; Jo et Allan s'installèrent précipitamment dans les coussins. Le sas s'ouvrit; le tunnel qui s'étendait devant eux était dépourvu d'air. Cinq minutes plus tard, ils grimpaient, à trente kilomètres de là, au-delà des collines qui protégeaient la carapace de Luna City des jets radioactifs des vaisseaux express.

Dans le *Sparrowhawk,* ils partageaient un compartiment avec la famille d'un missionnaire. Le Révérend Simmons se sentit obligé d'expliquer pourquoi il voyageait en vaisseau de luxe. « C'est pour l'enfant », leur dit-il tandis que sa femme bouclait la toute petite fille sur une minuscule couchette d'accélération, disposée à la manière d'une civière, entre celles de ses parents. « Comme elle n'est jamais venue en espace, nous ne pouvons risquer de la rendre malade durant des jours. » Ils bouclèrent tous leurs sangles au signal de la sirène. Jo sentit son cœur accélérer ses battements. Enfin... le moment était venu!

La réaction des tuyères se fit sentir, les écrasant dans leurs coussins. Jo n'aurait jamais cru que son corps pourrait lui paraître aussi lourd. C'était pire, bien pire que le voyage d'aller. Le bébé hurla tant que dura l'accélération, exprimant ainsi sa terreur sans nom et son malaise.

Au bout d'un temps interminable, ils se trouvèrent

brusquement en apesanteur lorsque le vaisseau entra en chute libre. Lorsqu'elle fut enfin soulagée du poids terrible qui lui comprimait la poitrine, Jo se sentit le cœur aussi léger que le corps. Allan déboucla sa courroie supérieure et s'assit. « Comment te sens-tu, fillette?

— Oh! très bien! Jo se déboucla à son tour et lui fit face. A ce moment elle laissa échapper un hoquet. « C'est-à-dire, il me semble. »

Cinq minutes plus tard, elle n'éprouvait plus aucun doute; elle appelait la mort de tous ses vœux. Allan quitta le compartiment « à la nage » et découvrit le médecin du bord qui fit une piqûre à la malade. Allan attendit que la drogue eût fait son effet, puis se dirigea vers le salon pour mettre à l'épreuve son propre remède contre le mal de l'espace : des pilules accompagnées d'une rasade de champagne. Il dut bientôt admettre que ces deux remèdes souverains ne produisaient sur lui aucun effet — peut-être n'aurait-il pas dû les mélanger.

La petite Gloria Simmons ne souffrait pas le moins du monde du mal de l'espace. Elle trouvait très amusant cet état d'apesanteur et rebondissait du plancher au plafond et d'une cloison à l'autre, tel un ballon potelé. Jo envisageait vaguement d'étrangler l'enfant si jamais elle flottait à sa portée... mais cela demandait un effort trop grand.

La décélération, en dépit de la sensation de lourdeur qu'elle leur procurait, fut accueillie comme un soulagement après les affres de la nausée... à l'exception de la petite Gloria. Elle cria de nouveau de peur et de malaise, tandis que sa mère s'efforçait de lui expliquer le phénomène.

Après un temps positivement interminable, on perçut une légère secousse et le miaulement d'une sirène. Jo parvint à lever la tête. « Que se passe-t-il? S'agirait-il d'un accident?

— Je ne crois pas. J'imagine que nous avons atterri.

— Impossible! Nous freinons toujours... Je me sens lourde comme du plomb. »

Allan sourit faiblement. « Moi aussi. C'est la gravité terrestre... rappelle-toi. »

L'enfant continuait à crier.

Ayant fait leurs adieux à la famille du missionnaire, les MacRae quittèrent le vaisseau en titubant et en prenant appui l'un sur l'autre. « Il ne peut s'agir uniquement de la gravité », protesta Jo, dont les pieds semblaient englués dans un invisible sable mouvant. « J'ai supporté l'accélération terrestre normale dans la centrifugeuse de Luna City. C'est le mal de l'espace qui nous rend faibles à ce point. »

Allan se redressa d'un effort. « Ce doit être cela. Nous n'avons rien mangé depuis deux jours.

— Allan... tu n'as rien mangé, toi non plus?

— Non. Du moins de façon *permanente,* si je puis dire. As-tu faim?

— Une faim de loup.

— Si nous dînions chez Kean?

— Merveilleux! Oh! Allan, nous sommes de retour! » Ses larmes se mirent de nouveau à couler.

Ils entrevirent une nouvelle fois les Simmons. Tandis qu'ils attendaient leur valise au débarcadère, Jo vit le Révérend s'extirper lourdement d'une capsule voisine, portant son enfant dans ses bras et suivi de sa femme. Il posa l'enfant à terre avec précaution. Gloria se tint debout un moment, tremblant sur ses jambes potelées, puis elle s'écroula sur le sol. Elle y demeura étendue, pleurant faiblement.

Un homme de l'espace — un pilote à en juger par son uniforme — s'arrêta et jeta un regard de compassion sur l'enfant. « Née dans la Lune? demanda-t-il.

— Mais certainement, monsieur. » La courtoisie de Simmons avait pris le pas sur son inquiétude.

« Ramassez-la et portez-la dans vos bras. Il lui faudra

réapprendre à marcher. » L'homme de l'espace secoua la tête et s'éloigna. Simmons, paraissant encore plus troublé, s'assit sur le sol auprès de son enfant.

Jo se sentait trop faible pour lui prêter assistance. Elle chercha Allan des yeux, mais il était occupé. Leur valise était arrivée. Elle se trouvait à ses pieds, il se baissa pour la ramasser et se trouva soudain tout bête. Elle semblait rivée au sol. Il connaissait son contenu, des rouleaux de microfilms et de films couleur, quelques souvenirs, des articles de toilette et autres... en tout vingt-cinq kilos. Cela n'aurait pas dû lui paraître lourd à ce point.

Il se trompait. Il avait simplement oublié ce que signifiaient vingt-cinq kilos sur Terre.

« Porteur, monsieur? » L'homme était grisonnant et maigre, mais il souleva la valise sans difficulté apparente. « Viens donc, Jo », jeta Allan à sa femme, puis il suivit le porteur avec l'impression d'être ridicule. L'homme ralentit pour régler son pas sur celui d'Allan qui se traînait péniblement.

« Vous débarquez à l'instant de la Lune? demanda-t-il.

— Mon Dieu, oui.

— Avez-vous réservé une chambre?

— Non.

— Ne me quittez pas. J'ai un ami qui travaille à la réception du *Commodore*. » Il les conduisit au trottoir roulant et de là à l'hôtel.

Ils étaient trop las pour aller manger au-dehors. Allan fit monter un repas à sa chambre. Un peu plus tard, Jo s'endormit dans un bain chaud, et il eut toutes les peines du monde à l'en faire sortir — elle appréciait le soutien que lui procurait l'eau. Il parvint à la persuader qu'un matelas en caoutchouc-mousse, lui procurerait un bien-être sensiblement équivalent. Ils s'endormirent de très bonne heure.

Elle s'éveilla vers les quatre heures du matin. « Allan! Allan!

— Hein? Que se passe-t-il? » Il tâtonna dans l'obscurité pour trouver le commutateur électrique.

« Euh... ce n'est rien, je pense. Je rêvais que je me trouvais de nouveau dans le vaisseau. Allan, qu'est-ce qui rend l'atmosphère si étouffante? J'ai un mal de tête fou.

— Étouffante? Ce n'est pas possible. L'hôtel est à air conditionné. (Il renifla l'air.) J'ai mal à la tête, moi aussi, avoua-t-il.

— Eh bien, fais quelque chose. Ouvre une fenêtre. »

Il se glissa hors du lit, frissonna au contact de l'air extérieur, puis revint s'emmitoufler dans les couvertures. Il se demandait s'il pourrait se rendormir avec le grondement de la cité qui se déversait à travers la fenêtre, lorsque sa femme reprit : « Allan?

— Oui. Qu'y a-t-il?

— J'ai froid, mon chéri. Je peux venir contre toi?

— Bien sûr. »

Les rayons du soleil entraient par la fenêtre, tièdes et doux. Lorsqu'ils atteignirent ses yeux, il sortit du sommeil et trouva sa femme déjà éveillée à ses côtés. Elle soupira et se pelotonna près de lui. « Oh! chéri, regarde! Le ciel bleu... Nous sommes revenus. J'avais oublié combien il est beau.

— C'est bon d'être de retour. Comment te sens-tu?

— Beaucoup mieux. Et toi?

— Ça va, je pense. » Il repoussa les couvertures. Jo protesta et s'en couvrit de nouveau. « Pas encore.

— Comment?

— Le grand garçon à sa maman va fermer la fenêtre pendant qu'elle restera au dodo.

— Je veux bien. » Il marchait plus facilement que la veille, néanmoins c'était bien agréable de se recoucher. Une fois étendu, il se tourna vers le téléphone et cria : « Service!

— Commandez, je vous prie, répondit une voix douce.

— Du jus d'orange et du café pour deux, six œufs brouillés et des toasts. Faites également monter le *Times* et le *Saturday Evening Post.*

— Dans dix minutes.

— Merci. » Le signal du monte-plats grésilla pendant qu'il se rasait. Il prit le petit déjeuner et le servit à Jo au lit. Le repas terminé, il reposa son journal et dit : « Ne pourrais-tu sortir un peu le nez de ce magazine.

— Avec plaisir. Ce satané machin est trop grand et trop lourd à tenir.

— Tu pourrais te faire expédier l'édition photocopiée depuis Luna City. Ce serait à peine huit ou neuf fois plus cher.

— Ne fais pas la bête. Qu'est-ce qui te tracasse ?

— Pourquoi ne pas abandonner ton nid douillet et m'accompagner dans les magasins pour acheter des vêtements ?

— Euh... Non. Je ne peux pas sortir en tenue lunaire.

— Tu as peur qu'on te regarde ? Deviendrais-tu prude sur tes vieux jours ?

— Non, messire. Je refuse simplement d'affronter la bise extérieure avec trente grammes de nylon et une paire de sandales. Je veux d'abord me couvrir de vêtements chauds. » Elle s'enfonça davantage sous les couvertures.

« Voilà bien la Parfaite Pionnière du Choc. Veux-tu qu'on vienne prendre tes mesures à domicile ?

— Nous ne pouvons nous permettre un tel luxe. Écoute... puisque tu sors de toute façon, achète-moi la première défroque venue pourvu qu'elle tienne chaud. »

Mac Rae prit un air buté. « Je n'aime pas courir les magasins à ta place.

— Juste pour cette fois... je t'en prie. Cours jusqu'au Saks et choisis une robe de ville en jersey de laine bleu, taille dix. Et une paire de nylons.

— Très bien.

— Tu es un amour. Je ne flânerai pas. J'ai une liste

longue comme le bras de gens que je dois rappeler au téléphone, à qui je dois rendre visite, avec qui je dois déjeuner. »

Il s'occupa d'abord de ses propres emplettes; son short exigu et sa chemisette lui paraissaient à peu près aussi chauds qu'un chapeau de paille dans une tempête de neige. Il ne faisait pas réellement froid et il se trouvait très bien au soleil, mais la température semblait néanmoins fraîche pour un homme habitué à vivre dans une atmosphère qui demeurait toujours à 22°. Il demeura le plus possible dans les souterrains et se réfugia dans la partie couverte de la Cinquième Avenue.

Il se doutait que le vendeur l'avait affublé d'un complet qui lui donnait l'allure d'un ouvrier agricole. Mais du moins était-il chaud. Il était également fort lourd; il aggravait la douleur qui lui barrait la poitrine et rendait sa démarche encore plus incertaine. Il se demandait au bout de combien de temps il retrouverait ses jambes terrestres.

Une vendeuse maternelle se chargea de la commande de Jo et lui vendit en outre une cape bien chaude pour sa femme. Il prit le chemin du retour, pliant sous le faix et essayant en vain de trouver un taxi. Tous les gens semblaient tellement pressés! A un moment donné il faillit être renversé par un garçon d'une douzaine d'années qui lui cria : « Regarde où tu marches, grand-père! » et s'esquiva avant qu'il ait eu le temps de répliquer.

Il rentra moulu de la tête aux pieds, en rêvant d'un bain chaud. Il dut s'en passer : Jo avait une visite. « Mrs. Appleby, voici mon mari.... Allan, je te présente la mère d'Emma Crail.

— Comment allez-vous... euh... dois-je vous appeler professeur?

— Monsieur, tout simplement.

— Lorsque j'ai appris que vous étiez en ville, je n'ai

pu me retenir de venir vous demander des nouvelles de ma pauvre chérie. Comment va-t-elle? A-t-elle maigri? Est-ce qu'elle se porte bien? Ces jeunes filles modernes... je lui ai répété tant et plus qu'elle devait sortir... Je fais chaque jour une promenade à pied dans le parc... et regardez-moi! Elle m'a fait parvenir une photo... je l'ai sur moi quelque part, du moins je le crois... et elle n'a pas très bonne mine, elle paraît sous-alimentée. Ces nourritures synthétiques...

— Elle ne mange pas de nourriture synthétique, Mrs. Appleby.

— ... doivent être absolument impossibles, j'en suis sûre, sans parler du goût. Que disiez-vous?

— Votre fille ne se nourrit pas d'aliments synthétiques », répéta Allan. « On pourrait même dire que nous avons trop de fruits et de légumes frais à Luna City. Les cultures sous air conditionné, vous le savez sans doute.

— C'est précisément ce que je disais. Je ne vois pas comment, je le confesse, vous pouvez obtenir des aliments sur la Lune à partir d'une machinerie à air conditionné...

— *Dans* la Lune, Mrs. Appleby.

— ... mais elle ne peut être saine. Notre conditionneur d'air est en panne la moitié du temps et dégage les odeurs les plus affreuses... c'est positivement insupportable, mes enfants... pourtant un appareil aussi simple qu'un conditionneur d'air devrait être facile à construire... Il est vrai que si vous leur demandez en plus de fabriquer des aliments synthétiques...

— Mrs. Appleby...

— Que disiez-vous, professeur? N'allez pas me...

— Mrs. Appleby, reprit MacRae avec désespoir, l'usine de conditionnement d'air de Luna City est une ferme hydroponique, c'est-à-dire qu'elle fait pousser des plantes et de la verdure dans des réservoirs. Les plantes absorbent l'oxyde de carbone de l'air et lui fournissent en retour de l'oxygène.

— Mais... En êtes-vous absolument certain? Emma m'a pourtant affirmé...

— Tout à fait certain.

— Bon... je ne prétends pas comprendre toutes ces choses, je suis du genre artiste, moi! Le pauvre Herbert répétait souvent... Herbert était le père d'Emma; il était toujours plongé jusqu'au cou dans ses travaux d'ingénieur, mais je m'arrangeais pour lui faire entendre de la bonne musique et lui faire les critiques des meilleurs livres. Emma ressemble à son père, je le crains... Je voudrais bien qu'elle renonce au travail stupide dans lequel elle s'est lancée. Ce n'est pas le genre qui convient à une femme, n'est-ce pas votre avis, Mrs. MacRae? Tous ces atomes, neutrons et le reste, qui flottent dans l'air. J'ai lu tout ce qui concerne la question dans la rubrique *La science à la portée de tous* de...

— Elle fait preuve de capacités réelles dans sa profession et paraît en tirer des satisfactions.

— Vous avez peut-être raison. C'est ce qui importe avant tout, d'accomplir une besogne qui vous plaise, aussi sotte qu'elle puisse être. Mais je m'inquiète au sujet de cette enfant — mise à l'écart de la civilisation, sans avoir d'amies de son monde à qui parler, pas de théâtres, pas de vie culturelle, pas de vie sociale...

— Luna City reçoit des retransmissions stéréo de toutes les pièces à succès de Broadway. » La voix de Jo avait pris une certaine acidité.

« Oh! vraiment? Mais il ne suffit pas d'aller au théâtre, ma chère; c'est la fréquentation des gens du monde qui importe. Lorsque j'étais jeune fille, mes parents... »

Allan intervint bruyamment. « Une heure. Et le déjeuner, ma chérie? »

Mrs. Appleby se redressa en sursaut. « Oh! miséricorde! Il faut que je me sauve. Mon couturier... un véritable tyran, mais quel génie! Il faudra que je vous donne son adresse. J'ai été charmée de vous voir, mes chers amis, et je ne vous remercierai jamais assez de m'avoir tout dit sur ma pauvre chérie. Si seulement elle pouvait devenir aussi raisonnable que vous; elle sait que je suis toujours prête à lui faire une place à mon foyer — et à son mari également, bien entendu. Maintenant promettez-moi de venir me voir souvent. J'adore parler aux gens qui ont séjourné sur la Lune...

— *Dans* la Lune.

— Cela me donne le sentiment d'être plus proche de ma chérie. Au revoir donc!

— J'ai besoin d'un verre, dit Jo lorsque la porte se fut refermée sur les talons de la visiteuse.

— Nous trinquerons ensemble. »

Jo coupa court à sa tournée des magasins; c'était trop fatigant. Vers quatre heures ils roulaient dans Central Park, jouissant du décor automnal, au rythme indolent des sabots du cheval. Les hélicoptères, les pigeons, la traînée barrant le ciel, sillage de la fusée des antipodes, composaient un décor d'une beauté et d'une sérénité idylliques. Jo avala une boule qui s'était formée dans sa gorge et murmura : « N'est-ce pas magnifique, Allan?

— Et comment! C'est bon d'être de retour. Dis-donc, as-tu remarqué qu'ils ont de nouveau défoncé la 42ᵉ Rue? »

De retour dans la chambre, Jo s'effondra sur son lit, tandis qu'Allan retirait ses souliers. Il s'assit, se frictionna les orteils. « Je vais marcher pieds nus toute la soirée. Dieu, que je souffre des pieds!

— Et moi donc. Mais nous devons nous rendre chez ton père, mon amour.

— Comment? Sapristi, j'avais oublié! Jo, quel démon s'est emparé de toi? Téléphone-lui et remets la visite à plus tard. Nous sommes encore à moitié morts des fatigues du voyage.

131

— Voyons, Allan, il a invité un grand nombre de tes amis.

— Par les tripes de Lucifer, je n'ai pas de véritables amis à New York. Remets la visite à huitaine.

— A huitaine... hum... écoute, partons immédiatement à la campagne. » Les parents de Jo lui avaient laissé une minuscule propriété dans le Connecticut, une ferme délabrée.

« Je croyais que tu voulais te gorger de musique et de théâtre pendant au moins une quinzaine. Pourquoi ce changement subit?

— Je vais te montrer. » Elle se dirigea vers la fenêtre, ouverte depuis midi. « Regarde. » Elle traça ses initiales sur le chambranle. « Allan, cette ville nage dans la crasse.

— Tu ne peux exiger de dix millions de personnes qu'elles ne soulèvent pas la poussière.

— Mais nous absorbons cette crasse dans nos poumons. Qu'est-il advenu des lois contre la pollution atmosphérique?

— Ce n'est pas de la pollution; c'est la crasse normale dans une cité.

— Luna City n'avait jamais cet aspect. Je pouvais porter un costume blanc au point de m'en lasser. Ici, il ne durerait même pas la journée.

— Manhattan ne possède pas de toit — ni des précipitrons dans chaque conduite d'air.

— C'est un tort. Il n'y a pas de milieu ici. Ou l'on gèle ou l'on suffoque.

— Je croyais que tu avais hâte de sentir la pluie sur ton visage?

— Ne me fatigue pas. J'aime la pluie dans la verte et pure campagne.

— Bon. Il faut que je commence la rédaction de mon livre. Je vais téléphoner à ton agent immobilier.

— Je l'ai déjà appelé ce matin. Nous pouvons nous installer dès à présent; il a commencé les aménagements au reçu de ma lettre. »

Il y avait un buffet froid chez le père d'Allan, mais Jo s'assit immédiatement et attendit d'être servie. Allan aurait bien voulu en faire autant, mais sa qualité d'invité d'honneur l'obligeait à demeurer debout sur ses pieds douloureux. Son père le saisit par le revers de son veston, au buffet. « Tiens, fils, goûte un peu ce foie gras. Tu m'en diras des nouvelles. »

Allan convint qu'il était bon.

« Écoute, fils, tu devrais parler de ton voyage à ces gens, je t'assure.

— Pas de discours, papa. Qu'ils se reportent au *National Geographic*.

— Balivernes! » Il se retourna. « Silence tout le monde! Allan va nous dire comment vivent les Lunatiques. »

Allan se mordit les lèvres. A coup sûr, les citoyens de Luna City usaient de ce terme les uns envers les autres, mais il n'avait pas la même résonance ici. « A parler franchement, je n'ai rien à dire. Continuez donc votre repas, je vous prie.

— Tu parleras et nous mangerons. Raconte-nous ce que tu as vu à Luna City. Vas-y, Allan, à quoi cela ressemble-t-il de vivre sur la Lune?

— Pas *sur* la Lune, *dans* la Lune.

— Quelle est la différence?

— Il n'y en a pas, je suppose. » Il hésita; il n'existait aucun moyen d'expliquer pourquoi les colons lunaires tenaient tant à préciser qu'ils vivaient sous la surface du satellite de la Terre — mais il en éprouvait néanmoins de l'irritation, de même que la contraction « Frisco » hérisse immanquablement l'habitant de San Francisco. « Nous avons l'habitude de dire « dans la Lune ». Nous passons fort peu de temps à la surface, sauf le personnel de l'observatoire Richardson, les prospecteurs et autres. Les quartiers d'habitation sont édifiés dans le sous-sol, naturellement.

— Pourquoi naturellement? Auriez-vous peur des météores?

— Pas plus que vous n'avez peur des éclairs. Nous nous terrons pour obtenir un meilleur isolement contre le froid et la chaleur, et aussi parce que c'est le moyen le plus simple d'établir des constructions étanches. Le prix de revient des installations est moins élevé dans le sous-sol. Le terrain est facile à travailler et les alvéoles de la ponce se comportent à la manière du vide dans une bouteille thermos. C'est effectivement du vide.

— Mais, Mr. MacRae, demanda une dame au visage sérieux, vos oreilles ne souffrent-elles pas de la pression insuffisante? »

Allan agita la main dans l'air. « Il y règne la même pression qu'ici, soit quinze livres. »

Elle parut surprise, puis répondit : « Je veux bien vous croire, mais il est un peu difficile de l'imaginer. Je crois que je mourrais de peur s'il me fallait vivre enfermée dans une cave. Supposez que les parois explosent?

— Une pression de quinze livres ne constitue aucunement un problème; les ingénieurs travaillent communément sous des centaines de kilos au centimètre carré. Et d'autre part, Luna City est compartimentée comme un navire. Le cœfficient de sécurité est très élevé. Les Hollandais vivent bien à l'abri de leurs digues; dans le Mississippi il existe des levées de terre. Les chemins de fer souterrains, les paquebots transocéaniques, les aéronefs — tous ces dispositifs constituent des moyens de vie artificiels. Luna City ne paraît étrange qu'à cause de son éloignement. »

Elle frissonna. « Cela me fait peur. »

Un prétentieux petit homme se fraya un passage jusqu'au premier rang. « Mr. MacRae, à supposer que l'entreprise soit profitable à la science, pourquoi doit-on gâcher l'argent des contribuables pour entretenir une colonie sur la Lune?

— Il me semble que vous avez répondu vous même à la question, répondit Allan avec lenteur.

— Alors comment la justifiez-vous? Dites-moi cela, monsieur.

— Il n'est pas nécessaire de la justifier; la colonie lunaire a remboursé plusieurs fois ses frais d'investissement. Toutes les compagnies lunaires fournissent des dividendes. Les Mines Artémis, la Compagnie des Voies Spatiales, les Voyages Touristiques Diana, la Compagnie de Recherches Electroniques, les Laboratoires de Biologie Lunaire, sans parler de Rutherford... il vous suffira d'examiner leurs bilans. Je veux bien admettre que le Projet de Recherches Cosmiques fait appel dans une certaine mesure à la poche du contribuable, puisqu'il a été entrepris conjointement par le gouvernement et la Fondation Harriman.

— J'en prends acte. C'est une question de principe. »

Les pieds d'Allan le faisaient terriblement souffrir. « De quel principe parlez-vous? Si l'on remonte le cours de l'Histoire, les recherches ont toujours été rentables. » Il se retourna et chercha des yeux le foie gras.

Un homme lui toucha le bras; Allan reconnut un ancien camarade de classe. « Allan, ma vieille branche, félicitations pour la manière dont tu as cloué le bec à Beetle. Il avait besoin d'une leçon — il paraît que c'est une espèce d'anarchiste. »

Allan sourit. « Je n'aurais pas dû perdre mon sang-froid.

— En tout cas, tu lui as drôlement bien répondu. Dis donc, Allan, demain soir j'offre à des acheteurs de province la tournée de grands-ducs. Pourquoi ne nous accompagnerais-tu pas?

— Merci beaucoup, mais nous partons justement à la campagne.

— Voyons, tu ne peux manquer une pareille occasion. Après tout, ça fait assez longtemps que tu es cloîtré sur la Lune; tu te dois une compensation après cette monotonie mortelle. »

Allan sentit la chaleur lui monter aux joues. « Merci quand même... à propos, tu n'as jamais vu le globe terrestre depuis la salle panoramique de l'hôtel *Moon Haven?*

— J'ai l'intention de faire le voyage lorsque j'aurai fait ma pelote, naturellement.

— Eh bien, tu y trouverais une boîte de nuit qui te conviendrait. As-tu jamais vu un danseur bondir à dix mètres de haut et accomplir une série de sauts périlleux au ralenti en retombant? As-tu jamais goûté un cocktail lunaire? As-tu jamais vu un jongleur travailler en gravité réduite? » Jo attira son regard de l'autre côté de la pièce. « Euh... excuse-moi, mon vieux. Ma femme me demande. » Il se retourna puis jeta par-dessus son épaule : « Le *Moon Haven* n'est pas une simple escale pour hommes de l'espace... il est également recommandé par le Guide Duncan Hines. »

Jo était très pâle. « Chéri, il faut que tu m'emmènes hors d'ici. Je suffoque. Je me sens vraiment malade.

— Volontiers. » Ils s'excusèrent et prirent congé.

Jo s'éveilla avec un gros rhume, aussi prirent-ils un taxi directement pour leur maison de campagne. Ils survolaient des nuages bas, mais en altitude le temps était beau. Le soleil et le battement monotone des rotors leur fit retrouver la joie du retour au foyer.

Allan rompit une indolente rêverie. « C'est tout de même curieux, Jo. On me donnerait une fortune que je ne voudrais pas retourner à la Lune et pourtant hier soir, chaque fois que j'ouvrais la bouche, c'était pour défendre les gens de là-bas. »

Elle inclina la tête. « Je sais. Il n'y a pas à dire, Allan, certaines gens se comportent comme si la Terre était plate. Les uns ne croient réellement à rien et d'autres se montrent à ce point terre-à-terre qu'on peut être certain qu'ils ne comprennent réellement rien — et je ne saurais dire laquelle de ces deux catégories d'individus m'assomme le plus. »

Il y avait de la brume lorsqu'ils se posèrent, mais la maison était propre, l'agent avait allumé le feu et garni le réfrigérateur. Moins de dix minutes après l'atterrissage de l'hélicoptère, ils sirotaient du punch bouillant et se rôtissaient devant les flammes pour chasser la fatigue de leurs os. « Voilà qui me plaît, dit Allan en s'étirant. C'est rudement bon d'être rentré.

— Oui... s'il n'y avait pas l'autoroute. » Une super-autoroute toute neuve, à grande circulation, pour le transport des marchandises, passait à moins de cinquante mètres de la maison. Ils pouvaient entendre le grondement des gros diesels au moment où ils abordaient la pente.

« Oublie l'autoroute. Tourne-lui le dos et regarde droit vers la forêt. »

Ils retrouvèrent suffisamment leurs jambes terrestres pour éprouver du plaisir à faire de courtes marches dans les bois; par chance, l'été de la Saint-Martin se montrait long et chaud; la femme de ménage était travailleuse et taciturne. Allan compilait les résultats de trois années de recherches avant de commencer la rédaction de son livre. Jo l'assistait dans les opérations statistiques, s'initiait de nouveau aux joies de la cuisine, rêvait et se reposait.

Ce fut le jour de la première gelée que les toilettes tombèrent en panne. On persuada le plombier du village de venir dès le lendemain. Dans l'intervalle, ils eurent recours à un édicule désuet, survivance d'un autre âge, qui subsistait encore de l'autre côté de la pile de bois de chauffage. Il était infesté d'araignées et sa ventilation s'avérait surabondante.

Le plombier ne fut guère encourageant. « Nouvelle fosse septique. Nouveau conduit filtre. Ça coûtera gros pour obtenir toutes les pièces nouvelles en même temps. Quinze, seize cents dollars. Il faut que je calcule.

— C'est d'accord, lui dit Allan. Pourriez-vous commencer dès aujourd'hui?

— On voit bien que vous ne savez pas ce que c'est que de trouver des matériaux et de la main-d'œuvre de nos jours. Au printemps prochain. Sitôt que le sol sera dégelé.

— C'est tout à fait impossible. Ne vous occupez pas du prix. Effectuez les travaux. »

L'autochtone haussa les épaules. « Je regrette de ne pouvoir vous obliger. Bonjour! »

Lorsqu'il fut parti, Jo explosa. « Allan, cet homme fait preuve d'une mauvaise volonté évidente.

— C'est possible. J'essaierai de trouver quelqu'un à Norwalk ou en ville. On ne va pas patauger dans la neige pendant tout l'hiver à cause de ça.

— Je l'espère bien.

— C'est tout à fait exclu. » Il regarda le feu d'un air morose. « Je suis sans doute responsable de cet état de choses avec mes plaisanteries déplacées.

— Comment cela?

— Mon Dieu, tu le sais bien, nous avons été en permanence des têtes de Turc depuis que le bruit s'est répandu que nous étions des coloniaux. Ce n'est pas que j'y aie attaché beaucoup d'importance, mais certaines insinuations m'ont piqué. Tu te souviens sans doute que je me suis rendu seul au village samedi dernier.

— Oui. Qu'est-il arrivé?

— Ils m'ont entrepris chez le coiffeur. Au début j'ai laissé dire et puis je ne sais quelle mouche m'a piqué. Je me suis mis à leur parler de la Lune. Je leur ai raconté des trucs à dormir debout — de vieilles blagues éculées comme l'histoire des vers du vide ou celle de l'air pétrifié. Ils ont mis un certain temps avant de s'apercevoir que je les menais en bateau — et à ce moment, fini de rire. Notre ami le rustique ingénieur en appareils sanitaires faisait partie de la bande. Je suis désolé.

— Il n'y a pas de quoi. » Elle l'embrassa. « Si je dois patauger dans la neige, du moins me consolerai-je à l'idée que tu leur as rendu la monnaie de leur pièce. »

Le plombier de Norwalk se montra plus complaisant, mais la pluie et ensuite le grésil ralentirent les travaux. Ils s'enrhumèrent tous deux. Le neuvième de ces jours de misère, Allan travaillait à son bureau lorsqu'il entendit Jo rentrer par la porte de derrière après être allée faire des courses. Il reprit son travail mais s'aperçut bientôt qu'elle n'était pas venue lui dire bonjour. Il partit aux nouvelles.

Il la trouva effondrée sur une chaise de cuisine, pleurant sans bruit. « Chérie, dit-il alarmé, mon petit chou, que s'est-il passé? »

Elle leva les yeux. « Je ne voulais pas te le dire.

— Mouche-toi et essuie tes yeux. Qu'est-ce que tu ne voulais pas me dire? Qu'est-il arrivé? »

Alors elle commença d'une voix entrecoupée par de fréquentes interventions du mouchoir. D'abord l'épicier lui avait déclaré qu'il ne possédait pas de papier pour la vaisselle; elle lui avait montré l'article sur les rayons et il avait répondu que c'était « vendu ». Finalement il avait fait allusion aux gens qui faisaient venir de la main-d'œuvre de l'extérieur et retiraient le pain de la bouche des honnêtes gens.

Jo avait explosé et rappelé l'incident survenu chez le coiffeur entre Allan et les esprits forts de l'endroit. L'épicier avait alors pris ses grands airs. « Il m'a dit : « Madame, j'ignore si vous et votre mari avez été sur la Lune et d'ailleurs je m'en moque éperdument. En tout cas, je n'ai pas besoin de votre clientèle! » Oh! Allan, je suis tellement malheureuse.

— Avant peu, il sera encore bien plus malheureux que toi.

— Allan, je te défends de sortir de la maison. Je ne veux pas que tu ailles te colleter avec cet individu.

— Crois-tu que je te laisserai malmener par lui?

— Il ne recommencera plus. Oh! mon chéri, j'ai fait tout ce que j'ai pu, mais je ne peux plus rester ici davantage. Ce ne sont pas seulement les villageois; c'est le froid, les cafards, et ce nez qui n'arrête jamais de couler. Je suis recrue de fatigue et mes pieds me font toujours souffrir. » Elle se remit à pleurer.

« Allons, allons! Nous partirons, mon petit oiseau!

Nous irons en Floride. Je terminerai mon livre pendant que tu prendras des bains de soleil.

— Je ne veux pas aller en Floride. *Je veux retourner* là-bas!

— Quoi? Tu voudrais rentrer... à Luna City?

— Oui. Oh! mon grand chéri, je sais que cela ne te dit rien, mais je n'en peux plus. Ce ne sont pas seulement la crasse, le froid et cette comédie des travaux de plomberie... c'est le fait qu'on ne nous comprenne pas. Ce n'était guère mieux à New York. Ces rampants ne connaissent rien à rien. »

Il lui sourit. « Continue d'émettre, chérie. Je suis sur la même longueur d'onde.

— Allan! »

Il inclina la tête. « Il y a déjà un bon moment que j'ai découvert que j'étais dans le même cas — mais je n'osais pas te le dire. Mes pieds me font souffrir également... et j'en ai par-dessus la tête d'être traité comme une chiffe molle. J'ai essayé de me montrer indulgent, mais je ne peux plus supporter les rampants. Les gens de cette bonne vieille Lune me manquent. Eux au moins sont civilisés. »

Elle inclina la tête. « Nous manquons sans doute d'indulgence, mais c'est aussi ce que je pense.

— Non, nous ne manquons pas d'indulgence. Soyons francs : que faut-il pour se rendre à Luna City?

— Un billet.

— Petite futée! Je ne veux pas dire en touriste; pour y trouver du travail. Tu connais la réponse : de l'intelligence. Cela coûte cher d'envoyer un homme sur la Lune et davantage encore de l'y maintenir. Pour que l'opération soit rentable, l'individu doit posséder une haute valeur. Haut quotient d'intelligence, bon coefficient de sociabilité, éducation supérieure — en somme, tout ce qui rend une personne agréable, plaisante et de compagnie intéressante. Nous avons été gâtés; la perversité humaine que les rampants considèrent comme normale nous est à présent intolérable, pour la raison que là-haut c'est différent. Le fait que Luna City constitue l'environnement le plus confortable que l'homme ait jamais établi pour son propre usage n'est qu'un aspect secondaire de la question — ce sont les gens qui comptent. Rentrons chez nous. »

Il se dirigea vers le téléphone — un appareil désuet sans écran — et appela le bureau de la Fondation à New York. Tandis qu'il attendait la communication, sa femme objecta : « Suppose qu'on ne veuille pas de nous?

— C'est précisément ce qui me tracasse. » Ils savaient que les compagnies lunaires réintégraient rarement le personnel qui avait donné sa démission; l'examen physique était, disait-on, infiniment plus sévère la seconde fois.

« Allô... allô, la Fondation? Puis-je parler au bureau de recrutement? Allô... je ne peux pas brancher ma caméra; cet appareil est une relique antique. Ici Allan MacRae, physicien et chimiste, contrat numéro 1340729. Et ma femme Joséphine MacRae, 1340730. Nous voudrions souscrire un nouvel engagement... Très bien, je vais attendre.

— Fais des vœux, mon chéri!

— J'en fais... Comment? Mon poste est toujours vacant? Magnifique, splendide! Et ma femme? » Il écoutait avec un air inquiet; Jo retenait son souffle. Puis il plaça sa main sur le récepteur. « Hé, Jo, tu as été remplacée. Ils voudraient savoir si tu accepterais un poste de remplacement comme aide-comptable?

— Réponds-leur oui!

— Ce sera très bien! Quand pourrons-nous passer nos examens? Parfait, merci! Au revoir. » Il raccrocha et se tourna vers sa femme. « Les examens physiques et psychologiques dès que nous voudrons; les examens professionnels n'auront pas lieu.

— Qu'est-ce que nous attendons?

— Rien. » Il appela le service des hélicoptères de Norwalk. « Pourriez-vous nous conduire à Manhattan? Bon sang de bonsoir, n'avez-vous donc pas de radar?

141

C'est bon, c'est bon! Au revoir! » Il poussa un grognement. « Tous les taxis sont immobilisés à cause des
intempéries. Je vais appeler New York et tâcher d'obtenir un taxi moderne. »

Quatre-vingt-dix minutes plus tard, ils se posaient sur
la plate-forme de la tour Harriman.

Le psychologue se montra très cordial. « Nous pourrions aussi bien régler cette formalité avant de vous
faire passer à l'auscultation. Asseyez-vous. Parlez-moi
de vous. » Il les écouta en hochant la tête de temps en
temps. « Je vois. Avez-vous réussi à faire réparer la
plomberie?

— Les travaux étaient en cours.

— Pour les douleurs aux pieds, je compatis, Mr. Mac
Rae; mes voûtes plantaires n'ont jamais cessé de me
faire souffrir depuis mon retour sur Terre. C'est la
véritable raison de votre retour, n'est-ce pas?

— Pas le moins du monde!

— Voyons, Mrs. MacRae...

— Je vous donne ma parole d'honneur! Je veux
pouvoir parler avec des gens qui comprennent ce que je
leur dis. Au fond, il n'y a qu'une chose qui n'aille pas
chez moi : je m'ennuie de mes pareils. Je veux me
retrouver chez moi... et pour cela il faut que j'obtienne
cet emploi. Je retrouverai mon équilibre, j'en suis certaine. » Le docteur prit un air grave. « Et vous-même, Mr.
MacRae?

— Mon Dieu, c'est à peu près la même histoire. J'ai
tenté d'écrire un livre, mais je ne parviens pas à travailler. J'ai le mal du pays. Je veux rentrer. »

Feldman sourit tout à coup. « Ce ne sera pas difficile.

— Vous voulez dire qu'on nous accepte? Si nous
passons avec succès l'examen physique?

— Il ne s'agit pas de vos examens physiques — ceux
que vous avez subis avant de partir sont suffisamment
récents. Bien entendu, vous devrez vous rendre en Arizo-

142

na pour le reconditionnement et la quarantaine. Vous vous demandez sans doute pourquoi les choses paraissent si faciles alors qu'elles sont réputées si difficiles. C'est en réalité très simple : nous ne voulons pas de gens que la seule perspective des hauts salaires pousse à revenir à la Lune. Nous voulons des gens qui seront heureux et aussi stables que possible. En un mot, nous voulons des gens qui considèrent Luna City comme leur foyer. Maintenant que vous souffrez du mal de la Lune, nous vous accueillons à bras ouverts. » Il se leva et leur tendit la main.

De retour au *Commodore* le soir même, Jo fut soudain frappée par une idée. « Allan... crois-tu que nous pourrons récupérer notre appartement?

— Je ne sais pas. Nous pourrions toujours envoyer un câble à la vieille Miss Stone.

— Téléphone-lui plutôt. Nous en avons les moyens.

— Très bien. »

Il fallut environ dix minutes pour obtenir la communication. Le visage de Miss Stone parut moins sévère en les reconnaissant.

« Miss Stone, nous rentrons! »

Il y eut l'habituel délai de trois secondes, puis : « Oui, je sais, la nouvelle est parvenue par télescripteur il y a environ vingt minutes.

— Oh! Miss Stone, notre appartement serait-il toujours vacant, par hasard? » Ils attendirent.

« Je l'ai gardé; je savais que vous reviendriez.. au bout d'un moment. Soyez les bienvenus. »

Lorsque l'imageT disparut de l'écran, Jo dit à son mari : « Que voulait-elle dire, Allan?

— Je crois que nous sommes bons, mon canard. Nous faisons partie de la communauté.

— C'est ce que je pense... Oh! Allan, regarde! « Elle s'était approchée de la fenêtre. Des nuages chassés par le vent venaient de découvrir la Lune. La phase était à son troisième jour et la Mer de la Fécondité était éclairée par la ligne du soleil levant. Près du bord droit de cette grande « mer » sombre se trouvait un point minuscule, visible seulement pour leur œil intérieur : Luna City.

Le croissant était suspendu dans le ciel, serein et argenté, au-dessus des immeubles élevés. « Chéri, n'est-elle pas magnifique?

— Oui. Ce sera bon d'y retourner. Mais fais attention, ton nez va encore couler. »

NOUS PROMENONS AUSSI LES CHIENS

« LES Services Généraux... Miss Cormet à l'appareil! » Elle s'adressait à l'écran avec une expression tenant le juste milieu entre la prévenance accueillante et l'efficience impersonnelle. L'écran vacilla pendant quelques instants pour se fixer en une image représentant une douairière grasse et renfrognée, vêtue avec un luxe ostentatoire et dont les formes trahissaient le manque évident d'exercice.

« Oh! ma chère, dit l'image. Je suis tellement bouleversée. Je me demande si vous pouvez m'aider.

— J'en suis certaine », susurra Miss Cormet en estimant d'un rapide coup d'œil la valeur de la robe et des bijoux de son interlocutrice (si toutefois ceux-ci n'étaient pas faux — elle se permit cette réserve mentale). Puis, ayant décidé que la cliente pourrait être la source de profits substantiels, elle ajouta : « Maintenant, veuillez m'éclairer sur la nature de vos ennuis. Votre nom d'abord, je vous prie. » Elle pressa un bouton sur le bureau en fer à cheval qui l'entourait, un bouton sous lequel on lisait DÉPARTEMENT CRÉDIT.

« Mais tout cela est tellement embrouillé, poursuivit l'image. Il a fallu que Peter y aille et se brise la hanche. » Miss Cormet pressa immédiatement le bouton SERVICE MÉDICAL. « Je lui avais pourtant bien dit que le polo était dangereux. Ma chère, vous ne pouvez vous faire une idée des souffrances d'une mère! Et en ce moment précis surtout. Quel affreux contretemps...

— Désirez-vous que nous lui donnions des soins? Où se trouve-t-il en ce moment?

— Lui donner des soins? Vous plaisantez, voyons! Le Memorial Hospital s'en chargera. Nous lui avons accordé une donation suffisante. Je m'inquiète surtout pour mon grand dîner. La Principessa va être tellement contrariée. »

La lampe-témoin du Département Crédit clignotait furieusement. Miss Cormet ramena son interlocutrice au fait : « Oh! je vois. Nous nous en occuperons pour vous. Maintenant si vous voulez bien me donner votre nom, je vous prie, votre adresse et l'endroit où vous séjournez en ce moment.

— Mais ne connaissez-vous pas mon nom?

— Nous pourrions le deviner, répondit diplomatiquement Miss Cormet, mais les Services Généraux se font un point d'honneur de toujours respecter l'incognito de leurs clients.

— Bien sûr, en effet. C'est fort avisé. Je suis Mrs. Peter van Hogbein Johnson. » Miss Cormet domina ses réactions. Inutile de consulter le Département Crédit pour cette cliente. Cependant le transparent intéressé s'illumina aussitôt, indiquant une solvabilité illimitée. « Mais je ne vois pas ce que vous pourriez faire, poursuivit Mrs Johnson. Je ne puis me trouver en deux endroits à la fois.

— Les Services Généraux aiment les missions difficiles, répondit Miss Cormet. Maintenant... si vous vouliez bien me donner les détails... »

A force de diplomatie et d'astuce, elle finit par obtenir de la douairière un récit assez cohérent. Son fils Peter, troisième du nom, une sorte de Peter Pan légèrement défraîchi, que Grace Cormet avait vu durant des années à la page mondaine des journaux, paré de tous les costumes imaginables que revêtent les riches oisifs au cours de leurs différents passe-temps, avait eu l'étourderie insigne de choisir, pour se blesser sérieusement, l'après-midi précédant l'activité sociale la plus importante de sa digne mère.

Miss Cormet en conclut que la technique employée par Mrs. Johnson pour garder son fils sous sa férule exigeait qu'elle se précipitât incontinent à son chevet et, incidemment, qu'elle lui choisît des infirmières. Mais son grand dîner du soir même représentait l'aboutissement de nombreux mois d'habiles manœuvres. Que devait-elle faire?

Miss Cormet se dit *in petto* que la prospérité des Services Généraux et son propre traitement, fort substantiel, dépendaient dans une large mesure de la stupidité, de l'inanité et de l'indolence des parasites de ce genre. Pendant ce temps elle expliquait que les Services Généraux prendraient toutes dispositions pour que son dîner fût un succès, en faisant installer dans son antichambre un écran de télévision qui lui permettrait d'accueillir ses invités et de leur présenter ses excuses pendant qu'elle se hâterait au chevet de son fils. Miss Cormet s'arrangerait pour envoyer sur les lieux un maître de cérémonies dont la situation mondaine était irréprochable et les relations avec les Services Généraux ignorés de tous. Avec un peu de doigté le désastre pourrait se transformer en un triomphe mondain, qui grandirait la réputation de Mrs. Johnson en faisant d'elle le parangon des hôtesses et le symbole de l'amour maternel.

« Une voiture volante sera à votre porte dans vingt minutes », ajouta Miss Cormet, en branchant le circuit marqué TRANSPORT, « et elle vous conduira à l'aéroport. Un de nos jeunes gens se trouvera à son bord et recueillera de votre bouche des détails supplémentaires, en cours de route. Un compartiment pour vous-même et une couchette pour votre femme de chambre seront réservés sur la fusée de 6 h 45 pour Newark. Vous pouvez dès à présent vous reposer sur nous. Les Services Généraux s'occuperont de tout.

— Oh! merci beaucoup, ma chère. Votre aide m'a été

des plus précieuses. Vous n'avez pas idée des responsabilités qui pèsent sur les épaules d'une personne dans ma position. »

Miss Cormet fit entendre des claquements de langue de sympathie professionnelle, pensant à part soi que la vieille donzelle se laisserait bien extirper encore quelques cachets substantiels. « Vous paraissez épuisée, madame, dit-elle d'un ton prévenant. Voulez-vous que nous vous fassions accompagner d'une masseuse qui vous prodiguera ses soins pendant le voyage? Seriez-vous d'une santé délicate? Peut-être la présence d'un médecin serait-elle encore plus appropriée?

— Vous pensez vraiment à tout!

— Je vais vous envoyer l'une et l'autre », décida Miss Cormet, qui coupa la communication en regrettant de ne pas avoir commandé une fusée spéciale. Le service à la demande, qui ne figurait pas dans le tarif général, était fourni moyennant un supplément de prix. Dans le cas présent, ce supplément signifiait le maximum de ce que l'on pourrait soutirer au client.

Elle appela le service EXÉCUTION : un jeune homme à l'œil alerte apparut sur l'écran. « Enregistrez, Steve, dit-elle. Service spécial : solvabilité trois étoiles. J'ai mis en route le service immédiat. »

Il haussa les sourcils. « Trois étoiles... avec primes à la clé?

— Sans aucun doute. Donnez le grand jeu à ce vieux cheval de retour... en douceur toutefois. Attention... le fils de la cliente se trouve à l'hôpital. Passez les infirmières en revue. Si l'une d'elles présentait le moindre soupçon de sex-appeal, du balai... et remplacez-la par un laideron.

— Compris, ma poupée. Mettez en route la transcription. »

Elle fit de nouveau disparaître l'image; la lampe *Disponible pour le service* tourna automatiquement au vert, puis passa presque aussitôt au rouge, tandis qu'une nouvelle image prenait place sur l'écran.

Il ne s'agissait plus cette fois d'une stupide écervelée Grace Cormet vit apparaître un homme bien conservé, la quarantaine sonnée, le ventre plat, l'œil perspicace, dur, mais plein d'urbanité. La cape de sa tenue de cérémonie était rejetée en arrière avec une négligence étudiée.

« Les Services Généraux, dit-elle. Miss Cormet à l'appareil.

— Ah! Miss Cormet, commença-t-il. Je voudrais voir votre chef.

— Le chef des tables d'écoute?

— Non, je voudrais voir le président des Services Généraux.

— Si vous vouliez me dire ce que vous désirez, je pourrais peut-être vous être utile.

— Désolé, mais je ne puis vous donner de détails. Il faut que je le voie immédiatement.

— Les Services Généraux sont également désolés, mais Mr. Clare est un homme très occupé; il est impossible de le voir sans avoir pris rendez-vous et sans explication préalable.

— Enregistrez-vous en ce moment?

— Certainement.

— Alors cessez de le faire, je vous prie. »

Au-dessus de la console, sous les yeux du client, elle coupa le magnétophone. Sous le pupitre, elle le remit de nouveau en marche. On demandait parfois aux Services Généraux d'effectuer des actes illégaux; les employés des services confidentiels ne prenaient aucun risque. Il tira quelque chose des plis de sa chemise et le lui tendit. L'effet stéréoscopique aurait pu faire croire que son bras sortait de l'écran.

Les traits de Miss Cormet, habitués à la dissimulation, masquèrent sa surprise... C'était le sigle d'un officiel planétaire, et la couleur de l'insigne était verte.

« Je vais vous arranger une entrevue, dit-elle.

— Très bien. Pourriez-vous venir me rejoindre dans

la salle d'attente et me conduire jusqu'à lui? Disons dans dix minutes?

— Je n'y manquerai pas, monsieur... monsieur... » Mais il avait déjà coupé.

Grace Cormet appela le chef des tables d'écoute et demanda une remplaçante. Après avoir mis son pupitre hors circuit, elle retira la bobine où se trouvait enregistré clandestinement l'entretien, la regarda avec hésitation puis, après un moment, la plongea dans une ouverture ménagée dans le haut du pupitre, où un champ magnétique intense effaça toute empreinte sur le ruban.

Une fille pénétra dans la cabine. Elle était blonde et décorative, avec un air lent et un peu simplet. Elle n'était ni l'un ni l'autre.

« Qu'est-ce qui se passe, Grace? dit-elle. Malade? »

— Non, je dois m'absenter du pupitre. »

Sans autre explication, Grace quitta la cabine, passa devant les autres compartiments abritant les opératrices qui desservaient les services sans spécialité, puis pénétra dans le grand hall où travaillaient les opérateurs du catalogue. Ceux-ci disposaient d'un équipement moins complexe que la cabine dont Grace sortait à l'instant. Un volume énorme, contenant le tarif des opérations assurées par les Services Généraux et un répertoire ordinaire, permettait à l'opérateur de catalogue de fournir au public tous les renseignements dont pouvait avoir besoin le client ordinaire. Si un appel ne pouvait être satisfait par l'entremise du catalogue, il était transféré à des spécialistes tels que Grace.

Elle prit un raccourci à travers la salle des archives, longea une allée entre des douzaines de machines à perforer les cartes et pénétra dans le foyer de ce niveau. Un ascenseur pneumatique la hissa à l'étage du bureau du président. La réceptionniste de ce dernier ne l'arrêta pas au passage, pas plus qu'elle ne l'annonça, du moins apparemment. Mais Grace remarqua que les mains de la fille s'activaient sur les touches de son codeur.

Des opératrices de tables d'écoute ne pénétraient pas

comme dans un moulin dans le bureau d'une compagnie dont le capital se montait à des milliards de dollars. Mais les Services Généraux étaient organisés d'une autre façon que toute autre entreprise de la planète. C'était une affaire unique en son genre, où une formation spéciale constituait une marchandise que l'on tarifait, que l'on achetait et que l'on vendait, mais où ce qui comptait par-dessus tout, c'était un esprit disponible et plein de ressources. Jay Clare, le président, trônait au sommet de la hiérarchie; Saunders Francis, son bras droit, venait en second; et les deux douzaines d'opératrices dont Grace faisait partie, qui prenaient des appels sur la table d'écoute illimitée, venaient immédiatement après. Ces opératrices et les opérateurs sur le terrain qui menaient à bien les missions les plus difficiles, celles qui ne figuraient pas au catalogue, formaient en réalité un seul groupe, car les opérateurs et opératrices de tables d'écoute illimitées et les opérateurs illimités sur le terrain pouvaient échanger leurs rôles sans aucune discrimination.

Ensuite venaient les dizaines de milliers d'employés répandus à travers la planète, depuis le chef-comptable, le chef du contentieux, le chef des archives jusqu'aux directeurs locaux, aux opératrices de catalogue et aux derniers employés à mi-temps — sténographes prêts à écrire sous la dictée à tout moment et en tous lieux, gigolos n'attendant qu'un signe pour occuper une place vide dans un repas, et même un loueur de tatous et de puces savantes.

Grace Cormet pénétra dans le bureau de Mr. Clare. C'était la seule pièce de l'immeuble à ne pas être truffée d'appareils d'enregistrement électromagnétique et d'intercommunication. Elle ne contenait rien d'autre que sa table de travail (nue), deux sièges et un écran stéréoscopique, lequel, lorsqu'il ne servait pas, représentait la fameuse peinture de Krantz, *Le Bouddha pleu-*

rant. En fait, l'original se trouvait dans le sous-sol de l'immeuble à trois cents mètres plus bas.

« Bonjour, Grace », lui dit le président en la voyant entrer, après quoi il lui tendit un papier. « Dites-moi ce que vous pensez de ce texte. Sance le trouve inepte. » Saunders Francis tourna ses doux yeux globuleux sur Grace Cormet, sans démentir ni confirmer cette appréciation.

Miss Cormet lut :

Ne dites pas : « Ai-je les moyens
de faire appel aux Services Généraux? »
Dites plutôt : « Ai-je les moyens
de ne pas faire appel aux Services Généraux? »
Dans cette ère de la fusée et des vitesses supersoniques, pouvez-vous vous permettre de perdre du temps à effectuer vous-même vos achats dans les magasins, à payer vous-même vos factures, à entretenir
vous-même votre cellule d'habitation?
Nous fesserons le bébé et donnerons sa pâtée au chat.
Nous vous louerons une maison et achèterons vos
chaussures.
Nous écrirons à votre belle-mère et collationnerons vos
talons de chèques.
Aucun travail n'est trop vaste; aucune tâche trop
minime...
Et tout cela en échange d'une rémunération incroyablement modeste.
SERVICES GÉNÉRAUX
Téléphonez-nous sans attendre.
P.-S. : NOUS PROMENONS AUSSI LES CHIENS

« Eh bien? dit Clare.
— Sance a raison. Ça ne vaut pas cher.
— Pourquoi?
— Trop logique. Trop verbeux. Ce n'est pas percutant.

— Vous auriez une idée pour mettre la main sur le marché marginal? »

Elle réfléchit un instant, lui emprunta son stylo et écrivit :

VOULEZ-VOUS
FAIRE ASSASSINER QUELQU'UN?
(Dans ce cas, ne téléphonez pas aux Services Généraux.)
Mais pour tout autre travail, faites appel à nous.
Vous y trouverez votre compte.
P.-S. : Nous promenons aussi les chiens.

« Hmm... mon Dieu, pourquoi pas, après tout? dit Mr. Clare prudemment. Nous allons l'essayer. Sance, opérez un lancement du type B, pour deux semaines, Amérique du Nord, et dites-moi ce que cela donne. » Francis rangea le papier dans sa trousse sans rien perdre de sa douceur d'expression. « Maintenant, comme je vous le disais...

— Chef... interrompt Grace Cormet. J'ai pris un rendez-vous pour vous... (elle consulta sa montre de doigt) dans exactement deux minutes quarante secondes. C'est un officiel du gouvernement.

— Racontez-lui n'importe quoi et renvoyez-le. Je suis occupé.

— Insigne vert. »

Il leva vivement la tête. Même Francis parut intéressé. « Vraiment? dit Clare. Avez-vous l'enregistrement de l'entrevue sur vous?

— Je l'ai effacé.

— Ah... vous avez peut-être bien fait. Vos intuitions sont généralement fondées. Faites-le entrer. »

Elle inclina pensivement la tête et sortit.

Elle trouva son homme qui pénétrait justement dans la salle de réception publique et l'accompagna pour franchir une demi-douzaine de portes dont les gardiens lui auraient demandé son identité et l'objet de sa visite. Lorsqu'il se fut assis dans le bureau de Mr. Clare, il regarda autour de lui. « Pourrais-je vous parler en particulier, Mr. Clare?

— Mr. Francis et mon bras droit. Vous avez déjà parlé à Miss Cormet.

— Très bien. » Il exhiba de nouveau le sigle vert et le tendit. « Pour l'instant il ne sera pas nécessaire de mentionner de noms. Je suis certain de votre discrétion. »

Le président des Services Généraux se redressa avec impatience. « Venons-en au fait. Vous êtes Pierre Beaumont, chef du protocole. L'administration a-t-elle un travail à nous confier? »

Beaumont ne se laissa pas démonter par ce changement d'attitude. « Vous me connaissez. C'est parfait. Nous entrerons donc dans le vif du sujet. Il se peut en effet que le gouvernement ait besoin de vos services. Dans tous les cas, il faut que rien ne transpire de cette conversation...

— Toutes les affaires des Services Généraux sont confidentielles.

— Ce qui m'amène n'est pas confidentiel mais secret. » Il prit un temps.

J'ai compris, dit Clare. Poursuivez.

— Vous êtes à la tête d'une organisation fort intéressante, Mr. Clare. Vous vous faites fort, dit-on, d'accomplir toute mission, quelle qu'elle soit — à condition qu'on y mette le prix.

— Et que l'on reste dans les limites de la légalité.

— Ah! oui, bien entendu. Mais le terme « légal » est susceptible d'interprétation. J'ai admiré la manière dont vous avez mené la préparation de la seconde expédition plutonienne. Certaines de vos méthodes sont, comment dirais-je, ingénieuses.

— Si vous avez quelque critique à formuler sur nos façons de procéder à cette occasion, mieux vaudrait vous adresser à notre département du contentieux, en empruntant les voies habituelles. »

154

Beaumont tendit une paume vers lui. « Oh! non, Mr. Clare... je vous en prie! Vous vous méprenez. Il ne s'agissait pas d'une critique mais d'un témoignage d'admiration. Quelle homme de ressources vous faites! Vous auriez été un extraordinaire diplomate!

— Cessons de jouer au plus fin. Que voulez-vous? »

Mr. Beaumont fit la moue. « Supposons que vous ayez à recevoir une douzaine de représentants de chacune des races intelligentes de notre système planétaire et que vous ayez le désir de donner à chacun d'eux le maximum de confort et de bien-être. Vous sentiriez-vous capable d'y parvenir? »

Clare réfléchit à haute voix. « Pression d'air, humidité, densité de radiation, atmosphère, chimie, températures, conditions culturelles... ce sont là des choses simples. Mais pour ce qui est de l'accélération? Nous pourrions utiliser une centrifugeuse pour les Joviens, mais pour les Martiens et les Titaniens... c'est un autre problème. Il n'existe aucun moyen de réduire la gravité normale de la Terre. Non, il faudrait les loger dans l'espace ou sur la Lune. Dans ce cas, l'affaire n'est plus de notre ressort; nous ne fournissons jamais nos services au-delà de la stratosphère. »

Beaumont secoua la tête. « Ce ne sera pas au-delà de la stratosphère. Vous pouvez poser comme condition absolue que les services qui vous seront demandés devront s'accomplir sur la surface de la Terre.

— Pourquoi?

— Les Services Généraux ont-ils pour principe de s'informer des raisons qui poussent un client à requérir un type particulier de service?

— Non. Je vous demande pardon.

— Je vous en prie. Mais vous avez besoin de plus amples informations pour pouvoir comprendre ce qui doit être accompli et pourquoi l'opération doit demeurer secrète. Une conférence va se tenir dans un avenir rapproché sur cette planète — elle durera quatre-vingt-dix jours, tout au plus. Jusqu'au moment de son ouverture, il faut absolument que nul ne soupçonne qu'elle est en voie de se réunir. Je vous propose de considérer cette conférence comme une table ronde autour de laquelle se réuniront les savants les plus éminents du système, et dont l'importance et la composition seront sensiblement celles de la session académique qui s'est tenue sur Mars au printemps dernier. Il vous reviendra de procéder à tous les préparatifs pour l'accueil des délégués, mais il vous faudra dissimuler ces préparatifs dans les ramifications de vos services jusqu'au moment opportun. Quant aux détails... »

Clare l'interrompit. « Vous semblez persuadé d'avance que nous accepterons cette mission. Si j'en crois les explications que vous nous avez fournies, nous aurions toutes les chances du monde de subir un échec qui nous couvrirait de ridicule. Les Services Généraux n'aiment guère les échecs. Vous savez comme moi que des gens vivant dans un milieu de faible gravité ne peuvent supporter une haute gravité sans compromettre dangereusement leur santé. Les congrès inerplanétaires se tiennent toujours sur une planète à faible gravité et s'y tiendront toujours.

— Oui, répondit Beaumont avec patience, ce fut en effet la règle dans le passé. Mais vous rendez-vous compte du terrible handicap diplomatique que cela constitue pour la Terre et Vénus?

— Je ne vois pas très bien.

— Il n'est pas nécessaire que vous compreniez. La psychologie diplomatique n'est pas de votre ressort. Tenez pour un fait acquis que ce handicap existe et que l'Administration est fermement résolue à ce que cette conférence se tienne sur Terre.

— Pourquoi pas sur la Lune? »

Beaumont secoua la tête. « Ce n'est pas du tout la même chose. Bien que nous ayons la charge de son administration, Luna City est un port franc. Ce n'est pas du tout la même chose, psychologiquement parlant. »

Ce fut le tour de Clare de secouer la tête. « Mr.

Beaumont, je ne crois pas que vous compreniez la nature des Services Généraux, bien que je sois imperméable aux subtiles exigences de la diplomatie. Nous n'accomplisssons pas de miracles et ne promettons jamais d'en faire. Nous sommes simplement le factotum du siècle présent, organisé, aérodynamique, tout ce que vous voudrez. Nous sommes la version ultra-moderne de l'ancienne classe des serviteurs, mais nous n'avons rien du génie d'Aladin. Nous ne disposons même pas de laboratoires de recherches dans le sens scientifique du terme. Simplement, nous faisons le meilleur usage possible des dernières découvertes en matière de communication et d'organisation pour réaliser ce qui peut déjà être accompli à l'heure présente. » Il désigna du geste le mur opposé sur lequel était gravée en taille douce la marque commerciale de la maison, devenue fameuse avec les années — un terrier écossais tirant sur sa laisse et flairant un poteau. « Tel est l'esprit des travaux que nous assumons : nous promenons les chiens des gens trop occupés pour s'en charger eux-mêmes. Mon grand-père a pu poursuivre ses études au collège parce qu'il promenait les chiens. Je les promène toujours. Je ne promets pas de miracle et je ne me mêle pas de politique. »

Beaumont joignit soigneusement les doigts. « Vous promenez les chiens contre rémunération. Je le sais puisque je vous confie les deux miens. Cinq mini-crédits... ce n'est vraiment pas cher du tout.

— En effet. Mais cent mille chiens, deux fois par jour, cela nous procure de grosses rentrées.

— La « rentrée » que vous toucheriez pour promener le « chien » dont je vous parle serait considérable.

— Dans quelle mesure? » demanda Francis. C'était la première fois qu'il manifestait un intérêt pour la discussion en cours.

Beaumont tourna les yeux vers lui. « Cher monsieur, les conséquences de cette... euh... table ronde se chiffreraient littéralement par des centaines de milliards de crédits pour cette planète. Nous ne musèlerons pas les vaches qui viendront se nourrir à la récolte, si vous voulez bien me pardonner cette expression.

— Combien?

— Trente pour cent en plus du prix de revient vous paraîtrait-il un chiffre raisonnable?

Francis secoua la tête. « Cela n'atteindrait peut-être pas un très gros chiffre.

— Il n'est nullement dans mes intentions de maquignonner. Supposons que je vous laisse le soin, messieurs — je vous demande pardon, Miss Cormet — de décider du prix de vos services. Je puis compter, je pense, sur votre patriotisme planétaire et racial pour limiter vos prétentions à des proportions raisonnables. »

Francis se renversa sur son siège, demeura bouche close, mais parut agréablement surpris.

« Attendez une minute, protesta Clare. Nous n'avons pas encore donné notre accord.

— Nous avons discuté des prix », fit observer Beaumont.

Clare porta les yeux de Francis à Grace Cormet puis examina ses ongles. « Donnez-moi vingt-quatre heures pour savoir si c'est possible, dit-il enfin, après quoi je vous dirai si oui ou non nous promènerons votre chien.

— Je suis persuadé que vous accepterez », dit Beaumont. Il ramena autour de lui les plis de sa cape.

« Eh bien, maîtres cerveaux, dit Clare d'un ton acide, les dés sont jetés.

— Il y a un moment que je voulais reprendre du service sur le terrain, dit Grace.

— Affectez une équipe à tout ce qui ne concerne pas le problème de la gravité, suggéra Francis. C'est le seul point épineux. Le reste n'est qu'un travail de routine.

— Sans doute, lui accorda Clare, mais vous feriez bien d'y consacrer tous vos soins. Si vous ne parveniez pas à vos fins, nous aurions entrepris des préparatifs

extrêmement coûteux qui ne seraient jamais rembour-
sés. Sur qui portez-vous votre choix, Grace?

— C'est facile à comprendre, répondit Francis. Elle
sait encore compter jusqu'à dix. »

Grace Cormet le dévisagea froidement. « Il est des moments, Sance Francis, où je regrette de t'avoir épousé.

— Pas de scènes conjugales au bureau, dit Clare. Par
où allez-vous commencer?

— Tâchons tout d'abord de trouver qui est le plus
ferré en matière de gravitation, décida Francis. Grace,
si tu veux bien appeler le Dr. Krathwohl sur l'écran...

— Bien », dit-elle en se dirigeant vers les commandes
du téléviseur stéréoscopique. « C'est ce qui fait toute la
beauté de cette entreprise. Il n'est pas nécessaire de
connaître quoi que ce soit, mais simplement de savoir
où trouver le renseignement. »

Le Dr. Krathwohl faisait partie du personnel permanent des Services Généraux. Il n'avait aucune tâche
particulière à accomplir. La compagnie estimait rentable de l'entretenir confortablement en lui ouvrant un
crédit illimité pour l'achat de revues scientifiques et en
lui payant les frais de participation aux colloques que
tiennent de temps en temps entre eux les savants. Il
manquait au Dr. Krathwohl cette persistance dans la
curiosité qui fait le chercheur scientifique; c'était un
dilettante par nature.

De temps en temps, on lui posait une question. La
réponse était en général fructueuse.

— Oh! bonjour ma chère! » Le visage aimable du Dr.
Krathwohl souriait sur l'écran. « Écoutez... je viens justement de tomber sur un fait amusant dans le dernier
numéro de *Nature*. Un article qui éclaire de façon très
intéressante la théorie de Brownlee sur...

— Excusez-moi, docteur, interrompit-elle. Je suis plutôt pressée.

— Je vous en prie, ma chère.

— Quel est l'homme le mieux informé de la
gravitation?

— De quelle façon l'entendez-vous? Désirez-vous un astrophysicien ou préférez-vous aborder le sujet du point de vue de la mécanique théorique? Dans le premier cas, Farquarson serait l'homme à consulter, je pense.

— Je voudrais en connaître les causes.

— La théorie du champ? Dans ce cas, ce n'est point Farquarson qu'il vous faut. C'est avant tout un balisticien descriptif. Pour le sujet qui nous occupe, ce sont les travaux du Dr. Julian qui font autorité.

— Où pourrions-nous le trouver?

— Impossible, ma chère. Il est mort l'année dernière, le pauvre. Ce fut une grande perte pour la science. »

Grace se retint de lui dire à quel point cette perte était cruelle et demanda : « Qui a pris sa succession?

— Vous voudriez le nom de l'homme qui occupe aujourd'hui la place la plus éminente dans la théorie du champ? Je dirais O'Neil.

— Où peut-on le trouver?

— Il faudra que je m'informe. Je le connais un peu... Il est d'un abord difficile.

— C'est bon. Dans l'intervalle, qui pourrait nous donner quelques clartés sur la question?

— Pourquoi ne vous adressez-vous pas au jeune Carson, dans notre service technique? Il s'intéressait fort au problème lorsqu'il est entré dans la maison. Un garçon intelligent... nous avons eu ensemble bien des entretiens passionnants.

— Je vais suivre votre conseil. Merci, docteur. Demandez le bureau du chef sitôt que vous aurez découvert O'Neil. Faites vite. »

Elle coupa.

Carson se montra d'accord avec l'opinion de Krathwohl mais manifesta un doute. « O'Neil est arrogant et peu coopératif. J'ai travaillé sous ses ordres. Mais, sans aucun doute, il est mieux informé que quiconque sur la théorie du champ et la structure de l'espace. »

Carson avait été introduit dans le cercle restreint et on lui avait exposé le problème. Il avait avoué ne voir aucune solution. « Peut-être grossissons-nous les difficultés outre mesure », dit Clare. « J'ai quelques idées. Corrigez-moi si je me trompe, Carson.

— Allez-y, chef.

— Voyons, l'attraction gravitationnelle est produite par la proximité d'une masse... Exact? La gravité terrestre résulte de la proximité de la Terre. Quel effet obtiendrait-on en disposant une masse importante au-dessus d'un point précis de la surface terrestre? Son action ne tendrait-elle pas à contrarier celle de la Terre?

— En théorie, si. Mais pour que cette action soit appréciable, il faudrait disposer d'une masse de dimensions formidables.

— Peu importe.

— Vous ne comprenez pas, chef. Pour annuler complètement la gravité de la Terre au point considéré, il faudrait disposer d'une seconde planète égale à elle. Bien entendu, puisque vous ne voulez pas l'annuler complètement, vous pourriez vous contenter d'une masse moindre, dont le centre serait plus proche du point en question que ne l'est le centre de la Terre. Cela ne suffirait pas cependant. Tandis que l'attraction exercée sur un corps est inversement proportionnelle au carré de la distance — dans le cas présent le demi-diamètre — la masse et par conséquent l'attraction diminue selon le cube du diamètre.

— Qu'est-ce que cela nous donne? »

Carson tira de sa poche une règle à calcul et la manipula quelques instants. Il leva les yeux. « Je n'ose même pas vous donner la réponse. Il vous faudrait un astéroïde de bonne taille, entièrement en plomb, pour obtenir un résultat valable. »

— On n'a pas attendu jusqu'à ce jour pour déplacer des astéroïdes.

— Sans doute. Mais par quel moyen le *retiendrait-on en place?* Non, chef, il n'existe aucune source d'énergie concevable, ni d'ailleurs les moyens de l'appliquer, qui vous permettrait de suspendre en permanence un astéroïde de bonne taille au-dessus d'un point particulier de la Terre.

— Après tout, l'idée n'était pas tellement bête... », dit Clare pensivement.

Le front lisse de Grace s'était plissé en suivant la discussion. « Si j'ai bien compris, on pourrait se servir plus efficacement d'une petite masse possédant une forte densité. Il me semble avoir vu quelque part qu'il existait des matières pesant des tonnes au centimètre cube.

— Les noyaux des étoiles naines, dit Carson. Il suffirait simplement de posséder un vaisseau capable de franchir des années-lumière en quelques jours, un procédé pour miner l'intérieur de l'étoile et une nouvelle théorie de l'espace-temps.

— Cessez de vous payer notre tête.

— Minute, dit Francis, le magnétisme n'est-il pas analogue à la gravité?

— Ma foi oui.

— Ne serait-il pas possible de magnétiser d'une façon quelconque ces gens qui nous viendront des petites planètes? La composition chimique de leur corps offre peut-être quelque particularité?

— Bonne idée, dit Carson, mais pour étrange que soit leur économie interne, elle n'en demeure pas moins organique.

— C'est vrai. Si les petits cochons avaient des ailes, on les appellerait des pigeons. »

L'annonceur stéréo scintilla. Le Dr. Krathwohl vint déclarer que O'Neil pourrait être trouvé à sa résidence d'été, à Portage dans le Wisconsin. Il ne l'avait pas appelé à sa résidence d'été, à Portage dans le Wisconsin. Il ne l'avait pas appelé à l'écran et préférerait s'abstenir à moins que le chef n'en décide autrement.

Clare le remercia et se retourna vers les autres. « Nous perdons notre temps », annonça-t-il. « Après tant d'années passées dans cette affaire, nous devrions savoir que nous n'avons rien à gagner en tentant de résoudre des problèmes techniques. Je n'ai rien d'un physicien et je me moque pas mal du processus de la gravitation. C'est O'Neil que cela regarde. Et Carson. Carson, filez immédiatement dans le Wisconsin et attelez O'Neil à la question.

— Moi?

— Vous. Vous êtes opérateur dans cette affaire... avec un salaire à l'avenant. Bondissez à l'aéroport — vous y trouverez une fusée et un fac-similé de crédit. Vous devriez avoir quitté le sol dans sept ou huit minutes. »

Carson battit les paupières. « Qui s'occupera de mon travail ici?

— Nous préviendrons le service technique et la comptabilité. Filez. »

Sans répondre, Carson se dirigea vers la porte. Le temps de l'atteindre, il courait presque.

Le départ de Carson les laissa inoccupés jusqu'à ce qu'il donnât signe de vie — rien à faire sinon entamer la mise à jour des innombrables détails consistant à reproduire les conditions physiques et culturelles de trois autres planètes et quatre satellites majeurs, à l'exclusion de leurs caractéristiques gravitationnelles de surface. Cette mission, bien qu'inédite, ne présentait pas de réelles difficultés — du moins pour les Services Généraux. Il y avait quelque part des gens qui connaissaient les réponses à toutes ces questions. La vaste et souple organisation que l'on nommait les Services Généraux était conçue pour les trouver, louer leurs services et les mettre au travail. Le premier venu des opérateurs illimités et un pourcentage considérable des opérateurs de catalogue pouvaient se charger d'une telle mission et la mener à bien sans affolement ni excès de hâte.

Francis convoqua un opérateur illimité. Il ne prit

même pas la peine de le choisir mais adopta le premier qui lui tomba sous la main sur le panneau d'appel. C'étaient tous des gens essentiellement disponibles. Il lui expliqua en détail ce qu'il attendait de lui et pensa à autre chose. Tout serait fait en temps et en heure. Les machines à perforer les cartes retentiraient un peu plus fort, les écrans stéréoscopiques s'illumineraient, et dans toutes les parties de la Terre des jeunes gens doués interrompraient leurs occupations pour se lancer à la recherche des spécialistes qui se chargeraient d'effectuer le véritable travail.

Il se tourna vers Clare qui lui dit : « Je voudrais bien savoir ce que mijote ce Beaumont. Un colloque de savants... mon œil!

— Je croyais que tu ne t'intéressais pas à la politique, Jay?

— C'est exact. Je me moque de la politique interplanétaire ou autre, sauf dans la mesure où elle intervient dans cette affaire. Mais si je savais ce qui se trame, je serais à même de décrocher une plus grosse part du gâteau.

— Eh bien, dit Grace. je crois que vous pouvez tenir pour certain que les grosses légumes de toutes les planètes vont bientôt se réunir et diviser la Gaule en trois parts.

— Oui, mais qui fera les frais de l'opération?

— Mars, je suppose.

— Cela me semble probable. On jettera un os aux Vénusiens. Dans ce cas, nous pourrions tenter une petite spéculation sur la Société Commerciale Pan-Jovienne. »

— Tout doux, fils, tout doux, l'avertit Francis. Ce serait le meilleur moyen d'éveiller l'intérêt des gens. N'oublie pas qu'il s'agit d'une mission confidentielle.

— Tu as sans doute raison. Néanmoins, ouvre l'œil. Il devrait bien y avoir un moyen de couper une bonne tranche du gâteau avant que nous en ayons fini. »

Le téléphone de Grace Cormet grésilla. Elle le retira de sa poche. « Allô?

— Une certaine Mrs. Hogbein Johnson voudrait vous parler.

— Occupez-vous d'elle. J'ai quitté mon pupitre.

— Elle ne veut s'entretenir avec personne d'autre que vous.

— Très bien. Passez-la sur l'écran du chef, mais demeurez vous-même en parallèle. Vous vous occuperez d'elle après que je lui aurai parlé. »

L'écran s'anima, laissant apparaître le visage charnu de Mrs. Johnson, tout seul au centre du cadre. « Oh! Miss Cormet, gémit-elle. Une erreur épouvantable a été commise. Il n'y a pas de téléviseur sur cet avion.

— Il sera installé à Cincinnati, dans vingt minutes environ.

— Vous en êtes sûre?

— Tout à fait.

— Oh! merci mille fois! C'est un tel soulagement de vous parler. Savez-vous une chose? Je pense sérieusement à faire de vous ma secrétaire.

— Vous êtes trop aimable, répondit placidement Grace, mais je suis sous contrat.

— Comme c'est ennuyeux! Mais vous pouvez toujours le rompre.

— Non, je regrette. Au revoir, Mrs. Johnson. » Elle coupa l'écran et parla de nouveau dans son téléphone de poche. « Dites à la comptabilité de doubler sa note de frais. Et prenez bonne note que je ne veux plus lui parler. » Elle coupa la communication et fourra furieusement le petit instrument dans sa poche. « Secrétaire mondaine! Et quoi encore? »

Après le dîner, Clare s'était retiré dans son appartement particulier en attendant l'appel de Carson. Ce fut Francis qui prit la communication dans son bureau.

« Alors? demanda-t-il lorsque l'image apparut sur l'écran.

— J'ai vu O'Neil.

— Bon. Accepte-t-il?

— Vous voulez dire : est-il capable de réaliser l'opération?

— Oui... eh bien?

— C'est curieux... je ne pensais pas que la chose fût théoriquement possible. Mais après lui avoir parlé, je suis persuadé du contraire. O'Neil a trouvé un aspect nouveau de la théorie du champ... des travaux qu'il n'a jamais publiés. Cet homme est un génie.

— Peu m'importe, dit Francis, qu'il soit un génie ou un mongolien arriéré. Est-il capable de construire une sorte d'inhibiteur de gravité?

— Je le crois. Je le crois vraiment.

— Bravo! Vous l'avez engagé à notre service?

— Non. C'est justement là le point épineux. C'est pourquoi je vous ai rappelé. Voici ce qui est passé. Le hasard a voulu qu'il soit de bonne humeur au moment de mon arrivée et, comme nous avions travaillé ensemble dans le passé et que je n'avais pas suscité son ire avec autant de fréquence que ses autres assistants, il m'a invité à dîner. Nous avons parlé de choses et d'autres (pas question de le presser) et je lui ai fait la proposition. Il ne s'est montré que médiocrement intéressé — par l'idée, j'entends; pas la proposition... Nous avons discuté de la théorie, c'est-à-dire qu'il me l'a exposée. Mais il ne veut pas entendre parler de la mettre en œuvre.

— Pourquoi pas? Vous ne lui avez pas offert des émoluments suffisants. Je ferais mieux de me charger de lui.

— Non, Mr. Francis, non. Vous ne comprenez pas. Il ne s'intéresse pas à l'argent. Il possède une fortune personnelle qui suffit largement à ses recherches et à ses besoins. Mais, pour l'instant, il travaille sur une théorie concernant la mécanique ondulatoire et il ne veut entendre parler de rien d'autre.

— Lui avez-vous montré l'importance de l'enjeu?

— Oui et non. Plutôt non. J'ai bien essayé. Mais rien

ne compte pour lui que ce qu'il désire. C'est une sorte de snobisme intellectuel. A ses yeux, les autres n'existent absolument pas.

— Parfait, dit Francis. Vous vous êtes bien débrouillé jusqu'à présent. Voici ce que vous allez faire : sitôt que j'aurai coupé, vous appellerez le Service Exécution et vous effectuerez une transcription de tout ce qu'il vous a dit sur la théorie gravitationnelle. Nous louerons les services des hommes les plus éminents, nous leur présenterons ces éléments et nous verrons bien s'ils y découvrent une idée de départ pour leurs travaux. Dans l'intervalle, je confierai à une équipe le soin de relever les antécédents d'O'Neil; ce sera bien le diable si nous n'y découvrons pas une faiblesse; il n'est que de la trouver. Supposons qu'il ait une liaison...

— Il y a longtemps qu'il a passé l'âge.

— ... ou une vilaine histoire enfouie dans son passé. Nous verrons bien. Je vous demande de rester à Portage. Puisque vous ne pouvez l'engager, peut-être réussirez-vous à le persuader de vous prendre à son service. Vous constituez notre liaison avec lui. Je ne veux pas qu'elle soit rompue. Il vous faut mettre le doigt sur un désir secret, une peur cachée.

— Il n'a peur de rien. J'en suis absolument certain.

— Alors il désire quelque chose. S'il ne s'agit ni d'argent ni de femmes, il faut que ce soit quelque chose d'autre. C'est une loi de la nature.

— J'en doute, répondit lentement Carson. A propos, vous ai-je parlé de son violon d'Ingres?

— Non. En quoi consiste-t-il?

— Il collectionne les porcelaines de Chine. Et particulièrement celles de l'époque Ming. Il possède la plus belle collection du monde, je crois bien. Mais je sais ce qu'il désire!

— Parlez, mon vieux, parlez! Ne me faites pas languir.

— Il s'agit d'un petit plat ou d'une coupe, de dix centimètres de large sur cinq de haut. Cet objet possède un nom chinois qui signifie Fleur d'Oubli.

— Hmm... cela me paraît plutôt insignifiant. Vous croyez qu'il désire très ardemment ce bibelot?

— J'en suis certain. Il en possède une reproduction en couleurs dans son cabinet de travail où il peut la contempler à loisir. Mais cela lui fait mal d'en parler.

— Je sais. L'objet se trouve au British Museum. C'est pourquoi il ne peut l'acquérir.

— Vraiment? dit Francis pensivement. Eh bien, dans ce cas, vous pouvez l'oublier. Continuez. »

Clare descendit au bureau de Francis et ils en discutèrent tous les trois. « Je crois que nous aurons besoin de Beaumont », déclara-t-il lorsqu'il eut entendu le rapport. « Il faudra l'intervention du gouvernement pour amener le British Museum à se dessaisir d'un objet. » Francis affichait un air morose. « Eh bien... quelle mouche te pique? Qu'est-ce qui t'embarrasse dans ma proposition?

— Je le sais, moi, dit Grace. Vous vous souvenez du traité par lequel la Grande-Bretagne est entrée dans la Confédération Planétaire?

— Je n'ai jamais été très fort en histoire.

— Cela se résume en ceci : je doute fort que le gouvernement planétaire puisse toucher à quoi que ce soit dans le Museum sans en référer au Parlement britannique.

— Pourquoi pas? Traité ou pas traité, le gouvernement planétaire est souverain. Ce point a été établi à l'occasion de l'incident brésilien.

— Sans doute. Mais on pourrait poser des questions à la Chambre des Communes et il en résulterait des conséquences que Beaumont veut éviter à tout prix : une publicité intempestive.

— Soit. Que proposez-vous?

— Sance et moi pourrions faire un saut en Angleterre pour nous assurer dans quelle mesure la Fleur d'Oubli est intouchable — savoir qui est chargé de sa sauvegarde et quelles sont les faiblesses de ce gardien. »

Les yeux de Clare vinrent se poser sur Francis, dont le visage vide d'expression était pour ses intimes un signe d'assentiment. « Parfait, dit Clare, prendrez-vous un spécial?

— Non. Nous avons encore le temps d'attraper la fusée qui part de New York à minuit. Au revoir.

— Au revoir. Appelez-moi dès demain. »

Lorsque Grace apparut sur l'écran le lendemain, le chef lui jeta un coup d'œil et s'exclama : « Grands dieux, ma chère! Qu'avez-vous fait à vos cheveux?

— Nous avons repéré le particulier, expliqua-t-elle succinctement. Il a un faible pour les blondes.

— Vous vous êtes également fait blanchir la peau.

— Bien entendu. Qu'en dites-vous?

— C'est stupéfiant... mais je vous aimais mieux auparavant. Qu'en pense Francis?

— Il s'en moque — cela fait partie du travail. Mais pour en revenir au sujet qui nous occupe, il n'y a pas grand-chose à signaler. Il faudra agir de la main gauche. Par la manière ordinaire il faudrait un séisme pour enlever quelque chose de ce tombeau.

— Ne faites rien d'irréparable!

— Vous me connaissez, chef. Je ne vous causerai pas d'ennuis. Mais ce sera onéreux.

— Naturellement.

— C'est tout ce que je vois pour l'instant. Je vous rappellerai demain. »

Elle était de nouveau brune le lendemain. « Que signifie? demanda Clare. Participez-vous à une mascarade?

— Ce n'est pas pour les blondes qu'il avait un faible, expliqua-t-elle, mais j'ai trouvé la personne qui l'intéresse.

— Etes-vous parvenue à vos fins?

— Nous y parviendrons, je crois. Sance fait intégrer

un fac-similé en ce moment. Avec de la chance, nous nous verrons demain. »

Ils revinrent le lendemain, apparemment les mains vides.

« Eh bien? dit Clare.

— Isolez votre bureau, suggéra Francis, ensuite nous parlerons. »

Clare actionna un commutateur commandant un champ d'interférence qui rendait son bureau plus secret qu'un tombeau.

« Et l'objet? demanda-t-il. L'avez-vous obtenu?

— Montre-le lui, Grace. »

Grace tourna le dos, fouilla un moment dans ses vêtements, puis, faisant volte-face, le déposa doucement sur le bureau du chef.

Il était plus que beau. C'était la beauté même. Ses courbes simples et subtiles étaient dépourvues d'ornements. La moindre décoration en aurait souillé la grâce. On parlait à mi-voix en sa présence, de crainte qu'un bruit inopiné ne le fît voler en miettes.

Clare tendit la main pour le toucher, puis se ravisa et la retira.

Mais il pencha la tête au-dessus de la coupe et y plongea le regard. Chose étrange, il était extrêmement difficile d'accommoder sur le fond du petit vase. Il avait l'impression que sa vue s'enfonçait de plus en plus profondément à l'intérieur, comme s'il se noyait dans une flaque de lumière.

Il releva la tête d'une secousse et battit des paupières. « Dieu... », murmura-t-il, « je ne croyais pas que pareille chose pût exister. »

Il regarda d'abord Grace, puis Francis. Francis avait les larmes aux yeux, ou peut-être étaient-ce les siens qui étaient embués.

« Écoute, dit Francis, ne pourrions-nous pas simplement garder la coupe et abandonner toute l'affaire? »

170

— Je ne vois pas l'utilité d'en parler plus longtemps, dit Francis d'un ton las. Nous ne pouvons la garder. Je n'aurais jamais dû faire une pareille proposition et tu n'aurais pas dû m'écouter. Appelons O'Neil.

— Nous pourrions encore attendre un jour supplémentaire avant de prendre une décision », dit Clare. Ses yeux revinrent de nouveau se poser sur la Fleur d'Oubli.

Grace secoua la tête. « A quoi bon? Demain, cela nous semblera encore plus dur. *Je le sais.* » Elle marcha d'un pas décidé vers la stéréo et manipula les commandes.

O'Neil se montra contrarié d'être dérangé, d'autant plus qu'ils avaient employé le signal d'urgence pour le convoquer devant son écran déconnecté.

« De quoi s'agit-il? Comment osez-vous déranger un citoyen dans son domicile particulier lorsqu'il a déconnecté pour être tranquille? demanda-t-il. Parlez... J'espère que vous avez un motif valable, sinon je vous intenterai un procès!

— Nous voudrions vous demander d'exécuter pour nous un certain travail, docteur, commença Clare d'un ton serein.

— Comment? » O'Neil semblait trop surpris pour se mettre en colère. « Osez-vous prétendre que vous avez violé mon domicile afin de me demander de travailler pour vous?

— Le prix que nous paierions vos travaux pourrait, je crois, vous satisfaire. »

O'Neil parut compter jusqu'à dix avant de répondre. « Monsieur, dit-il en articulant soigneusement ses mots, il y a des gens de par le monde qui s'imaginent pouvoir tout acheter. Je vous accorde qu'ils sont assez fondés à le croire. Mais pour ce qui me concerne, je ne suis pas à vendre. Puisque vous semblez appartenir à la catégorie précédemment mentionnée, je ferai de mon mieux pour vous rendre cet entretien aussi onéreux que possible. Vous aurez des nouvelles de mes avocats. Bonsoir!

— Attendez, s'écria Clare précipitamment. Je me suis laissé dire que vous étiez amateur de porcelaine de Chine...

— Et après?

— Montrez-la lui, Grace. » Grace apporta la Fleur d'Oubli devant l'écran avec un luxe de précautions et de respect.

O'Neil ne dit rien. Il se pencha en avant et ouvrit des yeux ronds. On aurait dit qu'il allait sortir de l'écran. « Où avez-vous pris cela? dit-il enfin.

— Qu'importe.

— Je vous l'achète. Faites votre prix.

— Il n'est pas à vendre. Mais il pourra entrer en votre possession... si nous nous mettons d'accord. »

O'Neil le fusilla du regard. « C'est un objet volé.

— Vous vous trompez. Je vous garantis par ailleurs que vous ne trouverez personne qui accepte de retenir une telle accusation. Maintenant, si nous parlions de ce travail... »

O'Neil s'arracha à la contemplation de la coupe. « En quoi consiste-t-il? »

Clare lui exposa le problème. Lorsqu'il eut terminé, O'Neil secoua la tête. « C'est ridicule! dit-il.

— Nous avons des raisons de croire qu'il existe une solution théorique.

— Sans doute, comme il est théoriquement possible de vivre éternellement. Mais nul n'y est jamais parvenu.

— Nous vous croyons capable de trouver cette solution.

— Merci quand même. Dites donc! » O'Neil pointa sur lui l'index à travers l'écran. « C'est vous qui avez lancé ce chiot de Carson à mes trousses!

— Il s'est conformé à mes ordres.

— Dans ce cas, monsieur, je trouve vos procédés fort déplaisants.

— Que décidez-vous pour le travail? Et cet objet? » Clare montrait la coupe.

172

O'Neil y porta son regard en mâchonnant ses moustaches. « Supposons, dit-il enfin, que je fasse une tentative honnête, que je mette en œuvre toutes mes capacités pour réaliser votre vœu... et que j'échoue. »

Clare secoua la tête. « Nous ne payons que les résultats. Bien entendu, vos honoraires vous seraient intégralement versés. Quant à la coupe, mille regrets. Elle constitue une prime qui s'ajoutera à vos émoluments, en cas de succès seulement. »

O'Neil parut sur le point d'acquiescer puis s'écria subitement : « Vous seriez bien capable de me tromper au moyen d'un ologramme. Comment pourrais-je déceler la supercherie avec ce maudit écran?

— Venez vous rendre compte sur place, dit Clare.

— Vous pouvez y compter. Restez où vous êtes. Quelle est votre adresse, par tous les diables, et votre nom? »

Deux heures plus tard il arriva en ouragan. « Vous m'avez joué. La Fleur se trouve toujours en Angleterre. J'ai pris mes renseignements. Vous me le paierez cher!

— Voyez vous-même », répondit Clare. Il s'effaça pour laisser apercevoir le sommet de sa table de travail.

Puis ils le laissèrent à sa contemplation, demeurant silencieux pour ne pas troubler son recueillement. Après un long moment, il se retourna vers eux, sans proférer une parole.

« Alors? demanda Clare.

— Je construirai votre satané bidule, dit-il d'une voix étranglée. En venant ici, j'ai imaginé une méthode. »

Beaumont vint les voir en personne la veille de la première session de la conférence. « Simple visite de politesse, Mr. Clare, dit-il. Je voulais simplement vous exprimer ma satisfaction personnelle pour le travail que vous avez accompli. Et vous remettre ceci. » Ceci n'était rien d'autre qu'un chèque sur la Banque Centrale en règlement du forfait convenu. Clare le prit, y jeta un coup d'œil, inclina la tête et le plaça sur son bureau.

« J'en déduis, observa-t-il, que le gouvernement est satisfait du service rendu.

— C'est peu dire, lui assura Beaumont. Pour être absolument honnête, je n'aurais jamais cru que vous puissiez vous en tirer aussi bien. Vous semblez avoir pensé à tout. La délégation de Callisto se promène en ce moment; elle fait une randonnée touristique à bord des petits chars que vous avez préparés. Ses membres sont tous enchantés. Confidentiellement, je crois que nous pouvons compter sur leurs votes au cours des prochaines sessions.

— Il semblerait donc que les écrans anti-gravité fonctionnent à merveille?

— C'est le mot. J'ai essayé leur petit char touristique avant de le mettre à leur disposition. Je me sentais aussi léger qu'une plume, selon l'expression classique. Trop léger, même. Pour un peu, j'aurais eu le mal de l'espace. » Il eut un sourire d'amusement ambigu. « J'ai également pénétré dans l'appartement des Joviens. Là c'était une tout autre affaire.

— Le contraire m'eût étonné, dit Clare. Deux fois et demie la pesanteur normale... de quoi vous donner la tête lourde, c'est le moins qu'on puisse dire.

— C'est une conclusion heureuse pour une tâche difficile. Mais il faut que je vous quitte. Oh! encore un détail... j'ai discuté avec le Dr. O'Neil de l'éventualité où l'Administration s'intéresserait à d'autres applications de cette nouvelle découverte. Pour simplifier les choses, il serait désirable que vous me fournissiez une renonciation des Services Généraux à leurs droits sur l'effet O'Neil. »

Clare mâchonna son pouce. « Non, dit-il, ou du moins ce sera difficile.

— Pourquoi? demanda Beaumont. Cela éviterait les formalités d'adjudication et les pertes de temps inhérentes à cette procédure. Nous sommes prêts à reconnaître le service rendu et à vous dédommager largement.

— Hmm. Je ne crois pas que vous compreniez pleinement la situation, Mr. Beaumont. Il y a une nota-différence entre le contrat qui lie le Dr. O'Neil aux Services Généraux et celui que nous avons souscrit avec vous. Vous nous avez demandé de vous fournir certains services et certains dispositifs nécessaires pour y parvenir. Nous avons rempli les termes du contrat — en échange d'une somme forfaitaire. Nous sommes quittes. Mais le contrat souscrit par le Dr. O'Neil faisait de lui un employé à plein temps jusqu'au terme de ses travaux. Les résultats de ses recherches, de même que les brevets qui les sanctionnent, sont la propriété des Services Généraux.

— Vraiment? dit Beaumont. Le Dr. O'Neil avait des vues différentes.

— Le Dr. O'Neil se trompe. Parlons sérieusement, Mr. Beaumont. Vous nous avez demandé de construire un obusier pour tuer un moustique, si vous me permettez cette comparaison. Nous serions de bien piètres hommes d'affaires si nous jetions notre obusier à la ferraille après avoir tiré le premier coup!

— Évidemment. Que comptez-vous faire?

— Nous comptons exploiter commercialement le modulateur de gravité. J'imagine que nous pourrions tirer un bon prix de certaines adaptations de ce principe sur la planète Mars.

— En effet, je n'en doute pas. Mais vous excuserez ma franchise brutale si je vous dis que c'est impossible. Il est d'une importance politique majeure que cette découverte soit réservée exclusivement aux Terriens. En fait, l'administration estimerait qu'il est nécessaire d'intervenir autoritairement et d'en faire un monopole d'État.

— Avez-vous envisagé les moyens de faire tenir O'Neil tranquille?

— En tenant compte du changement intervenu dans la situation, non. Quelle est votre idée?

— J'envisagerais une société dans laquelle il détiendrait un gros paquet d'actions et dont il assumerait la présidence. L'un de nos brillants jeunes gens serait président du conseil d'administration. » Clare pensa immédiatement à Carson. « Les actions seraient suffisamment nombreuses pour qu'on puisse les distribuer », ajouta-t-il en guettant le visage de Beaumont.

Beaumont ignora l'appât. « Je suppose que cette société serait liée par contrat au gouvernement — son seul client?

— Exactement l'idée de base.

— Hmm... oui, cela me semble réalisable. Peut-être vaudrait-il mieux que j'en parle au Dr. O'Neil.

— Ne vous gênez pas. »

Beaumont obtint O'Neil sur l'écran et s'entretint avec lui à voix basse — du moins était-ce vrai pour lui, car O'Neil avait plutôt tendance à faire sauter le microphone. Clare fit appeler Francis et Grace et les mit au courant de ce qui venait de se passer.

Beaumont se détourna de l'écran. « Le docteur voudrait vous parler, Mr. Clare. »

O' Neil le dévisagea d'un œil glacial. « Quel est ce galimatias qu'on vient de me rapporter? L'effet O'Neil serait votre propriété, m'a-t-on dit?

— C'était en toutes lettres dans votre contrat, docteur. L'auriez-vous oublié?

— Mon contrat? Je n'ai jamais lu ce maudit chiffon de papier. Mais je puis vous dire une chose. Je vous traînerai devant les tribunaux. J'aimerais mieux faire des nœuds avec votre carcasse plutôt que de me laisser jouer par vous à ce point.

— Permettez, docteur, je vous prie! dit Clare d'un ton conciliant. Nous n'avons nullement l'intention d'exploiter une simple clause de style et nul ne s'attaque à vos intérêts. Permettez-moi de vous exposer mon plan... » Il lui donna une rapide esquisse de son projet. O'Neil écouta mais son humeur ne fut pas le moins du monde adoucie par la conclusion.

« Cela ne m'intéresse pas, dit-il d'un ton bougon. Pour

ce qui me concerne, le gouvernement peut bien s'approprier le tout. J'y veillerai, d'ailleurs.

— Il est une autre condition que je n'avais pas mentionnée, ajouta Clare.

— Ne vous en donnez pas la peine.

— Il le faut. Il s'agira d'un simple accord entre gens d'honneur, mais c'est essentiel. Vous avez la garde de la Fleur d'Oubli. »

O'Neil fut immédiatement sur ses ergots. « Qu'entendez-vous par « garde »? La coupe est ma propriété. Comprenez-moi... *ma propriété!*

— Votre propriété, répéta Clare. Néanmoins, pour compenser les concessions que nous vous avons consenties sur votre contrat, nous voulons quelque chose en échange.

— Quoi? » demanda O'Neil. La simple allusion à la coupe avait ébranlé sa confiance.

« La Fleur vous appartient et vous la gardez en votre possession. Mais je vous demande votre parole d'honneur que vous nous permettrez, à Miss Cormet, Mr. Francis ou moi-même, de venir la voir de temps en temps... et même fréquemment. »

O'Neil prit un air incrédule. « En somme, vous voudriez simplement avoir le droit de venir la contempler?

— C'est tout.

— Uniquement pour le plaisir des yeux?

— C'est cela! »

O'Neil le considéra avec un nouveau respect. « Je ne vous avais pas compris auparavant, Mr. Clare. Je vous fais mes excuses. Quant à cette histoire de société... faites comme il vous plaira. Je n'en ai cure. Miss Cormet, Mr. Francis ou vous-même pourrez venir voir la Fleur aussi souvent que vous voudrez. Vous avez ma parole.

— Je vous remercie, Dr. O'Neil... pour nous tous. » Il coupa la communication aussi vite qu'il put le faire sans se montrer grossier.

Beaumont, de son côté, regardait Clare avec un respect accru. « Je crois, dit-il, que la prochaine fois je ne me mêlerai pas des détails que vous aurez entrepris de régler. Permettez-moi de prendre congé. Adieu, messieurs... Adieu, Miss Cormet.

— Oui, dit Clare, nous lui avons promené son chien. O'Neil a obtenu ce qu'il désirait le plus au monde; Beaumont également, et peut-être même davantage.

— A quoi aspire-t-il exactement?

— Je n'en sais rien, mais je le soupçonne de briguer le poste de premier président de la Fédération du Système Solaire, le jour où une telle organisation viendrait à se former. Avec les atouts que nous avons laissé tomber entre ses mains, il serait bien capable d'y parvenir. Imagines-tu les potentialités de l'effet O'Neil?

— Vaguement, dit Francis.

— As-tu réfléchi aux conséquences qu'il aurait sur la navigation spatiale, aux ressources nouvelles qu'il offre à la colonisation, aux usages qu'on peut en faire sur le plan des distractions? Il y a des fortunes à gagner rien que dans cette dernière application.

— Et nous-mêmes, qu'en tirerons-nous?

— Ce que nous en tirerons? De l'argent, parbleu. Des montagnes d'argent. Cela rapporte toujours de donner aux gens ce qu'ils désirent. » Il tourna les yeux vers la marque déposée : le terrier écossais tirant sur sa laisse.

« De l'argent, répéta Francis. En effet, tu dois avoir raison.

— Dans tous les cas, ajouta Grace, nous aurons toujours la ressource d'aller contempler la Fleur d'Oubli. »

VERTIGE SPATIAL

PEUT-ETRE n'aurions-nous jamais dû nous aventurer dans l'espace. Notre race ne connaît que deux craintes fondamentales, innées : le bruit et la peur de tomber. Ces hauteurs terrifiantes... Pourquoi un homme en possession de ses facultés se laisserait-il placer en un endroit où il pourrait tomber... tomber... tomber... Mais tous les hommes de l'espace sont fous. Chacun sait cela.

Les médecins s'étaient montrés très gentils. « Vous avez de la chance. Rappelez-vous bien cela, mon vieux. Vous êtes encore jeune et votre retraite vous délivre de tout souci pour l'avenir. Vous avez encore vos bras et vos jambes et vous êtes en excellente forme.

— Excellente forme ! » Sa voix avait pris un ton involontairement sarcastique.

« C'est la vérité, je vous assure, avait insisté le psychiatre en chef. La petite anomalie dont vous êtes atteint ne vous amoindrit pas le moins du monde — sauf que vous ne pouvez plus aller en espace. Il me serait difficile d'appeler l'acrophobie une névrose ; la peur de tomber est normale et saine. Simplement vous la ressentez un peu plus vivement que la plupart — mais cela n'a rien d'anormal, si l'on considère les épreuves que vous avez subies. »

Cette seule évocation suffit de nouveau à le faire trembler. Il ferma les yeux et revit les étoiles tourner autour de lui. Il tombait, tombait sans fin... La voix du psychiatre traversant le seuil de ses perceptions le ramena à la conscience des réalités. « Dominez-vous, mon vieux! Regardez autour de vous.

— Excusez-moi.

— Il n'y a pas de mal. Maintenant, dites-moi, que comptez-vous faire?

— Je ne sais pas. Chercher un emploi, je suppose.

— La compagnie vous en donnera un, vous le savez. »

Il secoua la tête. « Je ne veux pas traîner autour d'un port spatial. » Porter un petit insigne sur sa chemise pour montrer qu'il avait été autrefois un homme, se faire donner du capitaine par courtoisie, avoir accès au salon des pilotes en raison de son ancien grade, voir s'éteindre les conversations sitôt qu'il s'approcherait d'un groupe, se demander perpétuellement ce qu'on pouvait bien raconter derrière son dos... Grand merci!

— Je crois que vous agissez sagement. Mieux vaut rompre franchement, pour un temps du moins, jusqu'au moment où vous vous sentirez mieux.

— Vous pensez que ça se passera? »

Le psychiatre fit la moue. « Possible! C'est fonctionnel, voyez-vous. Pas trace de traumatisme.

— Mais vous n'en croyez rien?

— Je n'ai pas dit cela. Honnêtement, je n'en sais rien. Nous connaissons encore fort peu de chose aux mécanismes internes de l'homme.

— Je vois. Aucune raison de m'attarder ici. »

Le psychiatre se leva et lui tendit la main. « Réclamez à cor et à cri si vous avez besoin de quelque chose et, dans tous les cas, revenez nous voir.

— Merci.

— Tout ira très bien, j'en suis sûr. »

Mais le psychiatre secoua la tête lorsque son patient fut sorti. Le pauvre garçon n'avait plus la démarche de l'homme de l'espace; cette confiance en soi, aisée, animale, avait disparu.

A cette époque, seule une petite partie du Grand New York était recouverte d'un toit; il demeura dans le sous-sol tant qu'il n'eut pas atteint ce quartier, puis chercha un passage bordé de chambres pour célibataires. Il glissa une pièce dans la fente de la première dont le panneau lumineux portait l'inscription *Libre,* déposa sa musette et repartit. Le moniteur, au carrefour, lui donna l'adresse du plus proche bureau de placement. Il s'y rendit, s'assit devant une table d'examen, donna ses empreintes digitales et entreprit de remplir des formulaires. Cela lui donna une curieuse impression de tout reprendre à zéro; il n'avait plus cherché d'emploi depuis les jours précédant ses débuts comme stagiaire.

Il retarda jusqu'à la dernière minute l'inscription de son nom, encore hésita-t-il avant de s'y résoudre. Il avait eu plus que son compte de publicité; il ne désirait pas être reconnu, il ne désirait pas être harassé — et par-dessus tout il ne voulait pas s'entendre dire qu'il était un héros. Bientôt, il inscrivit en capitales le nom « William Saunders » et glissa les formulaires dans la fente.

Il avait déjà largement entamé sa troisième cigarette et se préparait à en allumer une quatrième lorsque s'alluma enfin l'écran qui lui faisait vis-à-vis. Il se trouva en présence d'une jolie brune. « Mr. Saunders? » dit l'image. « Voudriez-vous entrer, je vous prie. Porte dix-sept. »

La brune en personne était là pour lui offrir un siège et une cigarette. « Mettez-vous à l'aise, Mr. Saunders. Je suis Miss Joyce. J'aimerais m'entretenir avec vous de votre demande. »

Il s'installa et attendit sans souffler mot.

Voyant qu'il ne se décidait pas à parler, elle reprit : « Ce nom de William Saunders que vous nous avez donné... Nous savons en réalité qui vous êtes, grâce à vos empreintes digitales.

— Je m'en doute.

— Bien entendu, je connais ce que tout le monde sait

de vous, mais le fait que vous vous fassiez appeler
« William Saunders », Mr... euh...

— Saunders.

— ... Mr. Saunders, m'a incitée à consulter mes
dossiers. » Elle prit un microfilm et le leva de manière
qu'il pût y lire son nom. « Je sais beaucoup de choses
sur vous — plus que n'en connaît le public et que vous
n'avez pas jugé bon d'en faire figurer dans votre demande
d'emploi. Vous avez de bons états de service,
Mr. Saunders.

— Vous êtes trop aimable.

— Mais je ne puis en faire usage en vous assignant
un emploi. Je ne puis même pas y faire allusion si vous
tenez absolument à vous faire appeler Saunders.

— Mon nom est bien Saunders. » Il avait prononcé
ces mots d'un ton délibéré, mais sans emphase.

« Pas de précipitation, Mr. Saunders. Il existe bien
des situations où le facteur prestige peut être utilisé tout
à fait légitimement pour faire obtenir au client un
salaire de début beaucoup plus substantiel...

— Cela ne m'intéresse pas. »

Elle le regarda un instant et décida de ne pas insister.
« Comme il vous plaira. Si vous voulez bien vous rendre
à la salle de réception B. vous pourrez commencer
immédiatement vos tests de qualification et d'aptitude.

— Je vous remercie.

— Si par hasard vous changiez d'avis un peu plus
tard, Mr. Saunders, nous serions heureux de reconsidé-
rer votre cas. Par cette porte, je vous prie. »

Trois jours plus tard, il travaillait dans une petite
firme spécialisée dans des systèmes de communications
construits à la demande. Sa tâche consistait à calibrer
des appareils électroniques. C'était une besogne tranquille, requérant suffisamment d'attention pour occuper son
esprit, et cependant facile pour un homme de sa formation et de son expérience. A la fin du stage d'essai de

trois mois, il quitta la catégorie des aides et fut promu au stade supérieur.

Il était en train de se creuser un sillon bien isolé, travaillant, dormant, mangeant, passant parfois une soirée à la bibliothèque publique ou participant aux travaux du YMCA — mais jamais, sous aucun prétexte, il ne sortait à ciel ouvert ni ne montait au-dessus du niveau du sol, fût-ce au balcon d'un théâtre.

Il s'efforçait de bannir sa vie passée de son esprit, mais le souvenir en était encore frais; il se surprenait à faire des rêves éveillés — le ciel glacé de Mars piqueté d'étoiles aiguës, les nuits grondantes de Vénusburg. Il revoyait encore la masse gonflée et rougeâtre de Jupiter suspendue au-dessus du port, sur Ganymède, cet énorme globe aplati occupant une portion incroyable du ciel.

Il lui arrivait parfois aussi de retrouver la douce quiétude des longues veilles entre les planètes. Mais de telles rêveries étaient dangereuses; elles frôlaient de trop près les limites de sa tranquillité d'esprit. Il n'était que trop facile de se laisser glisser et de se retrouver cramponné pour sauver sa vie à son ultime prise, sur les flancs d'acier de la *Walkyrie,* les doigts engourdis, prêts à s'entrouvrir, avec au-dessous de lui l'abîme sans fond de l'espace.

A ce moment il reprenait de nouveau pied sur terre, secoué d'un tremblement incoercible, étreignant les bras de son fauteuil ou son établi.

La première fois que cette aventure lui était arrivée au travail, il avait découvert l'un de ses compagnons d'équipe, Joe Tully, en train de le regarder, avec des yeux arrondis par la curiosité. « Ça ne va pas, Bill? avait-il demandé. La gueule de bois?

— Ce n'est rien, était-il parvenu à répondre. J'ai dû prendre froid.

— Tu devrais prendre deux comprimés d'aspirine. Viens... Allons déjeuner. »

Tully ouvrit la marche vers l'ascenseur; ils pénétrèrent dans la cabine. La plupart des employés — même les femmes — préféraient utiliser le puits de chute contrôlée, mais Tully prenait toujours l'ascenseur. « Saunders », bien entendu, n'empruntait jamais le puits de chute; ce point commun n'avait fait que favoriser leur habitude de déjeuner ensemble. Il savait que le puits de chute offrait une sécurité complète, que même au cas où le courant viendrait à manquer, des filets de sécurité se déploieraient instantanément à chaque étage... mais il ne pouvait pas se résoudre à se lancer dans le vide.

Tully affirmait publiquement que les prises de contact avec le sol, en fin de chute, lui blessaient les voûtes plantaires, mais il confiait en privé à Saunders qu'il n'éprouvait aucune confiance à l'égard de ces dispositifs automatiques. Saunders avait hoché la tête d'un air compréhensif, mais sans faire aucun commentaire. Cela augmentait sa sympathie pour Tully. Pour la première fois depuis son nouveau départ dans la vie, il commença à ressentir de l'amitié pour un être humain et à ne plus se hérisser dans une attitude défensive en sa présence. Il éprouva bientôt le désir de dire à Tully toute la vérité sur lui-même. Si seulement il pouvait être sûr que Joe ne voudrait pas à toute force le traiter en héros... Non qu'il eût quelque chose à reprocher aux héros. Lorsqu'il était enfant, qu'il traînait aux alentours des ports de l'espace, cherchant l'occasion de se faufiler à l'intérieur des vaisseaux, manquant la classe pour assister aux décollages, il avait rêvé d'être un jour un héros de l'espace, revenant en triomphe de quelque exploration dangereuse. Mais il se faisait toujours la même idée du comportement du héros, et cela le troublait profondément; un héros n'avait pas une horreur maladive des fenêtres ouvertes, ne craignait pas de traverser un espace découvert et ne perdait pas l'usage de la parole à la seule évocation des profondeurs de l'espace.

Tully l'invita à venir dîner à la maison. Il aurait aimé accepter, mais voulut auparavant savoir où habitait son nouvel ami. Dans les grands ensembles de Shelton, répondit l'autre, nommant l'un de ces immenses blocs d'immeubles qui défiguraient les plateaux de Jersey. « Cela fait un bien long trajet pour rentrer », dit Saunders d'un air indécis, tout en cherchant intérieurement un moyen de parvenir à destination sans s'exposer aux dangers imaginaires qu'il redoutait.

« Tu n'auras pas à rentrer, lui assura Tully. Nous avons une chambre d'amis. Viens, ma vieille mère prépare elle-même la cuisine... c'est pour cela que je la garde près de moi.

— Eh bien, c'est entendu, dit-il. Merci, Joe. » Le métro La Guardia l'amènerait à moins de quinze cents mètres de sa destination; s'il trouvait une voie couverte, il prendrait un taxi et fermerait les rideaux.

Tully l'accueillit en s'excusant à voix basse.

« J'avais prévu d'inviter une jeune dame en ton honneur, mais c'est mon beau-frère qui nous est tombé sur les bras. C'est un raseur. Tu m'excuseras.

— Ne t'en fais pas. Joe. Je suis très content d'être ici. » C'était vrai. Il avait été déconcerté au premier abord en apprenant que l'appartement de son ami se trouvait au trente-cinquième étage, mais il fut agréablement surpris de constater qu'il n'éprouvait aucune impression d'altitude. Les lampes étaient allumées, les fenêtres occultées, le plancher sous ses pieds était solide comme le roc; il se sentait au chaud et en pleine sécurité. Mrs. Tully se révéla bonne cuisinière, à sa grande surprise... Il professait la méfiance habituelle du célibataire pour la cuisine d'amateur. Il se laissa aller au plaisir de se sentir dans un foyer, bien à l'abri; il parvint même à ne pas entendre les remarques agressives et de parti pris du beau-frère de Joe.

Après le dîner il se prélassa dans un bon fauteuil, un verre de bière à la main, et regarda la télévision. Le programme comportait une comédie musicale qui le fit rire de bon cœur, ce qui ne lui était pas arrivé depuis des mois. Bientôt la comédie fut remplacée par un programme de musique religieuse donné par une chorale. Il l'écouta d'une oreille, suivant de l'autre la conversation.

La chorale avait déjà chanté plus de la moitié de la *Prière pour les Voyageurs* quand il prit pleinement conscience du texte. Il aurait voulu couper, mais il dut l'entendre jusqu'au bout, ne pouvant s'empêcher de l'écouter avec l'insupportable regret de l'exilé sans espoir. Même alors qu'il n'était que stagiaire, cet hymne lui aurait fait monter les larmes aux yeux; maintenant il détournait la tête pour dissimuler aux autres ses joues humides de pleurs.

Lorsque l'hymne eut pris fin, il se précipita pour changer de chaîne et prendre le premier programme venu, demeurant penché sur l'appareil sous prétexte de « fignoler » le réglage pour donner le temps à ses traits de retrouver leur calme coutumier. Puis il tourna vers les autres un visage extérieurement serein, avec néanmoins l'impression que le nœud dur et douloureux qui lui crispait l'estomac était visible pour tous.

Le beau-frère tenait toujours le crachoir.

« Nous devrions les annexer, disait-il. Ce traité des trois planètes! Un vrai tissu d'inanités! De quel droit viennent-ils nous dire ce que nous devons faire ou ne pas faire sur Mars?

— Mais, tout de même, Ed, intervint Tully avec douceur, la planète leur appartient. Ils y sont parvenus les premiers. »

Ed balaya l'objection d'un revers de main. « Avons-nous demandé aux Indiens s'il voulaient de nous en Amérique du Nord? Nul n'a le droit de s'approprier un territoire qu'il est incapable d'expliquer. Avec des méthodes adéquates...

— Aurais-tu spéculé, Ed?

— Comment cela? Ce ne serait pas de la spéculation si le gouvernement n'était pas composé d'une bande de vieilles femmes débiles. Les droits des autochtones, vrai-

186

ment. Quels droits peut bien avoir un troupeau de dégénérés ? »

Sanders se surprit à faire un parallèle entre Ed Schultz et Knath Sooth, le seul Martien qu'il eût personnellement bien connu. Le gentil Knath, qui était déjà vieux à la naissance d'Ed, et qui cependant passait pour jeune parmi ses pareils. Knath, qui pouvait demeurer des heures assis auprès d'un ami en qui il avait foi, sans rien dire, sans avoir besoin de rien dire. Ils appelaient cela « grandir ensemble » — sa race entière avait si bien « grandi ensemble » qu'ils n'avaient jamais eu besoin d'aucun gouvernement avant l'arrivée des hommes venus de la Terre.

Saunders avait un jour demandé à son ami pourquoi il faisait si peu d'efforts, pourquoi il se satisfaisait de si peu de chose. Plus d'une heure s'était écoulée, et Saunders commençait à regretter son indiscrétion lorsque Knath avait répondu : « Mes pères ont travaillé et je suis fatigué. »

Saunders se redressa et affronta le beau-frère. « Ils ne sont pas dégénérés.

— Comment ? Je suppose que vous êtes expert en la matière !

— Les Martiens ne sont pas dégénérés, mais simplement fatigués », insista Saunders.

Tully sourit. Le beau-frère s'en aperçut et devint agressif.

« Qu'est-ce qui vous donne le droit d'exprimer une opinion ? Avez-vous jamais été sur Mars ? »

Saunders se rendit compte tout à coup qu'il s'engageait sur un terrain mouvant. « Et vous-même ? demanda-t-il prudemment.

— Cela n'a rien à voir. Les meilleurs esprits sont tous d'accord. »

Bill le laissa dire et s'abstint de lui apporter dorénavant la contradiction. Ce fut un soulagement lorsque Tully suggéra qu'il serait peut-être temps d'aller se coucher, puisque tous devaient se lever de bonne heure.

Il souhaita une bonne nuit à Mrs. Tully, la remercia pour son merveilleux repas, puis suivit Tully dans la chambre d'amis. « C'est la seule façon de se débarrasser de cette peste familiale, mon vieux Bill », dit-il pour s'excuser. « Reste debout aussi longtemps que tu voudras. » Tully s'approcha de la fenêtre et l'ouvrit. « Tu dormiras bien ici. Nous sommes suffisamment haut pour que l'air ne soit pas pollué. » Il tendit la tête au dehors et respira profondément à deux ou trois reprises. « Rien ne vaut l'article d'origine », continua-t-il en s'écartant de la fenêtre. « Au fond du cœur, je suis un campagnard. Qu'y a-t-il, Bill?

— Ce n'est rien. Rien du tout.

— Il m'a semblé que tu étais un peu pâle. Eh bien, dors comme un loir. J'ai déjà réglé ton lit pour sept heures; cela nous donne encore pas mal de temps devant nous.

— Merci, Joe. Bonne nuit. » Dès que Tully eut refermé la porte il fit un effort sur lui-même, puis s'approcha de la fenêtre, la referma et brancha de nouveau la ventilation. Cela fait, il se laissa choir sur le bord du lit.

Il y demeura longtemps, fumant une cigarette après l'autre. Cette paix de l'esprit qu'il croyait avoir retrouvée n'était pas réelle, il ne le savait que trop. Il ne lui restait plus que la honte et une souffrance interminable. Être tombé au point de s'incliner devant une tête de pioche comme Ed Schultz — il eût été préférable de ne jamais sortir de l'affaire de la *Walkyrie*.

Un peu plus tard, il tira cinq pilules de Fly-Rite de sa poche, les avala et s'en fut se coucher. Il se releva presque aussitôt, se contraignit à entrouvrir la fenêtre, puis adopta un compromis en modifiant le réglage du lit de telle sorte que celui-ci n'éteindrait plus les lumières une fois qu'il serait endormi.

Il y avait longtemps, un temps indéterminé, qu'il était plongé dans le sommeil et les rêves. De nouveau il était en espace — à vrai dire, il ne l'avait jamais quitté. Il était heureux, plein de ce bonheur sans mélange de l'homme qui ouvre les yeux en découvrant qu'il vient de faire un mauvais rêve.

Un cri plaintif troublait sa sérénité. Il n'en ressentit tout d'abord qu'un vague malaise, puis lui vint le sentiment qu'il en était quelque peu responsable. Il lui fallait faire quelque chose. La transition de la sensation de chute à sa condition présente n'avait d'autre justification que la logique des rêves, mais pour lui elle était réelle. Il se cramponnait, ses mains étaient en train de lâcher prise, avaient déjà lâché... et il n'y avait plus rien au-dessous de lui que le vide noir de l'espace...

Il était éveillé, suffoquant à demi, étendu sur le lit dans la chambre d'amis de Tully; autour de lui les lumières brillaient de tout leur éclat.

Pourtant le cri persistait.

Il secoua la tête puis tendit l'oreille. Ce n'était pas une illusion. Cette fois, il l'avait identifié — c'était le cri d'un chat, ou plutôt d'un chaton.

Il se redressa. Même s'il n'avait pas partagé la traditionnelle tendresse des hommes de l'espace pour les chats, il se serait levé pour en avoir le cœur net. Mais il aimait les chats pour eux-mêmes, mis à part leur propreté scrupuleuse à bord des vaisseaux, leur facilité d'adaptation aux changements d'accélération et le fait que leur présence débarrassait le vaisseau de ces bêtes qui semblent accompagner l'homme où qu'il aille. Aussi se leva-t-il sur-le-champ et se mit-il à la recherche du petit animal.

Un regard rapide lui apprit que le chaton ne se trouvait pas dans la chambre, et son oreille le conduisit vers l'endroit d'où provenait le son : la fenêtre entrebâillée. Il eut un mouvement de recul, s'immobilisa et s'efforça de rassembler ses esprits.

Il se dit qu'il était inutile d'en faire davantage; si le son venait de dehors, c'est qu'il provenait obligatoirement d'une fenêtre voisine. Mais il se mentait à lui-même et le savait; le cri était tout proche. Aussi impossible que la chose pût paraître, le petit chat se trouvait immédiatement au-delà de sa fenêtre, à trente-cinq étages au-dessus de la rue.

Il s'assit et tenta d'allumer une cigarette, mais elle se rompit entre ses doigts. Il laissa choir les morceaux sur le sol et fit six pas nerveux vers la fenêtre, comme si on lui appliquait des bourrades dans le dos. Il s'effondra sur les genoux, saisit les battants et les ouvrit tout grands, puis se cramponna au chambranle, les yeux fermés.

Au bout d'un moment, la barre sembla se stabiliser quelque peu. Il ouvrit les yeux, fit entendre une sorte de hoquet et referma de nouveau les paupières. Il les rouvrit enfin en prenant bien soin de ne pas regarder les étoiles ni la rue en contre-bas. Il s'était un peu attendu à découvrir le petit chat sur un balcon, à l'extérieur de la fenêtre. Mais il n'y avait pas de balcon ni le moindre refuge où l'animal aurait pu raisonnablement prendre place.

Pourtant les miaulements se faisaient plus forts que jamais. Ils semblaient provenir d'un point placé immédiatement au-dessous de lui. Lentement il se força à tendre lentement la tête à l'extérieur, sans lâcher le rebord de la fenêtre, et par un effort de volonté il abaissa son regard. Au-dessous de lui, à un mètre environ du bord inférieur de la fenêtre, une étroite corniche courait tout autour de l'immeuble. Assis sur ce précaire refuge se tenait, l'air misérable, un petit chat miteux. Il leva les yeux vers lui et miaula de nouveau.

En se retenant d'une main à l'appui et en tendant l'autre bras à l'extrême limite, il lui serait à la rigueur possible de l'atteindre sans sortir franchement à l'extérieur — si toutefois il parvenait à s'y résoudre. Il envisagea d'appeler Tully, puis se ravisa. Tully était moins grand que lui, possédait moins d'allonge. D'autre part, il ne fallait pas tarder pour tirer le chaton de sa posture critique, sinon ce petit idiot risquait de sauter et de tomber dans le vide.

Il tenta un premier essai, poussant ses épaules à l'extérieur, se cramponnant de la main gauche et plongeant le bras droit verticalement. Alors il ouvrit les yeux et constata qu'il se trouvait encore à vingt-cinq ou trente centimètres du chaton. Celui-ci renifla d'un air curieux en direction de sa main.

Il se distendit au point de faire craquer ses jointures. L'animal détala promptement pour échapper à ses doigts et se réfugia deux mètres plus loin. Arrivé là, il s'assit et entreprit de se laver le museau.

L'homme rentra et s'effondra en sanglotant sur le parquet, au-dessous de la fenêtre. « Je ne peux pas », murmura-t-il. « Je ne peux plus, je ne peux plus... »

L'astronef se trouvait à deux cent quarante-cinq jours de voyage du terminus spatial Terre-Lune et s'approchait du terminus martien de Deimos, satellite extérieur de Mars. William Cole, officier de transmissions en chef et pilote suppléant, dormait du sommeil du juste lorsque son assistant vint le secouer. « Hé, Bill! Réveille-toi... Nous sommes en difficulté.

— Hein? Qu'est-ce qu'il y a? » Mais déjà il enfilait ses chaussettes. « De quoi s'agit-il, Tom? »

Un quart d'heure plus tard, il put se rendre compte que son assistant n'avait rien exagéré; il informait le capitaine que le radar primaire de pilotage se trouvait en panne. Tom Sandburg s'en était aperçu au cours d'une vérification effectuée dès que Mars était entrée dans les limites de portée du radar de pilotage. Le Vieux haussa les épaules. « Réparez-le... et faites vite. Nous en avons besoin. »

Bill Cole secoua la tête. « Tout fonctionne correctement à l'intérieur, capitaine. Tout se passe comme si l'antenne avait totalement disparu.

— C'est impossible. Le circuit d'alarme n'a même pas signalé de météore.

— Tout est possible, capitaine. Il s'agit peut-être d'une fatigue du métal et l'antenne est tombée tout simplement. Mais il faut la remplacer. Si vous voulez arrêter la rotation du vaisseau, je sortirai et je monterai une pièce de rechange. Le temps qu'il s'immobilise, j'aurai préparé une antenne de fortune. »

La *Walkyrie* était en son temps un vaisseau de luxe. Elle avait été construite longtemps avant qu'on ait su comment créer une gravité artificielle. Elle possédait néanmoins une pseudo-gravité pour ajouter au confort de ses passagers. Elle tournait en permanence autour de son axe principal, telle une balle de fusil sortant d'un canon rayé; l'accélération angulaire résultante — appelée à tort « force centrifuge » — appliquait fermement les passagers sur leurs lits ou sur leurs pieds. La mise en rotation commençait dès que les fusées avaient cessé de cracher au début d'un voyage, pour n'être interrompue qu'en cas de manœuvre imprévue ou lors de l'atterrissage. On parvenait à ce résultat non par magie mais par un effet de réaction obtenu par le démarrage d'un volant situé au centre de gravité.

Le capitaine avait paru ennuyé. J'ai ralenti la rotation, mais je ne puis attendre aussi longtemps. Adaptez provisoirement le radar d'astrogation au pilotage. »

Cole voulut expliquer pouquoi le radar d'astrogation ne pouvait être adapté à des opérations à courte distance, puis se ravisa.

« Cela ne se peut pas, capitaine. C'est une impossibilité technique.

— Lorsque j'avais votre âge, j'aurais adapté n'importe quoi! Eh bien, trouvez-moi une solution, mon vieux. Je ne puis poser ce vaisseau à l'aveuglette, dussé-je y gagner la Médaille Harriman. »

Bill Cole hésita un moment avant de répondre : « Il me faudra donc sortir pendant que le vaisseau est encore en rotation, capitaine, et effectuer le remplacement. Il n'existe aucun autre moyen d'y parvenir. »

Le capitaine détourna les yeux, en faisant jouer les

192

muscles de ses mâchoires. « Préparez la pièce de rechange et faites vite. »

Lorsqu'il se présenta au sas avec l'outillage nécessaire à la réparation, Cole se trouva en présence du capitaine. A sa grande surprise, le Vieux avait revêtu sa tenue spatiale. « Expliquez-moi ce qu'il faut faire, dit-il.

— Vous n'allez pas sortir, capitaine? » Le capitaine se contenta d'incliner la tête.

Bill jeta un regard au tour de taille du capitaine, ou du moins à l'endroit où se trouvait autrefois sa ceinture. Le Vieux devait avoir au moins trente-cinq ans. « Je crains qu'il me soit impossible de vous fournir des explications suffisamment claires. Je m'attendais à effectuer le travail moi-même.

— Je n'ai jamais demandé à personne d'exécuter un travail que je ne ferais pas moi-même. Expliquez-moi.

— Excusez-moi, capitaine... mais êtes-vous capable de vous retenir d'une seule main?

— Je ne vois pas le rapport.

— Nous avons quarante-huit passagers, capitaine, et...

— Suffit! »

Sandburg et lui-même, tous deux en tenue spatiale, aidèrent le Vieux à s'introduire dans le trou, après que la porte intérieure du sas eut été fermée et l'air évacué. L'espace au-delà de l'ouverture n'était qu'un vide immense piqueté d'étoiles. Comme le vaisseau était toujours en rotation, le « bas » se trouvait dans toutes les directions sur d'innombrables millions de kilomètres. Ils équipèrent le capitaine d'une ligne de sécurité, néanmoins ils éprouvèrent une sensation de vertige en voyant la tête du Vieux disparaître dans le trou noir sans fond.

Le filin se déroula régulièrement pendant plusieurs mètres, puis s'immobilisa. L'arrêt s'étant prolongé pendant plusieurs minutes, Bill appuya son casque contre celui de Sandburg. « Retiens-moi par les pieds, je vais jeter un coup d'œil... »

Il tendit la tête hors du trou et promena un regard

cirulaire à l'extérieur. Le capitaine était immobile, cramponné des deux mains, et pas le moins du monde à proximité du support d'antenne. Bill rentra et renversa sa position. « Je vais sortir. »

Ce n'était pas un grand tour de force, il s'en aperçut bientôt, que de se retenir par les mains et de progresser vers l'endroit où le capitaine était en panne. La *Walkyrie* était un vaisseau spécialisé dans les voyages d'espace en espace, et ne ressemblait en rien aux appareils fuselés que l'on peut voir dans les ports spatiaux. Il était couvert de rampes ou mains courantes pour la commodité des équipes d'entretien dans les stations terminales. Une fois parvenu aux côtés du capitaine, il lui serait facile, en se servant de la même rampe d'acier à laquelle il se cramponnait, de l'aider à atteindre celle qu'il venait de quitter. Cinq minutes plus tard, Sandburg tirait le Vieux à travers le trou, et Bill s'y glissa à son tour.

Il entreprit aussitôt de déboucler l'outillage solidaire de la tenue du capitaine et de le transférer à la sienne propre. Il se laissa glisser de nouveau dans le trou et accomplit une bonne partie du chemin qui le séparait de l'antenne avant que le Vieux eût suffisamment recouvré ses esprits pour élever une objection, si toutefois il en avait encore envie.

Rejoindre par bonds successifs l'endroit où il fallait remplacer l'antenne ne constituait pas un exploit très difficile, bien qu'il eût sous ses orteils l'éternité tout entière. La tenue le paralysait bien un peu — les gants ne facilitaient pas les mouvements — mais il avait l'habitude des combinaisons spatiales. Il était un peu essoufflé des efforts déployés pour aider le capitaine, mais il ne pouvait s'arrêter à ce détail. La vitesse de rotation accrue le gêna quelque peu; le sas se trouvait plus proche de l'axe de révolution — il se sentait de plus en plus lourd à mesure qu'il s'en écartait.

Mais ce fut une tout autre affaire que de remettre en place l'antenne de rechange. Elle n'était ni grande ni lourde, mais il ne parvint pas à l'ajuster. Il lui aurait fallu se retenir d'une main, tenir l'antenne de l'autre et manœuvrer la clé d'une troisième. Il se trouvait donc en déficit d'une main, quoi qu'il pût faire.

Finalement il imprima des secousses à sa ligne de sécurité pour signaler à Sandburg de lui donner du mou. Ensuite il la déboucla de sa ceinture, travaillant toujours d'une main, passa l'extrémité par deux fois dans une main courante et la noua; il avait laissé dépasser une longueur d'un mètre environ et il enfila le mousqueton dans une autre barre d'appui. Il obtint ainsi une boucle, une sorte de siège improvisé qui supporterait son poids tandis qu'il mettrait l'antenne en place. A partir de ce moment, le travail marcha rondement.

Il en avait presque terminé. Il ne restait plus qu'un écrou à serrer sur l'extrémité opposée par rapport à lui. L'antenne était déjà fixée en deux points, et les connexions établies avec le circuit intérieur. Il décida qu'il pourrait accomplir la manœuvre d'une seule main. Il quitta son perchoir et passa de l'autre côté en bondissant comme un singe.

La clé dérapa au moment où il bloquait son écrou et lui échappa... Il la regarda s'éloigner de plus en plus, de plus en plus, se rapetisser pour enfin disparaître. Cela lui donnait le vertige de la contempler, brillant au soleil sur le noir profond de l'espace. Jusqu'à présent il avait été trop occupé pour regarder au-dessous de lui.

Il frissonna, « Heureusement que j'avais fini », se dit-il. « Il faudrait aller bigrement loin pour la récupérer. » Il entreprit le voyage de retour.

Il s'aperçut alors que la chose était impossible.

Il avait bondi de l'autre côté de l'antenne pour atteindre sa position présente, se servant de sa corde de sécurité pour augmenter son allonge. Maintenant, la boucle se trouvait paisiblement arrondie immédiatement au-delà de sa portée. Il n'y avait pas moyen d'inverser le processus.

Il se retenait à deux mains en se disant de ne

pas céder à la panique; il lui fallait trouver un
moyen. Contourner le vaisseau par l'autre côté?
Non, la coque d'acier de la *Walkyrie* était lisse en
cet endroit — pas de main courante sur plus de
deux mètres. Même s'il n'avait pas été fatigué —
or il était las et commençait à ressentir les attein-
tes du froid — c'était un bond impossible à réaliser pour quiconque n'était pas un chimpanzé.

Il regarda vers le bas et le regretta ausitôt.

Il n'y avait rien au-desous de lui que des étoiles
jusqu'à l'infini. Des étoiles qui défilaient devant ses
yeux en raison de la rotation du vaisseau. L'immen-
sité infinie, les ténèbres, le froid.

Il tenta de se hisser sur l'étroite barre à laquelle
il se cramponnait, essayant de l'atteindre du bout
du pied, il ne réussit qu'à s'épuiser davantage en
vains efforts. Il domina suffisamment sa panique
pour y mettre un terme, puis demeura suspendu,
inerte.

C'était plus facile s'il gardait les yeux fermés. Mais,
au bout d'un moment, il ne pouvait s'empêcher de les
ouvrir et de regarder. la Grande Ourse se déplaçait
maintenant devant lui; bientôt, ce serait Orion. Il s'efforça d'évaluer les minutes écoulées en se basant sur le
nombre de rotations accomplies par le vaisseau, mais
son esprit se refusait à travailler avec lucidité et, au
bout d'un moment, il dut refermer les yeux.

Ses mains commençaient à s'engourdir et à se refroi-
dir. Il tenta de les reposer en se retenant alternative-
ment d'une seule main. Il lâcha prise de la main gauche
et la sentit parcourue de fourmillements qu'il s'efforça
de combattre en la battant contre son flanc. Bientôt le
moment lui parut venu de passer à la main droite.

Or il n'arrivait plus à saisir la barre de la main
gauche. Il ne lui restait plus suffisamment de force pour
opérer la traction nécessaire; la force centrifuge disten-
dait son corps au maximum et il n'arrivait pas à se
ramasser suffisamment pour lever sa main gauche.

Déjà il ne sentait plus sa main droite.

Il la voyait céder. Déjà elle dérapait...

Le soudain relâchement de la tension lui apprit qu'il tombait... tombait... tombait. Le vaisseau s'éloigna de lui.

Lorsqu'il reprit conscience, le capitaine était penché au-dessus de lui. « Ne bougez pas, Bill.

— Où....

— Soyez calme. La patrouille de Deimos se trouvait déjà à proximité lorsque vous avez lâché prise. Ils vous ont découvert au télescope, ont synchronisé leur orbite sur la vôtre et vous ont recueilli. C'est la première fois que cela se produit, j'imagine. Maintenant demeurez tranquille, vous êtes malade... Vous êtes demeuré suspendu à la coque pendant plus de deux heures, Bill. »

Les miaulements avaient repris, plus forts que jamais. Il se releva sur les genoux et regarda par-dessus l'appui de la fenêtre. Le chaton se trouvait toujours à quelque distance sur la gauche de la corniche. L'homme avança prudemment la tête au-dehors, en prenant bien garde de ne regarder que le petit animal et la corniche. « Viens, minou! » appela-t-il. « Viens, minou, minou, minou! Allons, viens! »

Le petit chat interrompit sa toilette et prit un air intrigué.

« Viens, minou », répéta-t-il doucement. Il lâcha la barre d'appui de sa main droite et claque les doigts dans sa direction d'un geste engageant. Le minet s'avança de dix centimètres et se rassit. « Viens, minou! » dit-il d'une voix enjôleuse en tendant le bras aussi loin que possible.

La petite boule de poils battit promptement en retraite.

Il retira son bras et réfléchit. Il n'arriverait à rien de cette façon. S'il enjambait la fenêtre pour se poser sur la corniche, il pourrait se retenir d'un seul bras sans courir le moindre danger — il lui suffirait de ne pas regarder le vide!

Il rentra à l'intérieur, se présenta de dos et, avec les plus grandes précautions, se retenant des deux mains à la barre d'appui, il laissa glisser ses jambes le long du mur extérieur de l'immeuble. Il ne quittait pas des yeux le coin du lit.

Il eut l'impression que la corniche s'était dérobée. Il ne parvenait pas à la trouver et se demandait déjà s'il ne l'avait pas dépassée lorsqu'il la toucha de l'orteil; puis il prit fermement appui des deux pieds sur elle. Elle devait avoir une quinzaine de centimètres de large. Il prit une profonde inspiration.

Lâchant la barre de la main droite, il se retourna vers le petit chat. Celui-ci semblait intéressé par la manœuvre, mais pas du tout décidé à venir l'observer de plus près. En se glissant le long de la corniche, sans quitter la barre de la main, il pourrait atteindre l'animal lorsqu'il aurait atteint le coin extrême de la fenêtre...

Il déplaçait un pied après l'autre, à la manière d'un bébé, plutôt que de les passer l'un derrière l'autre. En fléchissant légèrement les genoux, il arriverait tout juste à atteindre le petit animal. Le chaton flaira ses doigts tâtonnants, puis bondit en arrière. Une de ses petites pattes manqua le rebord de la corniche; il se rattrapa de justesse et reprit pied sur l'étroit chemin. « Petit idiot! » s'écria-t-il avec indignation. « Tiens-tu donc à te répandre la cervelle dans la rue? »

La situation paraissait sans issue à présent. Le petit chat se trouvait trop loin pour qu'il pût l'atteindre en se retenant à la fenêtre. « Minou, minou, minou », appela-t-il une fois encore sans conviction, puis il s'arrêta pour faire le bilan.

Il pouvait renoncer.

Il pouvait se préparer à veiller toute la nuit dans

l'espoir que le chaton se déciderait à se rapprocher davantage.

Il pouvait enfin aller le chercher plus loin.

La corniche était suffisamment large pour lui permettre de garder son équilibre. S'il s'aplatissait au maximum contre le mur, son bras gauche ne supporterait plus aucun poids. Il s'avança lentement, retenant le plus longtemps possible sa prise sur la fenêtre, progressant avec une lenteur telle qu'il lui semblait à peine se mouvoir. Lorsque le chambranle de la fenêtre se trouva finalement hors de portée, que sa main gauche se trouva à plat sur le mur lisse, il commit la faute de regarder au-dessous de lui, dans le vide, le ruban étroit de la rue qui luisait très loin dans le fond du gouffre vertigineux.

Il détourna aussitôt les yeux et fixa son regard sur un point au niveau de ses yeux, à quelques pas devant lui.

Le petit chat était toujours là. Lentement, il écarta ses pieds l'un de l'autre, porta le pied droit en avant et plia les genoux. Il tendit la main droite le long du mur, un peu au-delà de l'animal.

Il l'abaissa d'un geste brusque, comme pour écraser une mouche... et se retrouva avec une poignée de fourrure, toutes dents et griffes dehors.

Il demeura parfaitement immobile, sans se soucier des blessures mineures que lui infligeaient le chaton. Les bras toujours étendus, le corps aplati contre le mur, il commença le voyage de retour. Il ne pouvait voir où il allait et ne pouvait tourner la tête sans compromettre l'étroite marge de son équilibre. Le chemin lui parut terriblement long, encore plus qu'à l'aller, mais enfin le bout des doigts de sa main gauche entra en contact avec l'ouverture de la fenêtre.

Il franchit le reste de la distance en quelques secondes, passa les deux bras sur la barre d'appui, puis enjamba la fenêtre. Il resta un moment dans cette position pour récupérer, aspira profondément. « Eh bien, mon vieux! » dit-il tout haut. « J'ai eu chaud. Tu es un danger pour la circulation, petit chat! »

Il regarda la chaussée. Elle était à une fameuse distance — et avait l'air dure.

Il leva les yeux vers les étoiles. Comme elles étaient belles et brillantes! Il s'installa dans l'encadrement de la fenêtre, adossé à l'un des côtés, les pieds appuyés sur l'autre. Le chaton s'installa dans le creux de son estomac et se mit à ronronner. Il lui passa distraitement la main sur l'échine et tira une cigarette de sa poche. Dès demain, il se rendrait au port spatial pour passer ses examens physique et psychologique. Il gratta l'oreille du chaton. « Petite boule fourrée, dit-il, que dirais-tu d'un long, long voyage en ma compagnie? »

LES VERTES COLLINES DE LA TERRE

1

VOICI l'histoire de Rhysling, le chanteur aveugle des lignes spatiales... mais pas dans sa version officielle. Vous avez chanté ses vers sur les bancs de l'école :

> *Je prie pour un dernier atterrissage*
> *Sur le globe qui m'a donné le jour.*
> *Puissent mes yeux voir le ciel, les nuages*
> *Et les vertes collines de la Terre.*

Ou peut-être les avez-vous chantés en français, ou en allemand. A moins que ce ne soit en espéranto, tandis que la bannière mondiale, couleur arc-en-ciel, flottait au-dessus de vos têtes.

La langue importe peu — c'était certainement un idiome terrestre. Nul n'a jamais traduit *Vertes collines* dans le zézayant langage vénusien; nul Martien ne les croassa jamais dans les couloirs desséchés. C'est notre bien à nous. Nous autres Terriens avons tout exporté depuis les films d'épouvante hollywoodiens jusqu'aux radioactifs synthétiques, mais ces collines appartiennent à la Terre seule, à ses fils et filles, quels qu'ils puissent être.

Nous avons tous entendu maintes histoires de Rhysling. Vous êtes peut-être même de ceux qui ont recherché diplômes ou faveur publique par de savantes gloses de ses œuvres publiées — *Les chants des lignes de l'espace, Le grand canal et autres poèmes, Haut et loin* et *Ohé du vaisseau!*

Néanmoins, bien que vous ayez chanté ses chansons et lu ses vers sur les bancs de l'école et tout au long de votre vie, il y a gros à parier — à moins que nous ne soyez vous-même un homme de l'espace — que vous n'avez même pas entendu parler de ses chants non publiés, tels que *Le jour où le contremaître a rencontré ma cousine, La rouquine de Vénusburg, Perdez pas votre pantalon, patron* ou *Une tenue spatiale construite pour deux.*

Nous ne pouvons d'ailleurs pas les citer dans un magazine familial.

La réputation de Rhysling fut protégée par un exécuteur testamentaire plein de prudence et le fait que, par un concours de circonstances favorables, il n'eut jamais l'occasion de s'exprimer devant un représentant de la presse, *Les chants des lignes de l'espace* parurent en librairie la semaine même de sa mort; lorsqu'il connut les records de vente, des histoires publicitaires sur son compte furent rassemblées à partir des souvenirs que les gens conservaient de lui, auxquels vinrent s'ajouter les prières d'insérer hauts en couleurs rédigés par ses éditeurs.

Il en résulte que l'image traditionnelle de Rhysling est à peu près aussi véridique que la hachette de George Washington ou les gâteaux du Roi Alfred.

A dire le vrai, vous n'auriez pas voulu le recevoir dans votre salon; il n'était pas supportable en société. Il souffrait d'un prurit solaire chronique qui le portait à se gratter sans arrêt, ce qui n'ajoutait rien à une beauté par ailleurs discutable.

Le portrait qu'a peint de lui Van der Voort pour l'édition Harriman de ses œuvres, à l'occasion de son centenaire, nous montre un visage de haute tragédie, une boucle solennelle, des yeux sans regard dissimulés derrière un bandeau de soie noire. Or, de sa vie il ne fut solennel! Sa bouche était toujours ouverte pour chanter, sourire, boire ou manger. Le bandeau était le premier chiffon venu, crasseux le plus souvent. Lorsqu'il eut perdu la vue, il se négligea de plus en plus.

Le « Bruyant » Rhysling, lorsqu'il signa son contrat pour un voyage circulaire dans les astéroïdes joviens à bord du *Goshawk,* était mécanicien de seconde classe aux fusées, avec des yeux aussi bons que les miens ou les vôtres. A cette époque, l'équipage signait des décharges pour tout; un représentant de la Lloyds vous aurait ri au nez à la seule idée d'assurer un homme de l'espace. Le Décret sur la Sécurité Spatiale était encore dans les limbes, et la compagnie était seulement responsable des salaires, le cas échéant. La moitié des vaisseaux qui dépassaient Luna City ne revenaient jamais. Les hommes de l'espace n'en avaient cure; ils préféraient signer en échange de parts dans les bénéfices, et le premier venu d'entre eux était prêt à sauter du deux centième étage de la Tour Harriman pour se poser indemne, si seulement vous misiez sur ses chances à trois contre deux, en lui permettant toutefois d'utiliser des talons de caoutchouc pour amortir l'atterrissage.

Les mécaniciens étaient les plus insouciants du lot et les durs de durs. Auprès d'eux, les maîtres, les préposés au radar et les astrogateurs (il n'y avait ni supérieurs ni stewards à cette époque) n'étaient que de deux végétariens. Les mécaniciens en savaient trop. Les autres faisaient confiance à l'habileté du capitaine pour les amener sains et saufs à bon port; les mécaniciens savaient que l'habileté était inutile contre les démons aveugles et capricieux enchaînés à l'intérieur de leurs moteurs-fusées.

Le *Goshawk* fut le premier des vaisseaux de la Harriman à subir la conversion des combustibles chimiques aux piles atomiques, ou plutôt le premier à ne pas exploser. Rhysling le connaissait bien; c'était un vieux rafiot qui avait servi sur la ligne de Luna City : station spatiale Supra-New York-Leyport et retour, avant d'être converti pour l'espace profond. Il avait fait la ligne de Luna à son bord et avait participé à son premier voyage en espace profond, Drywater, sur Mars — et retour, à la surprise générale.

Il aurait dû passer chef mécanicien avant de signer pour le voyage circulaire de Jupiter, mais après la randonnée inaugurale de Drywater, il avait été mis à la porte, inscrit sur la liste noire et débarqué à Luna City pour avoir passé son temps à écrire un refrain et plusieurs vers dans le moment où il aurait dû surveiller ses instruments. Le chant en question était l'infamant *Le patron est un père pour son équipage,* dont le dernier couplet est à ce point truculent qu'il est impossible de l'imprimer.

D'être inscrit sur la liste noire ne lui faisait ni froid ni chaud. Il gagna, en trichant au jeu, un accordéon appartenant à un barman chinois de Luna City, après quoi il pourvut à sa subsistance en chantant pour les mineurs, en échange de verres et pourboires, jusqu'au moment où la raréfaction rapide des hommes de l'espace induisit l'agent de la compagnie à lui offrir une nouvelle chance. Il se tint tranquille sur la ligne de Luna pendant un an ou deux, réintégra l'espace profond, contribua à donner à Vénusburg cette réputation de truculence qui fait son originalité, traîna ses grègues dans les banques du Grand Canal lorsque fut établie une seconde colonie dans l'ancienne capitale martienne, et s'en fut se geler les doigts de pieds et les oreilles dans la seconde randonnée vers Titan.

Les choses allaient vite à cette époque. Une fois la propulsion à l'énergie atomique admise, le nombre des astronefs qui partaient du système Lune-Terre n'était plus limité que par le recrutement des équipages. Les mécaniciens étaient rares; les écrans protecteurs étaient réduits au strict minimum pour économiser sur le poids, et fort peu d'hommes mariés se souciaient d'affronter une exposition toujours possible à la radioactivité. Rhysling ne se préoccupait pas de laisser une descendance, et l'ouvrage ne lui manquait jamais aux jours dorés de la ruée vers les nouvelles richesses. Il traversait et retraversait le système en chantant les vers de mirliton qui lui bouillonnaient dans la tête, en s'accompagnant sur l'accordéon.

Le patron du *Goshawk* le connaissait; le Capitaine Kicks était astrogateur lors du premier voyage de Rhysling à bord. « Soyez le bienvenu chez vous, Le Bruyant, avait dit Hicks en l'accueillant. Etes-vous à jeun ou dois-je signer le registre à votre place?

— Il serait difficile de se soûler avec le jus de chaussettes que l'on vend dans ce sabot, patron. » Il signa et descendit aux machines, son accordéon sous le bras.

Dix minutes plus tard, il était de retour. « Capitaine, déclara-t-il sombrement, le réacteur numéro deux est en mauvais état. Les ralentisseurs de cadmium sont endommagés.

— Pourquoi me dites-vous cela? Adressez-vous au chef.

— C'est ce que j'ai fait. Mais il prétend qu'ils tiendront. Il se trompe. »

Le capitaine désigna le livre du geste. « Rayez votre nom et décampez. Nous décollons dans trente minutes. »

Rhysling le regarda, haussa les épaules et redescendit aux machines.

La route est longue qui mène aux astéroïdes; un appareil comme le *Goshawk* devait diverger pendant trois veilles complètes avant d'entrer en chute libre. Rhysling était du second quart. L'évacuation des déchets se faisait à l'époque avec une multiplicatrice Vernier et une jauge de danger. Lorsque s'allumèrent les voyants rouges, il s'efforça d'effectuer les corrections nécessaires   peine perdue.

Les mécaniciens de réacteurs n'attendent pas; c'est pour cela qu'ils sont mécaniciens de réacteurs. Il ouvrit le panneau d'urgence et fouilla la substance radioactive avec des pinces. Les voyants s'éteignirent et il marcha droit devant lui. Un mécanicien doit connaître sa chambre des machines comme sa poche. Il jeta un rapide regard sur le sommet de l'écran de plomb lorsque les lumières s'éteignirent. La lueur bleue radioactive ne lui fut d'aucun secours; il recula brusquement la tête et continua à tâtons.

Lorsqu'il eut terminé, il appela dans le tube acoustique : « Réacteur numéro deux en panne. Et pour l'amour du ciel donnez-moi un peu de lumière là-dedans! »

Il y eut bien de la lumière — le circuit de secours — mais pas pour lui. La lueur bleue radioactive fut la dernière excitation à laquelle répondirent ses rétines.

2

Lorsqu'Espace et Temps reviennent se pencher sur cette scène constellée,
Les larmes tranquilles d'une joie tragique étendent toujours leur manteau argenté.
Le long du Grand Canal s'élèvent toujours les fragiles Tours de la Vérité;
Leur grâce féerique défend ce lieu de beauté, de calme et de paix.
Morte est la race qui fit surgir les Tours, oubliées sont leurs sciences;
Lentement bat le cœur de Mars recru d'avoir trop longtemps battu sous un ciel de glace;
L'air ténu murmure sans voix que tout ce qui vit doit mourir...
Pourtant les clochers de dentelle de la Vérité carillon-
nent encore leur madrigal à la Beauté,

Beauté qui trouvera toujours asile le long du Grand Canal!

Extrait de *Le Grand Canal,* avec l'autorisation de Lux Transcriptions, Ltd, Londres et Luna City.

Au retour, on débarqua Rhysling sur Mars, à Drywater; les hommes de l'équipage firent circuler un chapeau et le patron abandonna un demi-mois de salaire. C'était tout — *terminé* — un bougre de l'espace de plus, qui n'avait pas eu la bonne fortune de s'arrêter au moment où la chance le quittait. Il se joignit aux prospecteurs et aux archéologues à How-Far, durant un mois environ, et sans doute aurait-il pu y demeurer pour toujours en échange de ses chansons et de ses séances d'accordéon. Mais les hommes de l'espace ne tardent pas à mourir s'ils doivent rester en place; il trouva à s'embarquer à bord d'un caboteur qui le ramena à Drywater et de là il gagna Marsopolis.

La capitale était en pleine expansion; les usines de traitement s'étendaient de part et d'autre du Grand Canal et polluaient ses eaux antiques de ses rebuts. Cela se passait avant que le Traité des Trois Planètes eût interdit la dégradation des reliques culturelles à des fins commerciales; la moitié des fines tours féeriques avaient été abattues et d'autres défigurées pour en faire des bâtiments pressurisés adaptés à l'usage des Terrestres.

Cependant Rhysling n'avait assisté à aucune de ces transformations et nul n'avait pensé à les lui décrire; lorsqu'il « revit » Marsopolis, il l'imagina telle qu'elle était avant d'avoir été rationnellement revue et corrigée pour les besoins du commerce. Sa mémoire n'était pas des meilleures. Il vint sur l'esplanade bouleversée où les anciens grands de Mars venaient autrefois prendre leurs aises et devant ses yeux aveugles ressurgit son ancienne magnificence... la plaine d'eau d'un bleu de glace, insensible aux marées, qu'aucune brise ne venait rider et reflétant en toute sérénité les étoiles brillantes et acérées du ciel martien, et au-delà de l'eau, la dentelle des remparts et des tours aériennes, d'une architecture trop délicate pour notre lourde et grondante planète.

Il en résulta *Le Grand Canal*.

Le subtil changement intervenu dans l'orientation de son esprit, qui lui permettait de voir en Marsopolis de la beauté là où il n'y en avait point, commença dès lors d'influencer sa vie entière.Toutes les femmes devinrent belles pour lui. Il les reconnaissait à leur voix, et se faisait d'elles une image correspondante. Il faut un esprit bien pervers pour s'adresser à un aveugle sans douceur ni gentillesse; des grincheuses qui n'avaient jamais laissé à leur époux un moment de paix prenaient une voix douce pour parler à Rhysling.

Son monde en devenait peuplé de femmes ravissantes et d'hommes bien éduqués. *La sombre étoile qui passe, Les cheveux de Bérénice, Le chant funèbre d'un poulain sylvestre* et autres chants des errants, des hommes sans femme de l'espace, ne naquirent dans son esprit que du fait que sa conception du monde n'était pas souillée par des contingences terre à terre. Son inspiration s'en trouva adoucie, ses vers de mirliton transformés en poésie.

Il disposait à présent de tout son temps pour penser, pour trouver les mots évocateurs, pour travailler ses vers jusqu'au moment où ils sonnaient juste dans sa tête. La monotone pulsation du *Chant des réacteurs* :

Lorsque la voie est libre, les rapports tous rendus,
Lorsque le sas se ferme avec un soupir et que les
*   lampes vertes clignotent,*
Lorsque le compte à rebours est fait, qu'il est temps
*   de prier,*
Lorsque le capitaine fait le signe, que les réacteurs
*   rugissent...*
Ecoutez les tuyères,
Ecoutez-les rugir dans votre dos,

Lorsque vous êtes étendu sur la couche,
Que vous sentez vos côtes s'enfoncer dans votre poitrine,
Votre cou creuser son empreinte,
Votre vaisseau peiner de toute sa membrure
Se tendre sous son étreinte,
Lorsque vous le sentez s'élever, prendre son essor,
Et l'acier torturé prendre vie
Sous ses tuyères!

surgit en lui non pas au temps où il était encore mécanicien, mais plus tard, alors qu'il allait et venait entre Vénus et Mars et qu'il était venu s'asseoir près d'un vieux camarade de bord, pour lui tenir compagnie pendant son quart.

A Vénusburg il allait dans les bars chanter ses chansons nouvelles et quelques-unes des anciennes. L'un ou l'autre faisait circuler un chapeau à la ronde pour le payer de ses peines; il revenait souvent avec une collecte double ou triple de celle que recueillaient généralement les ménestrels, en hommage à l'esprit indomptable qui se dissimulait derrière les yeux bandés.

C'était une vie facile. Tous les ports de l'espace étaient pour lui un foyer et tous les vaisseaux, un engin de transport particulier. Aucun patron n'aurait refusé la masse supplémentaire que représentaient l'aveugle Rhysling et sa boîte à soufflet; il allait de Vénusburg à Leyport, à Drywater, à New Shangaï ou refaisait le chemin en sens inverse lorsqu'il lui en prenait fantaisie.

Jamais il ne se rapprochait de la Terre plus près que Supra-New York, la station spatiale. Même au moment où il signait le contrat de publication pour *Les chants des lignes spatiales,* c'est dans un vaisseau de la ligne à cabines qu'il apposa son paraphe quelque part entre Luna City et Ganymède. Horowitz, l'éditeur d'origine, se trouvait à bord à l'occasion d'une seconde lune de miel et c'est ainsi qu'il entendit Rhysling chanter au cours d'une fête organisée à bord du vaisseau. Dès la première audition Horowitz savait reconnaître ce qui était valable pour l'édition; la série complète des *Chants* fut enregistrée directement sur magnétophone dans la cabine des transmissions de ce vaisseau, avant qu'il ne consentît à perdre Rhysling de vue. Les trois volumes suivants, il les soutira de Rhysling à Vénusburg, où Horowitz avait expédié un agent avec pour consigne de l'abreuver en permanence jusqu'au moment où il lui aurait extorqué jusqu'à sa dernière chanson.

Ohé du vaisseau n'est certainement pas du Rhysling authentique d'un bout à l'autre. Une grande partie est sans doute de lui, et *Les chants des réacteurs* sont indubitablement de son cru, mais une grande partie des vers furent recueillis après sa mort sur les lèvres de gens qui l'avaient connu durant sa période d'errance.

Les vertes collines de la Terre mirent vingt ans pour atteindre leur forme définitive. La version la plus primitive qui nous soit connue fut composée avant que Rhysling fût frappé de cécité, au cours d'une beuverie avec les contractuels de Mars. Les vers évoquaient dans leur majeure partie les projets que les intéressés se proposaient de réaliser sur Terre, quand ils auraient payé leurs dédits et qu'ils auraient ainsi le loisir de rentrer dans leurs foyers. Certains des couplets étaient nettement vulgaires, d'autres ne l'étaient pas, mais dans le refrain il était possible de reconnaître celui des *Vertes collines*.

Nous connaissons exactement le lieu et le moment où *Les vertes collines* prirent leur forme définitive.

Il y avait à Vénus Ellis Isle un vaisseau qui devait faire directement le parcours jusqu'à Great Lakes en Illinois. C'était le vieux *Falcon,* le plus jeune de la classe des Hawk et le premier à bord duquel se trouvait appliquée la nouvelle politique du trust Harriman concernant les services express, avec supplément de tarif, entre les villes de la Terre et les colonies comportant des arrêts réguliers.

Rhysling décida de rentrer sur la Terre. Peut-être son propre chant lui était-il entré dans la peau... ou peut-être désirait-il simplement revoir une fois encore son Ozarks natal.

La compagnie n'accordait plus de passages gratuits; Rhysling ne l'ignorait pas mais il ne lui serait jamais venu à l'esprit que ce règlement pourrait s'appliquer à lui. Il se faisait vieux pour un homme de l'espace et se montrait un peu à cheval sur ses privilèges. Ce n'était pas de la sénilité... il avait simplement conscience de constituer l'un des points de repère de l'espace, comme la comète de Halley ou les anneaux de Saturne. Il franchit le sabord de l'équipage, descendit aux machines, et s'installa comme chez lui dans la première couchette d'accélération disponible.

Le capitaine le découvrit au cours d'une dernière ronde d'inspection : « Que faites-vous là? interrogea-t-il.

— Je rentre sur la Terre, capitaine. » Rhysling n'avait pas besoin d'yeux pour distinguer les galons d'un commandant de bord.

« Vous ne pouvez prendre place à bord de ce vaisseau; vous connaissez le règlement; tâchez de vous remuer et d'évacuer au plus vite! Nous décollons à l'instant. » Le capitaine était jeune; il était sorti du rang après que Rhysling eut terminé son service actif, mais notre homme connaissait le genre... cinq ans à Harriman Hall avec pour tout bagage des voyages d'entraînement en qualité de stagiaire, au lieu d'une solide expérience de l'espace profond. Les deux hommes n'avaient en commun ni les antécédents ni l'esprit; l'espace était en train de changer.

« Voyons, capitaine, vous ne pouvez tout de même pas refuser à un vieil homme de rentrer chez lui. »

L'officier hésita. Plusieurs membres de l'équipage s'étaient arrêtés pour écouter. « Je n'ai pas le droit de vous prendre à bord : décret sur la Sécurité Spatiale, clause six : *Nul ne pénétrera en espace s'il n'est membre agréé d'un équipage appartenant à un vaisseau inscrit sur les rôles, ou passager payant d'un tel vaisseau, conformément aux stipulations promulguées par application du présent décret.* Maintenant levez-vous et sortez. »

Rhysling se renversa sur sa couchette les mains sous la nuque. « Si je dois évacuer, je veux bien être pendu si je marche! »

Le capitaine se mordit les lèvres : « Maître d'équipage! Expulsez-moi cet homme! »

Le sous-officier fixa les poutrelles du plafond. « Cela m'est impossible, capitaine, je me suis démis l'épaule. » Les autres membres de l'équipage qui étaient présents la minute précédente s'étaient évanouis dans la peinture de la cloison.

« Eh bien, rassemblez une corvée!

— Oui, capitaine. » Et il s'en fut à son tour.

Rhysling reprit de nouveau la parole. « Voyons, patron... ne cherchons pas la petite bête. Vous avez une porte de sortie pour justifier ma présence si vous le voulez bien... la clause concernant l'homme de l'espace en détresse.

— L'homme de l'espace en détresse, mon œil; vous n'avez rien d'un homme de l'espace en détresse; vous êtes un juriste de l'espace. Je vous connais; il y a des années que vous traînez dans le système. Mais vous ne jouerez pas les passagers clandestins dans mon vaisseau. Cette clause était prévue pour venir en aide aux hommes qui ont manqué leur vaisseau, et non pour permettre à des individus de votre espèce de vagabonder librement à travers l'espace.

— Voyons, capitaine, pourriez-vous prétendre véridiquement que je n'ai pas manqué mon vaisseau? Je ne suis jamais retourné sur Terre depuis le dernier voyage que j'ai accompli en qualité de membre régulier de l'équipage. La loi me donne droit au voyage de retour.

— Il y a des années que vous avez quitté le service actif. Vous avez laissé passer le moment.

— Vraiment? La clause ne fait pas la moindre mention du délai durant lequel l'intéressé aurait droit au retour gratuit. Il fait simplement état de ce droit.

Relisez-la, patron. Si je me trompe, non seulement je sortirai sur mes deux jambes, mais encore je vous présenterai mes très humbles excuses devant votre équipage. Allez... vérifiez. Jouez franc jeu. »

Rhysling sentait peser sur lui le regard courroucé du capitaine, mais celui-ci se contenta de tourner les talons et sortit du compartiment. Rhysling était conscient d'avoir usé de sa cécité pour placer le capitaine dans une situation impossible, mais cela n'était pas fait pour l'embarrasser, il s'en réjouissait plutôt.

Dix minutes plus tard, la sirène retentit, il entendit le haut-parleur lancer les ordres d'appareillage. Lorsque les soupirs des sas et le léger changement de pression dans ses oreilles l'eurent averti que le décollage était imminent, il se leva et descendit à la salle des machines, car il voulait se trouver près des réacteurs lorsqu'ils cracheraient le feu par leurs tuyères. Il n'avait besoin de personne pour le guider dans aucun navire.

Les ennuis commencèrent durant le premier quart. Rhysling s'était installé dans le siège de l'inspecteur, laissant courir ses doigts sur les touches de son accordéon et essayant une nouvelle version des *Vertes collines*.

Laissez-moi respirer encore un air qui n'est pas mesuré
Où il n'y a ni pénurie ni disette.

... La la la la la la la la la *de la Terre!* Décidément cela ne voulait pas venir. Il tenta un nouvel essai.

Laissez la douce brise mettre un baume sur mes plaies,
Echarpe vaporeuse, ceinture aérienne
De notre belle et douce planète maternelle,
Des fraîches et vertes collines de la Terre.

C'était déjà mieux. « Qu'en penses-tu, Archie? » demanda-t-il en dominant le rugissement atténué des réacteurs.

« C'est drôlement bien. Chante-moi tout l'ensemble. » Archie MacDougal, le chef mécanicien, était un vieux compagnon de l'espace et des bars; il avait fait son apprentissage sous les ordres de Rhysling, il y avait de cela bien des années et des millions de kilomètres.

Rhysling s'exécuta puis : « Vous autres, les jeunes, vous vous la coulez douce. Tout est automatique. De mon temps il fallait rester éveillé pendant qu'on triturait les commandes.

— Il faut toujours demeurer éveillé. » Ils se mirent à parler « boutique » et MacDougal lui montra le ralentisseur à réponse directe qui avait remplacé le contrôle manuel à vernier dont s'était servi Rhysling. Celui-ci tâta les commandes et posa des questions jusqu'au moment où il se fut familiarisé avec la nouvelle installation. Il se flattait toujours d'être mécanicien de réacteurs et affectait de croire que sa présente occupation de troubadour n'était qu'un expédient auquel il n'avait recours qu'à l'occasion de désaccords avec la compagnie, aventure dont nul n'était jamais exempt.

« Je vois que les anciennes platines manuelles de ralentisseur sont toujours en place, remarqua-t-il en parcourant l'appareillage de ses doigts agiles.

— Tout y est, sauf les connexions. Je les ai fait démonter car elles obscurcissaient les cadrans.

— Tu aurais dû les conserver. Tu pourrais en avoir besoin.

— Oh! je ne sais pas trop. Je pense... » Rhysling ne sut jamais ce que pensait MacDougal, car à ce moment se produisit l'accident. MacDougal prit de plein fouet un jet radioactif qui le carbonisa sur place.

Rhysling sentit ce qui venait d'arriver. Des réflexes automatiques résultant d'une habitude ancienne intervinrent aussitôt. Simultanément, il abattit le découvreur et lança le signal d'alarme à la salle de contrôle. Puis il se souvint des connexions démontées. Il lui fallait les découvrir à tâtons, en s'efforçant de se tenir aussi bas que possible, pour profiter au maximum de la protection des écrans. Rien ne le préoccupait si ce n'est l'emplacement des connexions. Il s'orientait en cet endroit aussi bien que s'il eût toujours possédé la vue; il connaissait chaque point, chaque commande, comme les touches de son accordéon.

« Salle des machines, salle des machines! Quelle est la raison de cette alerte?

— N'entrez pas! cria Rhysling. Radioactivité partout. » Il la sentait sur son visage et sur ses os, comme le soleil du désert.

Il mit en place les connexions en maudissant l'imbécile qui n'avait pas remis en place la clé dont il avait besoin. Puis il entreprit de réduire la fuite à la main. C'était un travail long et délicat. Bientôt il décida qu'il faudrait se débarrasser du réacteur, pile comprise.

Il commença par rendre compte. « Contrôle!

— Ici contrôle!

— Je largue réacteur trois — urgence.

— Est-ce MacDougal qui parle?

— MacDougal est mort. Ici Rhysling, de quart. Préparez-vous à enregistrer. »

Il n'y eut pas de réponse; le patron était peut-être médusé, mais il ne pouvait intervenir lorsqu'une situation critique se présentait à la salle des machines. Il devait penser au vaisseau, aux passagers, à l'équipage. Les portes devaient rester fermées.

Le capitaine dut être encore plus surpris en écoutant ce que Rhysling lui faisait parvenir en guise de rapport :

Nous pourrissons dans les fanges de Vénus,
Nous vomissons sur son souffle empoisonné.
Pestilentielles sont ses jungles inondées,
Grouillantes d'organismes putréfiés.

Tout en travaillant, Rhysling continuait à cataloguer le système solaire : « ... *le dur et brillant sol de la Lune...* » « ... *les anneaux arc-en-ciel de Saturne ...* »

« ... *les nuits glaciales de Titan...* », ouvrant et rejetant le réacteur et procédant au nettoyage final. Il termina par le refrain :

> *Nous avons essayé tous les grains de poussière*
> *   tourbillonnant dans l'espace*
> *Et en avons jaugé la valeur véritable :*
> *Ramenez-nous encore à la terre des hommes*
> *Sur les fraîches et vertes collines de la Terre.*

Puis distraitement, pourrait-on dire, il reprit son premier couplet modifié :

> *La voûte du ciel rappelle*
> *Les hommes de l'espace à leur poste.*

Tout le monde, parez à la manœuvre! Chute libre!

> *Et au-dessous de nous les lumières s'évanouissent.*
> *Dans l'infini s'élancent les fils de la Terre*
> *Sous la poussée de leurs grondantes tuyères.*
> *D'un seul bond ils s'élancent à la conquête du ciel,*
> *Plus loin, toujours plus loin, au bout de l'univers...*

Le vaisseau était sauf à présent et prêt à regagner sa base avec un seul réacteur. Pour ce qui est de lui-même, Rhysling se sentait beaucoup moins rassuré. Le « coup de soleil » qu'il avait reçu semblait assez sévère. S'il ne pouvait voir le brillant nuage rosâtre dans lequel il travaillait, il connaissait sa présence. Il continua l'opération consistant à refouler l'air au dehors par la soupape extérieure, la répétant plusieurs fois pour ramener la radioactivité à un niveau supportable pour l'homme revêtu de l'armure appropriée. Ce faisant, il envoya un nouveau refrain, le dernier morceau d'authentique Rhysling qui serait jamais produit :

Nous prions pour un dernier atterrissage,
Sur le globe qui nous a donné le jour;
Puissent nos yeux voir le ciel, les nuages
Et les vertes collines de la Terre.

LA LOGIQUE DE L'EMPIRE

« NE soyez pas stupidement sentimental, Sam!

— Sentimental ou pas, insista Jones, je sais reconnaître l'esclavage lorsqu'il m'arrive de le voir. Et c'est bien
de cela qu'il s'agit sur Vénus. »

Humphrey Wingate poussa un grognement. « C'est
complètement ridicule. Les gens recrutés par la Compagnie sont des employés, liés par des contrats qu'ils ont
librement souscrits. » Les sourcils de Jones s'élevèrent
quelque peu. « Vraiment? Voudriez-vous me dire comment l'on peut qualifier un contrat qui permet de jeter
en prison l'homme qui abandonne son travail?

— Ce n'est pas exact. Tout individu peut quitter son
travail après les deux semaines habituelles de préavis...
Je suis payé pour le savoir; je...

— Oui, je sais, lui accorda Jones d'une voix lasse.
Vous êtes juriste. Les contrats, ça vous connaît. Le
malheur c'est que vous avez le cerveau desséché et que
vous ne comprenez rien en dehors de la phraséologie
légale. Des contrats librement souscrits... Joli euphémisme! C'est des faits que je parle et non point d'abstrac-
tions légales. Peu m'importe ce que dit le contrat... ces
gens sont des esclaves! »

Wingate vida son verre et le reposa devant lui. « Ainsi je serais un cerveau desséché? Eh bien, je vais vous
dire à mon tour ce que vous êtes, Sam Houston Jones...
une espèce de niais gauchisant. Vous n'avez jamais eu

besoin de travailler pour gagner votre vie et vous trouvez inhumain que les autres y soient contraints. Permettez, continua-t-il en voyant Jones ouvrir la bouche. Les contractuels de la Compagnie sur Vénus sont infiniment mieux lotis que la plupart des gens de leur propre classe, sur Terre. Ils sont certains de pouvoir travailler, de manger et de posséder un coin pour dormir. Le malheur chez les gens de cette classe c'est qu'ils n'ont pas envie de travailler...

— Comme tout le monde!

— Ne faites pas d'esprit. S'ils n'étaient pas tenus par un contrat rigoureux, ils abandonneraient le meilleur poste sitôt qu'il aurait perdu l'attrait de la nouveauté et trouveraient tout naturel que la Compagnie se chargeât de les ramener gratuitement sur Terre. Votre belle âme désintéressée et charitable ne s'en est peut-être pas avisée, mais il se trouve que la Compagnie a des obligations envers ses actionnaires — dont vous êtes, entre parenthèses — et elle ne peut se permettre d'entretenir une navette interplanétaire pour les beaux yeux d'une catégorie d'individus qui s'imaginent que le monde doit leur fournir la subsistance.

— Cette fois, vous m'avez atteint au défaut de la cuirasse, reconnut Jones, avec une expression ambiguë. Je suis en effet actionnaire, je ne puis le nier. Et j'en ai honte.

— Pourquoi ne vendez-vous pas? »

Jones prit un air dégoûté. « Curieuse solution que vous me proposez là. Croyez-vous qu'il me suffirait de vendre mon portefeuille pour éluder les responsabilités que j'encours de par ma connaissance de cet état de fait?

— Allez au diable avec vos subtilités, dit Wingate. Buvez plutôt un coup.

— D'accord! » dit Jones. C'était sa première soirée à terre, après une croisière d'entraînement en qualité d'officier de réserve; il avait besoin de boire pour rattraper le temps perdu. Dommage, pensa Wingate, que la croisière eût fait escale à Vénus...

« Debout là-dedans! Debout là-dedans! Debout, bande de fainéants! Allons, plus vite que ça. Enfilez vos chaussettes! » La voix râpeuse se fraya un chemin dans la tête douloureuse de Wingate. Il ouvrit les yeux, fut ébloui par la lumière blanche et crue et les referma en toute hâte. Mais la voix s'obstinait à le persécuter. « Encore dix minutes avant le petit déjeuner », graillonnait-elle. « Dépêchez-vous de venir manger, sinon on jettera vos rations aux ordures. »

Il rouvrit les yeux et, avec un effort tremblant de volonté, les contraignit à regarder. Des jambes passaient devant ses yeux, vêtues de bleu pour la plupart, bien que certaines fussent nues — d'une nudité velue proprement répugnante. Une confusion de voix mâles, où il distinguait des mots mais jamais des phrases, était accompagnée d'un fond sonore de bruits métalliques, assourdis mais envahissants — crr, crr, boum! crr, crr, boum! Le choc qui ponctuait chaque séquence se répercutait douloureusement dans son crâne, mais était encore moins irritant qu'un autre bruit, une sorte de sifflement tourbillonnaire sans tonalité auquel il lui était impossible de se soustraire, pas plus qu'il ne réussissait à le localiser.

L'air était plein d'effluves humains émis par trop de corps confinés dans un local trop restreint. Puanteur eût été un terme trop fort et d'ailleurs l'atmosphère contenait suffisamment d'oxygène. Mais la pièce était pleine de la senteur tiède, lègèrement musquée, de corps à peine sortis de la moiteur des draps, de corps qui n'étaient pas sales à proprement parler, mais qui n'avaient pas été fraîchement lavés. L'ambiance était oppressante et peu propre à ouvrir l'appétit... et dans l'état où se trouvait à présent notre homme, elle avait plutôt tendance à lui donner la nausée.

Il commença à prendre un peu conscience de son environnement; il se trouvait dans une sorte de dortoir. Partout autour de lui, il y avait des hommes, des hommes qui se levaient, qui traînaient la savate çà et là, enfilant des vêtements. Il gisait à la place du fond, sur une travée de quatre étroites couchettes. Par les intervalles des jambes qui l'entouraient et se mouvaient devant son visage, il apercevait d'autres travées semblables le long des murs et loin des murs, étagées du sol au plafond et soutenues par des barres.

Un homme s'assit sur le pied de la couchette de Wingate, appuyant son large fessier contre les chevilles de celui-ci, tandis qu'il enfilait ses chaussettes. Wingate rentra ses jambes. L'étranger tourna vers lui son visage. « Je t'ai dérangé, vieux? Excuse-moi. » Puis il ajouta sans la moindre acrimonie : « Tu ferais mieux de te grouiller. Le sergent de semaine va te houspiller si tu ne relèves pas ces couchettes. » Il bâilla à se décrocher la mâchoire, et se mit en devoir de se lever, ayant de toute évidence chassé de son esprit Wingate et les affaires de Wingate.

« Une question, si tu permets! demanda précipitamment Wingate.

— Hein?

— Où suis-je? En prison? »

L'étranger observa les yeux gonflés et injectés de sang de son interlocuteur avec détachement, mais sans aucune malice. « Dis-donc, mon petit vieux, tu me donnes l'impression d'avoir consciencieusement bu toute ta prime.

— Ma prime? Qu'est-ce que tu me chantes là?

— Sans blague, tu ne sais vraiment pas où tu es?

— Non.

— Eh bien... » L'autre parut éprouver quelque réticence à proclamer une vérité à ce point criante, mais l'expression de Wingate le convainquit bientôt qu'il était sincère. « Tu te trouves à bord de l'*Evening Star* qui fait route pour Vénus. »

Quelques minutes plus tard, l'étranger lui toucha le bras. « Ne te frappe pas à ce point, bonhomme. Il n'y a pas de quoi s'exciter. »

Wingate ôta ses mains de son visage et s'en pressa les tempes. « Ce n'est pas possible, dit-il, parlant plutôt pour lui-même que pour son compagnon. Ce n'est pas possible...

— Laisse tomber. Viens, on va casser la croûte.

— Je ne pourrais rien manger.

— Ta ta. Je sais ce que tu ressens... ça m'arrive parfois. Il faut manger, cela te remettra les idées en place. » Le sergent de semaine mit fin aux débats en s'approchant et en chatouillant les côtes de Wingate du bout de sa canne.

« Où vous croyez-vous?... à l'infirmerie ou dans les compartiments de première classe? Relevez-moi ces couchettes en vitesse.

— Tout doux, matelot, tout doux, dit d'un ton conciliant la nouvelle connaissance de Wingate. Notre ami n'est pas tout à fait lui-même ce matin. » Ce disant il mettait Wingate sur pieds d'une main massive tandis que de l'autre il relevait la travée de couchettes contre le mur. Des crochets vinrent s'engager dans leur logement avec un déclic, et la travée demeura verticale, à plat contre le mur.

« Il le sera encore bien moins s'il s'avise de déranger mon service », dit le sous-officier. Mais il s'éloigna. Wingate se tenait debout, pieds nus sur les plaques du plancher, immobile et paralysé par un sentiment d'indécision qui renforçait encore le fait qu'il ne portait que ses sous-vêtements. Son défenseur l'observait.

« Tu as oublié ton oreiller. Tiens... » Il introduisit le bras dans la poche formée par l'intervalle entre la dernière couchette et le mur et en retira un paquet plat, couvert d'un plastique transparent. Il rompit la fermeture et en secoua le contenu, une simple salopette de coton épais. Wingate l'enfila avec reconnaissance. « Tu demanderas au magasinier de te donner une paire de chaussons, après le petit déjeuner, ajouta son ami. Pour le moment, nous allons manger. »

Le dernier de la queue avait quitté le guichet de la cambuse à leur arrivée et le volet était fermé. Le compagnon de Wingate y frappa. « Ouvrez, là-dedans! »

Le panneau s'ouvrit à la volée. « Pas de second service », annonça un visage.

L'étranger interposa sa main pour prévenir la retombée du volet.

« Il ne s'agit pas d'un second service, matelot, mais d'un premier.

— Pourquoi diable ne vous présentez-vous pas à l'heure? » demanda le fonctionnaire de la cambuse. Il abattit néanmoins deux cartons de rations sur la large tablette du guichet de distribution.

Le grand gaillard tendit l'un d'eux à Wingate et s'assit par terre, le dos appuyé à la cloison.

« Quel est ton nom, mon pote? » demanda-t-il en défaisant l'enveloppe de sa ration. « Je m'appelle Hartley... Satchel Hartley.

— Et moi Humphrey Wingate.

— Heureux de faire ta connaissance, mon vieux Hump. Maintenant explique-moi la signification du spectacle son et lumière que tu viens de me donner. » Il engouffra une invraisemblable bouchée d'œufs durs et aspira une gorgée de café par l'extrémité de son carton.

« Eh bien, dit Wingate, le visage contracté par l'inquiétude, je suppose que j'ai été enlevé. » Il voulut imiter la façon de boire de Hartley et s'aspergea le visage du liquide brun.

« Hé... ce n'est pas ainsi qu'on s'y prend, dit Hartley. Introduis d'abord le biberon dans ta bouche et ne presse pas plus fort que tu n'aspires. Comme ceci. » Il joignit le geste à la parole. « Ton histoire ne me semble pas très convaincante. La Compagnie n'a que faire de prendre les gens de force alors qu'ils font la queue dans l'espoir de signer un contrat. Qu'est-il arrivé? Essaie de te rappeler! »

Wingate fit de son mieux. « La dernière chose dont je me souvienne, c'est une discution avec un conducteur de gyro sur le prix de la course. »

Hartley approuva de la tête : « Ils vous estampent que c'en est un scandale. A ton avis, c'est lui qui t'aurait fait le coup?

— Mon Dieu... non, je ne pense pas. A part la formidable gueule de bois, tout va très bien.

— Ça ira mieux. Tu devrais te féliciter de ce que l'*Evening Star* est un vaisseau à haute gravité et non pas à trajectoire balistique. C'est pour le coup que tu serais malade et pas pour rire.

— Qu'est-ce à dire?

— Cela signifie qu'il accélère ou décélère durant tout le trajet. C'est obligatoire, puisqu'il fait le transport de passagers. Si nous avions été chargés à bord d'un vaisseau de transport de fret, c'eût été une autre paire de manches. On les propulse sur la trajectoire correcte et ils terminent le parcours en apesanteur. Mon vieux, les nouveaux, ils en voient de toutes les couleurs! » Il gloussa.

Wingate n'était pas en état de conjecturer sur les rigueurs du mal de l'espace. « Ce que je ne parviens pas à m'imaginer, dit-il, c'est par quel concours de circonstances j'ai atterri dans ce vaisseau. Serait-il possible qu'on m'ait amené à bord par erreur, à la suite d'une confusion d'identité?

— Peux pas dire. Hé, tu n'as pas l'intention de terminer ton casse-croûte?

— Je n'ai plus faim. » Hartley prit cette déclaration pour une invitation et termina rapidement la ration de Wingate. Puis il se leva, froissa les deux cartons pour en faire une boule, les introduisit dans un vide-ordures et dit : « Que vas-tu faire?

— Que vais-je faire? » Le visage de Wingate prit une expression résolue. « Je vais aller tout droit chez le capitaine et lui demander une explication, voilà ce que je vais faire!

— A ta place, je procéderais par étapes progressives, dit Hartley d'un air de doute.

— Des étapes progressives, mon œil! » Il se leva vivement. « Oh! ma tête! »

Le sergent de semaine, pour s'en débarrasser leur conseilla d'aller voir le sergent-chef. Hartley tint compagnie à Wingate, à la porte du bureau du sergent-chef. « Il vaudrait mieux que tu leur fasses ton boniment sans perdre une minute, conseilla-t-il.

— Pourquoi cela?

— Nous allons nous poser sur la Lune dans quelques heures. L'arrêt à Luna City, pour le ravitaillement en carburant avant le grand saut en espace profond, constituera ta dernière chance de débarquer, à moins que tu ne comptes rentrer à pied.

— Je n'y avais pas pensé, avoua Wingate tout réjoui. Je m'imaginais qu'il me faudrait accomplir l'aller et retour dans tous les cas.

— Je ne serais pas étonné que tu puisses prendre le *Morning Star* dans une semaine ou deux. Si l'erreur leur est imputable, ils devront te rapatrier.

— Je puis faire mieux, dit Wingate avec ardeur. Je me présenterai immédiatement à la banque de Luna City, je leur demanderai de négocier une lettre de crédit avec ma propre banque, et je prendrai un billet à bord de la navette Terre-Lune.

L'attitude de Hartley subit un changement subtil. Jamais de sa vie il n'avait eu l'occasion de « négocier une lettre de crédit ». Peut-être qu'un homme qui disposait de tels moyens pouvait aller trouver le capitaine et invoquer la loi?

Le sergent-chef écouta l'histoire de Wingate avec une impatience évidente, et l'interrompit au beau milieu de ses explications pour consulter sa liste d'émigrants. Son doigt parcourut la colonne de noms pour venir s'arrêter sur les W et désigna une ligne. Wingate sentit son cœur défaillir. Il venait de lire son nom correctement orthographié. « Maintenant, décampez, dit le sous-officier, et ne me faites plus perdre mon temps. »

Mais Wingate se rebiffa. « Vous ne possédez aucune autorité en la matière... pas la moindre. J'insiste pour que vous me conduisiez auprès du capitaine.

— Dites donc... » Wingate crut un instant que l'autre allait le frapper. Il l'interrompit.

« Prenez garde. Vous êtes apparemment la victime d'une erreur de bonne foi... mais votre position légale sera bien fragile, je vous l'assure, si vous faites fi des prescriptions de

225

la loi en espace en application desquelles ce vaisseau a reçu sa licence. Je ne pense pas que votre capitaine serait très heureux de devoir expliquer de tels actes de votre part, devant une cour fédérale. »

Il avait réussi à provoquer l'ire de cet homme, la chose était évidente. Mais on ne devient pas chef du service de police à bord d'un grand transport en jouant des tours pendables à ses supérieurs. Les muscles de ses joues se contractèrent, mais il pressa un bouton sans rien dire. Un sergent junior apparut. « Conduisez cet homme au trésorier. » Il donna congé au visiteur en lui tournant le dos, et forma un numéro sur le système d'intercommunication du vaisseau.

Wingate fut introduit chez le trésorier, et de ce fait chargé d'affaires de la compagnie, après une courte attente. « De quoi s'agit-il ? » s'enquit l'officier. « Si vous avez une plainte à formuler, pourquoi ne vous présentez-vous pas aux audiences du matin, comme c'est la règle ? »

Wingate exposa son cas avec toute la clarté et la persuasion dont il était capable. « Je voudrais être débarqué à Luna City », dit-il. « Je n'ai aucun désir de causer à la Compagnie le moindre embarras pour ce que je considère comme une erreur involontaire — d'autre part j'avais libéralement fêté la dive bouteille, je dois l'avouer, ce qui a peut-être contribué à la méprise. »

Le trésorier, qui avait écouté ses explications d'un air assez ambigu, ne répondit pas. Il fouilla une haute pile de dossiers posée sur le coin de son bureau, en choisit un et l'ouvrit. Il contenait une liasse de papiers de format légal réunis à leur sommet par une agrafe. Durant quelques minutes il les parcourut sans se presser, pendant que Wingate attendait.

Le trésorier respirait avec un souffle bruyant d'asthmatique et de temps en temps tambourinait de ses ongles sur ses incisives découvertes, en poursuivant le fil de sa lecture. Wingate, dont les nerfs étaient à bout, sentit que si l'homme approchait une fois de plus sa main de sa bouche, il se mettrait à hurler, à trépigner et à lancer à travers la pièce tout ce qui lui tomberait sous la main. C'est à ce moment que le trésorier jeta le dossier devant lui. « Lisez donc un peu », dit-il.

Wingate obéit. La pièce principale était un contrat en bonne et due forme, entre Humphrey Wingate et la Compagnie Vénusienne de Développement, par lequel ledit Wingate s'engageait à travailler pour une durée de six ans sur la planète Vénus.

« Est-ce bien là votre signature ? » demanda le trésorier.

La prudence professionnelle de Wingate lui fut précieuse en cette occurrence. Il étudia attentivement le paraphe afin de gagner du temps, pendant qu'il rassemblait ses esprits. « Eh bien, dit-il enfin, je dois avouer que cette signature présente de grandes similitudes avec la mienne, mais je ne reconnais pas avoir signé ce document... je ne suis pas expert en écriture. »

Le trésorier écarta l'objection avec un air d'ennui. « Je n'ai pas le temps d'ergoter avec vous. Vérifions plutôt les empreintes digitales. Tenez. » Il poussa vers lui un tampon encreur. Durant un moment, Wingate envisagea de refuser en invoquant ses droits légaux, puis se ravisa : en agissant ainsi il paraîtrait craindre la confrontation. Qu'avait-il à perdre ? Son empreinte ne pouvait pas se trouver sur le contrat. A moins que...

C'était pourtant le cas. Même pour son œil peu averti, il était clair que les deux empreintes étaient semblables. Il lutta contre une vague de panique. Il était sans doute la proie d'un cauchemar suscité par sa discussion de la veille avec Jones. Mais si, chose impensable, c'était bien la réalité, il était la victime d'une machination dont il lui faudrait trouver le défaut. On ne se jouait pas ainsi des hommes de sa condition ; toute l'affaire était positivement grotesque. Aussi choisit-il ses mots avec le plus grand soin.

« Je me garderai bien de critiquer votre position, cher monsieur. Je ne sais par quelle suite de circonstances, nous avons été vous et moi les victimes d'une plaisanterie d'un goût douteux. Peut-être est-il superflu de faire remarquer qu'un homme dans l'état d'inconscience qui était le mien hier soir a très bien pu se faire prendre ses empreintes digitales à son insu. Superficiellement, ce contrat est valide et je me garderai bien de mettre votre bonne foi en doute. Mais en fait, il manque à ce document un élément indispensable à tout contrat.

— Qui est?

— L'intention formellement exprimée par l'une et l'autre partie de se lier par un engagement contractuel. Nonobstant signature et empreinte, je n'avais nulle intention de souscrire cet engagement, ce qui peut aisément se démontrer par d'autres facteurs. Je suis un juriste apprécié, pourvu d'une bonne clientèle, comme le prouveraient facilement mes relevés d'impôts. Il n'est pas raisonnable de croire — et aucun tribunal ne croira — que j'aie volontairement abandonné ma profession pour souscrire un engagement de six ans contre une rémunération considérablement moins avantageuse.

— Vous êtes un juriste? Tiens, tiens! Cela expliquerait donc cette aptitude à la chicane... de votre part du moins. Comment se fait-il donc que vous vous soyez présenté ici en qualité de technicien radio? »

De nouveau, Wingate dut se raidir pour résister à cette attaque de flanc inopinée. Il était parfaitement exact qu'il était expert en radio — c'était pour lui un violon d'Ingres tendrement chéri... mais comment avaient-ils appris ce détail? Taisons-nous, pensa-t-il. N'avouons rien. « Toute cette histoire est absolument ridicule, protesta-t-il, j'insiste pour voir le capitaine... Il me faudra pas dix minutes pour rompre ce contrat.

Le trésorier attendit un moment avant de répondre : « Avez-vous terminé votre plaidoirie?

— Oui.

— Très bien. Vous avez exposé votre thèse, à mon tour de donner la mienne. Ecoutez-moi bien, Monsieur le Juriste de l'Espace. Ce contrat a été mis au point par

228

quelques-uns des hommes de loi les plus perspicaces des deux planètes. Ils l'ont rédigé en partant spécifiquement du principe qu'il serait souscrit par des bons à rien qui boiraient leur prime et décideraient ensuite, réflexion faite, de ne plus aller travailler. Ce contrat a donc été soumis à toutes les attaques possibles et revisé en conséquence, si bien que le diable en personne ne parviendrait pas à le rompre.

« Mettez-vous bien dans la tête qu'il ne s'agit plus de vendre à la sauvette votre jurisprudence de pacotille à un autre incapable de votre acabit; vous avez devant vous un homme qui est parfaitement informé de ses assises légales. Quant à voir le capitaine... si vous croyez que l'officier commandant un vaisseau de cette importance n'a rien d'autre à faire que d'écouter les rêveries fumeuses d'un artiste en phraséologie qui n'a d'autre caution que la sienne propre, vous vous faites des illusions! Regagnez vos quartiers! »

Wingate ouvrit la bouche pour parler, se ravisa et tourna le dos pour prendre congé. Il avait besoin de réfléchir à ce qu'il venait d'apprendre. Le trésorier l'arrêta. « Attendez! Voici votre double du contrat. » Il lança les minces feuilles blanches qui vinrent choir sur le sol. Wingate les ramassa et sortit en silence.

Hartley l'attendait dans le couloir. « Comment t'en es-tu tiré, Hump?

— Pas tellement bien. Non, je ne veux pas en parler. Il faut que je réfléchisse. » Ils reprirent en silence le chemin qu'ils avaient emprunté pour venir et gagnèrent l'échelle qui donnait accès aux ponts inférieurs. A leur arrivée, un homme gravissait l'échelle, venant à leur rencontre. Wingate le considéra avec indifférence.

Puis son regard se porta sur lui une seconde fois. Soudain cette suite d'événements incroyables s'éclaira d'un jour nouveau; dans son soulagement il cria: « Sam!... Sam, sacré farceur! J'aurais dû reconnaître

votre manière. » Tout était clair à présent; Sam lui
avait fait le coup du faux enlèvement. Le patron était
probablement un copain de Sam — un officier de
réserve comme lui, peut-être — et ils avaient mani-
gancé la farce entre eux. La farce était plutôt amère;
mais il était trop soulagé pour éprouver de la colère.
N'empêche qu'il lui rendrait la monnaie de sa pièce,
d'une façon ou d'une autre, après avoir quitté Luna
City.

C'est à ce moment qu'il remarqua que Jones ne riait
pas du tout.

De plus, il était vêtu — chose parfaitement déraisonnable — de la salopette bleue des travailleurs sous
contrat. « Hump, disait-il, êtes-vous toujours ivre?

— Moi? pas du tout. Pourquoi...

— Nous sommes dans un joli pétrin, vous n'avez pas
l'air de vous en rendre compte.

— Bah... une farce est une farce, mais il est inutile
de la poursuivre plus longtemps. J'ai tout compris, vous
dis-je. Je ne vous en veux pas. La plaisanterie était
vraiment drôle.

— Drôle? répéta Jones amèrement. Ce n'était sans
doute qu'une farce, je suppose, lorsque vous m'avez
convaincu de signer le contrat.

— Je vous ai convaincu de signer le contrat, moi?

— Et comment! Vous saviez parfaitement de quoi
vous parliez. Vous prétendiez que nous pouvions signer,
passer un mois sur Vénus et rentrer. Vous étiez prêt à
parier. Alors nous nous sommes rendus aux docks et
nous avons signé. Sur le moment, l'idée nous paraissait
bonne... La seule façon de clore la discussion. »

Wingate siffla doucement. « Je veux bien être pendu...
Sam. Je n'ai pas le moindre souvenir de cet épisode. Je
devais être complètement dans le cigare avant de m'endormir pour de bon.

— C'est en effet ce que je crois. Dommage que vous
n'ayez pas perdu conscience plus tôt. Non pas que je
vous le reproche; vous ne m'avez pas traîné de force.

Quoi qu'il en soit, je m'en vais de ce pas tenter de réparer la gaffe.

— Attendez plutôt que je vous raconte ce qui m'est arrivé. Oh! pardon, j'oubliais de vous présenter... euh... Satchel Hartley. Un brave type. » Hartley était demeuré à proximité, indécis sur l'attitude à prendre; il s'avança et serra la main du nouveau venu.

Wingate mit Jones au courant des derniers événements et ajouta : « Vous voyez donc que vous avez peu de chances d'être bien accueilli. Je crains d'avoir mis les pieds dans le plat. Mais nous sommes certains de rompre le contrat sitôt que nous aurons pu nous faire entendre sur la seule question du délai.

— Que voulez-vous dire?

— Nous avons signé le contrat moins de douze heures avant le décollage du vaisseau. C'est contraire au Décret sur la Sécurité Spatiale.

— Oui... oui, je vois. La Lune est en son dernier quartier; ils ont dû décoller un peu après minuit pour prendre avantage de la situation favorable de la Terre. Je me demande quelle heure il pouvait bien être au moment de notre signature? »

Wingate produisit son double de contrat. Le tampon notarial portait onze heures trente-deux. « Magnifique! cria-t-il. Je savais bien qu'il y avait une paille quelque part. Ce contrat est nul et non avenu; cela crève les yeux! Le livre de bord du vaisseau le prouvera. »

Jones étudia le document. « Regardez encore », dit-il. Wingate obéit. Le tampon portait onze heures trente-deux, mais du matin et non du soir.

« Mais c'est impossible! protesta-t-il.

— Naturellement. Mais c'est officiel. Nous finirons par découvrir que nous avons signé le matin, touché notre prime et tiré une sensationnelle bordée avant d'être transportés à bord. Il me semble, j'en ai vaguement souvenance, avoir éprouvé quelque difficulté à persuader le recruteur de nous enrôler. Nous l'avons peut-être convaincu en lui glissant notre prime dans la main.

— Mais nous n'avons pas signé le matin. Ce n'est pas vrai et je puis le prouver.

— Sans doute vous pouvez le prouver... *mais comment y parviendrez-vous sans revenir d'abord sur la Terre?*

— Voici comment je vois les choses, dit Jones après quelques minutes de discussion sans résultat. Il serait vain de chercher à rompre nos contrats dès à présent; on nous rirait au nez. Ce qu'il faut, c'est faire parler l'argent et le faire parler haut et clair. Je ne vois pas d'autre manière de nous faire débarquer à Luna City que de déposer à la banque de la compagnie une caution non négociable... en espèces, la forte somme quoi.

— De quel ordre?

— Dans les vingt mille crédits au moins.

— Mais cela n'a rien d'équitable. C'est complètement disproportionné.

— Ne m'échauffez pas les oreilles avec l'équité, voulez-vous? Ne voyez-vous pas qu'ils nous tiennent par l'endroit où nous avons le poil court? Il ne s'agira pas d'une caution déterminée par un arrêt de tribunal; il faut qu'elle soit suffisamment importante pour amener un officier subalterne de la compagnie à risquer une action qui ne soit pas prévue par les règlements.

— Il m'est impossible de réunir une telle somme.

— Ne vous faites pas de souci pour cela. Je m'en charge. »

Wingate aurait voulu se récrier, mais il n'en fit rien. Il est des moments où il est fort utile de posséder un ami riche.

« Il faut que je fasse parvenir un radiogramme à ma sœur, poursuivit Jones, pour qu'elle se charge de l'opération...

— Pourquoi votre sœur et pas les juristes de votre famille?

232

— Parce qu'il faut agir vite. Les hommes de loi qui gèrent nos finances familiales feraient des tas d'histoires et des pieds et des mains pour tenter d'obtenir une confirmation du message. Ils enverraient un télégramme au capitaine pour lui demander si Sam Houston Jones se trouve bien à bord; or, il répondrait non, car j'ai signé sous le nom de Sam Jones. Par égards pour la famille, je m'étais dit qu'il valait mieux que mon nom ne fût pas prononcé dans les émissions d'information.

— Vous ne pouvez leur en vouloir », protesta Wingate, éprouvant une obscure solidarité de clan avec ses collègues juristes, « ils ont la responsabilité de l'argent d'autrui.

— Je ne leur en veux pas. Mais il faut que tout se fasse très vite et ma sœur fera ce que je lui demande. Je rédigerai le message de telle sorte qu'elle saura immédiatement qu'il est de moi. La seule difficulté consiste à persuader le trésorier de me laisser expédier un message par télescripteur. »

Il s'absenta un long moment pour accomplir cette mission. Hartley attendit avec Wingate, à la fois pour lui tenir compagnie et en raison de cet attrait puissant que l'homme éprouve toujours pour les événements insolites. Lorsque Jones finit par réapparaître, il portait sur le visage une expression de contrariété. Ce que voyant, Wingate éprouva aussitôt une appréhension réfrigérante. « N'auriez-vous pas pu l'expédier? Ne vous l'a-t-il pas permis?

— Si, il a fini par y consentir, admit Jones, mais ce trésorier, ce qu'il peut être dur à la détente! »

Même sans le tintement des gongs d'alarme, Wingate n'aurait pas manqué de s'apercevoir, par l'intensité de ses sensations, que le vaisseau venait de se poser à Luna City. Le passage soudain de la décélération à haute gravité qui avait précédé leur approche à la faible pesanteur de surface sur la Lune — le sixième de la gravité terrestre — se répercuta immédiatement sur son

estomac malmené. Fort heureusement, il avait peu mangé. Hartley et Jones étaient des hommes de l'espace
profond et considéraient qu'une accélération suffisante
pour permettre une déglutition normale convenait parfaitement à tous leurs besoins. Il existe un curieux manque
de sympathie entre ceux qui sont sujet au mal de
l'espace et ceux qui sont immunisés contre lui. Pour
quelle raison le spectacle d'un homme en proie aux
affres de la régurgitation, à demi suffocant, les yeux
ruisselants de larmes, l'estomac tordu par un spasme
atroce, peut-il sembler comique? Mystère. Mais le fait
est là. La race humaine se trouve divisée en deux
groupes distincts qui professent l'un à l'égard de l'autre
une antipathie caractérisée... mépris amusé d'un côté,
haine impuissante et homicide de l'autre.

Ni Hartley ni Jones ne possédaient le sadisme instinc-
tif qui se manifeste trop souvent en de semblables
occasions — par exemple cet homme d'esprit qui suggè-
re le porc salé comme remède infaillible — mais n'é-
prouvant eux-mêmes aucun inconfort, ils étaient simplement incapables de comprendre (pour avoir oublié l'ago-
nie endurée à leurs débuts) que Wingate connaissait des
« souffrances pires que la mort » — bien pires, car elles
semblaient se distendre tout au long d'une véritable
éternité par l'effet d'une distorsion temporelle que connaissent seules les victimes du mal de l'espace, du mal
de mer et (on nous l'a affirmé) les fumeurs de haschich.

En fait, l'arrêt sur la Lune ne durait pas même
quatre heures. Vers la fin de cet intervalle, l'état de
Wingate s'était suffisamment amélioré pour lui permettre de s'intéresser de nouveau à la réponse attendue au
message de Jones, particulièrement depuis le moment
où ce dernier lui avait assuré qu'il lui serait possible
d'accomplir son stage sous caution à Luna City, dans
un hôtel équipé d'une centrifugeuse.

Mais la réponse tardait à venir. Jones s'était attendu
à recevoir des nouvelles de sa sœur en moins d'une
heure, peut-être même avant que l'*Evening Star* eût pris

son terrain aux docks de Luna City. A mesure que s'écoulaient les heures, il s'était rendu fort impopulaire dans la salle de radio par ses questions répétées. Un employé surmené venait de l'éconduire avec brusquerie pour la dix-septième fois, lorsqu'il entendit retentir l'alarme annonçant le proche décollage du vaisseau; il revint sur ses pas et dut avouer à Wingate que son plan avait apparemment échoué.

« Bien sûr, il nous reste encore dix minutes, termina-t-il d'un ton d'où tout espoir avait disparu. Si jamais le message arrivait avant le décollage, le capitaine pourrait encore nous débarquer à la dernière minute. Je vais retourner à la cabine radio et les harceler jusqu'à la toute dernière extrémité. Mais les chances me semblent bien minces à présent.

— Dix minutes..., dit Wingate. Ne pourrions-nous pas trouver un moyen pour nous faufiler à l'extérieur et prendre nos jambes à notre cou? »

Jones prit un air exaspéré. « Avez-vous jamais tenté de courir dans le vide absolu? »

Wingate n'eut pas beaucoup de temps pour se ronger les sangs durant le parcours de Luna City à Vénus. Il apprit beaucoup sur l'entretien et le nettoyage des salles d'eau et passait dix heures par jour à parfaire son nouvel entraînement. Les sergents de semaine ont la mémoire longue.

L'*Evening Star* franchit les limites des communications vaisseau-Terre peu après avoir quitté Luna City; il n'y avait plus rien à faire qu'attendre jusqu'à l'arrivée à Adonis, port spatial de la colonie polaire du nord. La radio de la Compagnie en cet endroit était suffisamment puissante pour demeurer en communication permanente, sauf pendant les soixante jours que durait la conjonction supérieure et une période plus courte d'interférence solaire, dans la conjonction inférieure. « On nous attendra probablement à notre descente de vaisseau avec un ordre d'élargissement, déclara Jones à Wingate, et nous rentrerons par l'*Evening Star,* lorsqu'il effectuera son voyage de retour... mais en première classe, cette fois. Au pire, nous devrons attendre le *Morning Star.* Ce ne sera pas tellement pénible, une fois que j'aurai fait transférer quelques crédits; nous pourrions passer ce stage à Vénusburg.

— Vous y êtes sans doute descendu au cours de votre croisière », dit Wingate dont la voix laissa transparaître une certaine curiosité. Il n'avait rien d'un sybarite, mais la réputation de licence de la plus infâme, ou la plus fameuse — selon l'estimation de chacun — ville de plaisir des trois planètes suffisait à éveiller l'imagination du moins hédoniste des hommes.

« Non... malheureusement, répondit Jones. Pendant tout ce temps, je faisais partie d'une commission d'inspection de la coque. Certains de mes camarades de mess y sont allés... Eh bien, mon vieux! » Il fit entendre un léger sifflement et secoua la tête.

Mais nul n'attendait leur arrivée et il n'y avait aucun message à leur adresse. De nouveau ils hantèrent les abords de la salle des transmissions jusqu'au moment où ils reçurent l'ordre impérieux et officiel de regagner leurs quartiers et de se préparer à débarquer, « ... et de faire vite ».

« Je vous reverrai dans les baraquements de réception, Hump », furent les derniers mots de Jones avant de se hâter vers son propre compartiment.

Le sergent de semaine, responsable du compartiment où Hartley et Wingate étaient logés, aligna ses subordonnés sur deux rangs approximatifs et, lorsqu'il en eut reçu l'ordre par le canal du haut-parleur du vaisseau, les conduisit par le couloir central et les fit descendre quatre ponts plus bas, au panneau d'accès inférieur des passagers. Il était déjà ouvert. Ils s'engagèrent dans le sas et quittèrent le vaisseau... non pas à l'air libre de Vénus, mais dans un tunnel fait de plaques métalliques et long de cinquante mètres qui le reliait à un bâtiment.

L'atmosphère dans l'intérieur du tunnel était encore âcre de l'antiseptique atomisé qu'on avait répandu à l'intérieur, mais pour Wingate elle paraissait néanmoins fraîche et stimulante après l'air confiné et perpétuellement recyclé que l'on respirait à bord du transport. Cette circonstance s'ajoutant à la gravité de surface régnant sur Vénus — les cinq-sixièmes de la pesanteur terrestre — suffisamment importante pour prévenir les nausées et cependant assez basse pour donner une impression de légèreté et de force, tout cela se combinait pour lui insuffler un optimisme irraisonné, une sorte de dynamisme agressif.

Le tunnel débouchait dans une pièce de dimensions moyennes, sans fenêtres, mais brillamment illuminée, sans éblouir, par un éclairage indirect. Elle ne comportait aucun meuble.

« Section... *Halte!* » commanda le sergent de semaine, sur quoi il tendit une liasse de papiers à un homme frêle, un bureaucrate, sans doute, qui se tenait debout près d'une porte intérieure. L'homme étudia les papiers, compta le nombre d'hommes composant le détachement, puis signa une feuille, qu'il rendit au sous-officier; celui-ci s'en saisit et regagna le vaisseau à travers le tunnel.

Le bureaucrate se tourna vers les immigrants. Il était vêtu, Wingate le remarqua aussitôt, d'un short extrêmement court, à peine plus grand qu'un slip, et son corps entier, ses pieds mêmes étaient légèrement hâlés. « Maintenant, dit-il d'une voix douce, dépouillez vos vêtements et déposez-les dans le convoyeur. » Il indiqua un dispositif fixé au mur.

« Pourquoi? » s'enquit Wingate. Son attitude était dépourvue d'animosité, mais il ne fit pas le moindre geste pour obéir.

« Voyons », lui fut-il répondu, toujours avec douceur mais avec une trace de contrariété, « ne discutez pas. C'est pour votre bien. Nous ne pouvons nous permettre d'importer des maladies. »

Wingate ravala une réplique et fit coulisser la fermeture de sa salopette. Plusieurs de ses compagnons, qui s'étaient immobilisés pour attendre la suite des événements, imitèrent son exemple. Salopettes, chaussures, sous-vêtements, chaussettes, tout fut déposé dans le dispositif. « Suivez-moi », dit leur guide.

Dans la pièce suivante, le troupeau nu se trouva confronté avec quatre « barbiers » armés de tondeuses électriques et de gants de caoutchouc qui se mirent en devoir de les tondre à ras. De nouveau Wingate fut sur le point de discuter, mais décida que le jeu n'en valait pas la chandelle. Mais il se demanda si les recrues féminines étaient soumises à des règles de quarantaine aussi draconiennes. Ce serait une honte, lui semblait-il, de sacrifier une belle chevelure qui avait mis vingt ans à pousser.

La pièce suivante était la salle de douches. Un rideau de pluie fine et chaude barrait complètement le local. Wingate s'y engagea sans la moindre réticence et même avec empressement, et se livra aux délices du premier bain véritable qu'il eût savouré depuis son départ de la Terre. Ils disposaient à profusion d'un savon liquide vert, fort et odorant, mais qui moussait abondamment. Une demi-douzaine de préposés, vêtus aussi sommairement que leur guide, se tenaient de l'autre côté du mur liquide et veillaient à ce que le détachement demeurât sous la douche durant le temps prescrit et se frictionnât vigoureusement. En certaines occasions ils émettaient des suggestions hautement personnelles visant à un récurage plus poussé. Chacun d'eux portait fixée à sa ceinture une croix rouge sur fond blanc, ce qui justifiait son comportement.

Un courant d'air chaud, dans le couloir de sortie, les sécha rapidement et complètement.

« Arrêtez-vous .» Wingate obéit; l'infirmier ennuyé qui venait de parler passa sur le bras de Wingate un tampon dont le contact lui donna une sensation de froid, puis gratta l'endroit intéressé. « C'est tout, avancez. » Wingate vint prendre place au bout de la queue qui s'étendait devant la table suivante. L'opération fut répétée sur l'autre bras. Lorsqu'il eut atteint l'autre extrémité de la salle, la surface extérieure de chacun de ses bras était couverte de petites éraflures, plus de vingt en tout.

« A quoi rime tout cela? » demanda-t-il au secrétaire d'hôpital qui se tenait à l'extrémité de la ligne et venait de compter ses griffures après avoir vérifié son nom sur une liste.

« Essais épidermiques... pour vérifier votre résistance et votre immunité.

— Résistance à quoi?

— A tout. Aux maladies à la fois terrestres et vénusiennes. Celles-ci sont en majorité de caractère fongoïde. Circulez, vous immobilisez la file. » Il obtint plus tard de plus amples renseignements. Il fallait de deux à trois semaines pour adapter le Terrestre ordinaire aux conditions vénusiennes. Jusqu'au moment où cette adaptation était complète et l'immunité assurée contre les nouveaux dangers d'une autre planète, c'était littéralement la mort qui planait sur l'homme de la Terre qui s'exposait la peau et surtout les muqueuses aux assauts des voraces et invisibles parasites qui grouillaient à la surface de Vénus.

La lutte sans répit qui oppose la vie à la vie et qui constitue la caractéristique essentielle de cette même vie partout où elle se manifeste, se déroule avec une intensité particulière dans les conditions de métabolisme élevé qui règnent dans les jungles fumantes de Vénus. Les bactériophages en général, qui ont presque radicalement éliminé les maladies causées par les micro-organismes pathogènes terrestres, se révélèrent, au prix d'une modification subtile, des agents puissants contre les affections correspondantes mais cependant différentes de Vénus. Pour les champignons affamés, c'était une tout autre histoire.

Imaginez la pire des affections cutanées du type

239

fongoïde que vous ayez jamais rencontrée : l'impétigo ou autre. Ajoutez à cela l'idée que vous vous faites de la moisissure, de la pourriture, de la corruption, de champignons se nourrissant sur la putréfaction. Puis imaginez que le processus se trouve accéléré, qu'il grouille et se développe sous vos yeux, qu'il s'attaque à vos prunelles, à vos aisselles, aux muqueuses humides de la bouche, se répande dans vos poumons.

La première expédition qui prit pied sur Vénus fut entièrement perdue. La seconde comptait parmi ses membres un chirurgien suffisamment doué d'imagination pour avoir pensé à emporter ce qui paraissait être une ample provision d'acide salicylique et de salicylate de mercure en même temps qu'un petit radiateur à rayons ultraviolets. Trois d'entre eux en réchappèrent.

Mais une colonisation permanente consiste à s'adapter à un environnement donné et non point à s'en isoler. Luna City peut être cité comme un cas qui met cette proposition en défaut, mais ce n'est vrai que superficiellement. S'il est exact que les « lunatiques » dépendent absolument de leur bulle d'air grosse comme une ville, hermétiquement close, Luna City n'est pas une colonie qui se suffit à elle-même; c'est tout au plus un avant-poste utile dans son rôle de station pour l'extraction des minerais, d'observatoire, d'escale de ravitaillement au-delà de la partie la plus dense du champ gravitationnel terrestre.

Vénus est une colonie. Les colons respirent l'air de Vénus, consomment les aliments que produit la planète, et exposent leur épiderme à son climat et à ses dangers naturels. Seules les froides régions polaires — à peu près équivalentes en conditions climatiques à la jungle amazonienne par un jour de forte chaleur, durant la saison des pluies — sont vivables pour des gens venus de la Terre, mais là, ils pataugent pieds nus sur le sol marécageux dans un véritable équilibre écologique.

Wingate consomma le repas qui lui fut offert satisfaisant dans l'ensemble bien que servi grossièrement et fade, sauf le melon aigre-doux de Vénus, et la tranche qu'il en dégusta aurait atteint dans un restaurant pour gourmets de Chicago l'équivalent du budget hebdomadairement consacré à la nourriture chez une famille de classe moyenne — puis alla reconnaître l'endroit que lui assignait son billet de logement. Après cela il tenta de retrouver Sam Houston Jones. Mais il ne vit aucun signe de lui parmi les autres travailleurs, ni personne qui se souvînt de l'avoir vu. L'un des employés permanents de la station de conditionnement lui conseilla d'interroger le secrétaire de l'administrateur. Ce qu'il fit de cette manière affable dont il avait appris qu'il est prudent de faire usage lorsqu'on s'adresse à des fonctionnaires subalternes.

« Revenez dans la matinée. Les listes seront affichées.

— Je vous remercie monsieur. Excusez-moi de vous avoir dérangé, mais je ne puis le trouver et j'avais peur qu'il fût souffrant. Pourriez-vous me dire s'il se trouve sur la liste des malades?

— Attendez... » Le secrétaire compulsa ses dossiers. « Hmm... vous dites qu'il se trouvait à bord de l'*Evening Star?*

— Oui, monsieur.

— Eh bien, il n'y figure pas... hmm... non... Oh pardon, le voici. Il n'a pas débarqué ici.

— Vous dites?

— Il a poursuivi à bord de l'*Evening Star,* jusqu'à New Auckland, au pôle sud. Il est indiqué comme aide-machiniste. Si vous m'aviez précisé ce point, je vous aurais répondu immédiatement. Tous les métallurgistes de ce contingent ont été envoyés travailler sur la nouvelle centrale du sud. »

Au bout d'un moment Wingate eut suffisamment rassemblé ses esprits pour murmurer : « Excusez-moi de vous avoir dérangé et merci encore.

Je vous en prie. » Le secrétaire tourna le dos.

La colonie du pôle sud! murmura-t-il tout bas. La colonie du pôle sud, son unique ami à vingt mille kilomètres de là! Alors Wingate se sentit seul, seul et pris au piège, abandonné. Durant le bref intervalle qui s'était écoulé entre le moment où il avait pénétré dans le transport et celui où il avait découvert que Jones s'y trouvait également, il n'avait pas eu le temps d'apprécier pleinement son infortune, de même qu'il n'avait pas perdu cete arrogance que lui donnait le sentiment d'appartenir à une classe supérieure, ni la conviction intime que la mésaventure ne pouvait être bien grave... ce sont des choses qui n'arrivent pas aux gens bien, aux gens que l'on connaît!

Mais dans l'intervalle, sa dignité avait subi de tels assauts (le sergent-chef en prit sa bonne part) qu'il n'était plus très sûr désormais d'être à l'abri des traitements injustes et arbitraires. Mais à présent qu'il était rasé et baigné, bon gré mal gré, dépouillé de ses vêtements et revêtu d'un pagne restreint en forme de harnais, transporté à des millions de kilomètres de son moule social, soumis à la discrétion de personnes indifférentes à ses sentiments et qui prétendaient exercer un contrôle légal sur ses actions, et enfin, pour comble de malheur, séparé cruellement du seul être humain qui lui avait insufflé courage, espoir et accordé son soutien, il se rendit enfin compte avec une lucidité à lui glacer le sang que tout pouvait lui arriver, à *lui* Humphrey Belmont Wingate, juriste apprécié et membre de tous les clubs comme il faut.

« Wingate!
— C'est vous qu'on appelle, mon vieux. Entrez, ne les faites pas attendre. » Wingate se fraya un passage dans l'entrée et se trouva dans une pièce assez encombrée. Une trentaine d'hommes étaient assis autour de la salle. Près d'une porte un employé était assis, s'affairant sur des papiers. Un individu aux gestes alertes se tenait dans l'espace vide entre les sièges, près d'une estrade basse sur laquelle était concentrée toute la lumière de la

242

pièce. L'employé de la porte leva les yeux : « Montez là-dessus afin qu'on puisse vous voir », dit-il en pointant un stylo vers l'estrade.

Wingate s'avança et fit ce qu'on lui demandait, clignant des yeux sous la lumière éblouissante. « Contrat numéro 482-23-06, lut l'employé, Humphrey Wingate, technicien radio non diplômé, salaire échelon six-D, contrat à présent disponible pour affectation. » Il avait fallu trois semaines pour le mettre en condition, trois semaines sans un mot de Jones. Il avait passé ses tests d'exposition sans contracter d'infection; il était sur le point d'entrer dans la période active de son engagement. L'homme aux gestes alertes prit la parole, sitôt les derniers mots de l'employé prononcés :

« Messieurs les patrons, je vous prie... nous vous présentons ici un homme exceptionnellement prometteur. J'ose à peine vous répéter les coefficients qu'il a obtenus pour son intelligence, sa faculté d'adaptation, et ses tests d'information générale. En fait je ne vous en dirai rien, si ce n'est que l'Administration a émis une offre de mille crédits. Mais il serait dommage d'employer un tel « client » pour le travail routinier d'administration, lorsque nous avons un tel besoin d'éléments de valeur pour tirer des ressources des régions incultes. J'irai même jusqu'à dire que l'heureux enchérisseur qui obtiendra les services de ce « client » l'aura promu contremaître en moins d'un mois. Mais veuillez l'examiner par vous-mêmes, parlez-lui et constatez *de visu.* »

L'employé murmura quelque chose à l'homme alerte. Celui-ci inclina la tête et ajouta : « On me demande de vous avertir, messieurs les patrons, que suivant la tradition ce « client » a donné sa démission avec préavis de deux semaines, sous réserve bien entendu de tous droits. » Il émit un rire jovial et abaissa d'un air coquin un sourcil, comme si derrière sa remarque se cachait une énorme plaisanterie. Nul ne prêta la moindre attention à l'annonce; dans une mesure limitée, Wingate goûta, si l'on peut dire, le sel de la plaisanterie. Il avait

243

donné sa démission le lendemain du jour où il avait découvert que Jones avait été expédié à la colonie du pôle sud; il s'était aperçu d'autre part que s'il était libre en théorie de s'en aller, c'était une liberté qui lui permettait de mourir de faim sur Vénus, à moins de travailler pour rembourser sa prime et son voyage d'aller et retour.

Plusieurs des patrons se rassemblèrent autour de l'estrade et l'examinèrent des pieds à la tête en donnant leurs appréciations à haute voix. « Pas tellement musclé. » « Enchérir sur ces types dessalés? Ça ne m'intéresse pas tellement. Rien de tel pour vous causer des ennuis. » « Sans doute, mais un " client " stupide ne rapporte même pas ses frais d'entretien. » « Que sait-il faire? Je vais jeter un coup d'œil sur ses antécédents. » Ils s'approchèrent du bureau de l'employé et se plongèrent dans l'examen des nombreux tests et examens que Wingate avait subis au cours de sa période de quarantaine. Tous, sauf un individu aux petits yeux en vrille qui s'approcha subrepticement de Wingate et posa un pied sur l'estrade pour lui chuchoter confidentiellement :

« Toutes ces paperasses ne sont que du vent, mon gars. Parlez-moi de vous-même.

— Il n'y a pas grand-chose à dire.

— Débondez-vous, voyons. Vous vous plairez chez moi. Vous y serez comme à la maison... je mets un « crocodile » gratuitement à la disposition de mes gars pour se rendre à Vénusburg. Avez-vous déjà dirigé des nègres?

— Non.

— Après tout, les indigènes ne sont pas des nègres, sauf manière de parler. Vous m'avez l'air capable de mener une équipe. Avez-vous un peu de pratique?

— Guère.

— Vous êtes peut-être modeste. J'aime les gens qui savent tenir leur langue. Et je suis aimé de mes gars. Je ne permets jamais à mon intendant de grapiller des ristournes.

— Non, intervint un autre patron qui était revenu sur le bord de l'estrade, «vous vous réservez ce soin, Rigsbee.

— Occupez-vous de ce qui vous regarde, Van Huysen!»

Le nouveau venu, homme entre deux âges, à la lourde carrure, ignora l'autre et s'adressa directement à Wingate. «Vous avez donné votre démission. Pourquoi?

— Je me trouve ici à la suite d'une méprise. J'étais ivre.

— Feriez-vous honnêtement votre travail dans l'intervalle?

Wingate réfléchit. «Oui», dit-il enfin. L'homme trapu inclina la tête et regagna lourdement sa chaise où il installa avec soin sa masse épaisse en relevant sa ceinture.

Lorsque tout le monde fut assis, l'homme aux manières alertes qui faisait fonction de commissaire-priseur annonça gaiement : « Et maintenant, messieurs, si vous en avez terminé, voyons si l'un de vous serait disposé à lancer une première enchère sur ce contrat. Je voudrais bien avoir les moyens de me l'offrir comme assistant, je vous en donne ma parole! Alors... Qui lance la première enchère?

— Six cents!

— Je vous en prie, patrons! Je crains que vous ne m'ayez pas entendu. La mise à prix est de mille crédits!

— Je crois que vous plaisantez. C'est un endormi. »

L'agent de la compagnie leva les sourcils. « Je suis désolé. Mais je serai contraint de demander au client de descendre de l'estrade. »

Mais avant que Wingate ait eu le temps d'obtempérer une autre voix annonça : « Mille crédits!

— Voilà qui est mieux, s'exclama l'agent. Je savais bien que vous ne laisseriez pas échapper une occasion exceptionnelle. Mais un vaisseau ne peut voler avec un seul réacteur. N'ai-je pas entendu onze cents? Allons messieurs les patrons, vous ne ferez jamais fortune sans « clients ». Qui dit...

— Onze cents!

— Patron Rigsbee onze cents! Pour ce prix il ferait une véritable affaire. Mais je doute fort que vous l'emportiez. Qui dit douze cents? »

L'homme à la lourde carrure leva le pouce. « Douze cents de la part du patron Van Huysen. Je vois que j'ai commis une erreur et que je vous fais perdre votre temps; les enchères ne seront plus désormais inférieures à deux cents. Qui dit quatorze cents? Quatorze cents? Douze cents une fois... Douze cents deux...

— Quatorze cents, dit Rigsbee d'un ton maussade.

— Dix-sept cents, renchérit Van Huysen immédiatement.

— Dix-huit cents, riposta Rigsbee.

— Non, dit l'agent, pas d'enchères inférieures à deux cents je vous prie.

— Eh bien soit, tonnerre de sort! Dix-neuf cents!

— Dix-neuf cents, qui dit mieux? C'est un chiffre malaisé à écrire; qui dira deux mille cent? » Van Huysen leva de nouveau le pouce. « Deux mille cent! Il faut de l'argent pour produire de l'argent. Qui dit mieux? Qui dit mieux? » Il prit un temps. « Deux mille cent une fois... deux mille cent deux fois. Allez-vous donc abandonner la lutte aussi facilement, patron Rigsbee?

— Van Huysen est un... » Le reste fut murmuré de façon trop indistincte pour être audible.

« Je vous donne encore une chance, messieurs. Une fois, deux fois, *trois fois*... » Il fit claquer vigoureusement ses paumes. « Vendu au patron Van Huysen pour la somme de deux mille cent crédits. Félicitations monsieur, vous avez fait là une excellente affaire. »

Wingate suivit son nouveau maître jusqu'à la porte extérieure. Ils furent interceptés dans le couloir par Rigsbee. « C'est bon, Van, Vous vous êtes payé un caprice. Maintenant je vous offre deux mille. Cela réduira vos pertes.

— Écartez-vous de ma route.

— Ne faites par l'idiot. Ce n'est pas une affaire pour

vous. Vous ne savez pas faire suer le pagne. Moi si. »
Van Huysen l'ignora et poursuivit son chemin. Wingate
le suivit dans la bruine tiède jusqu'au parc où les
crocodiles d'acier étaient alignés en rangées parallèles.
Van Huysen s'arrêta auprès d'un Remington de dix
mètres. « Montez! »

La longue caisse du crocodile était chargée jusqu'à la
ligne limite des provisions que Van Huysen avait achetées à la base. Affalés sur la bâche qui recouvrait le
chargement se trouvaient une douzaine d'hommes. L'un
d'eux fit un mouvement lorsque Wingate franchit le
bas-flanc. « Hump! C'est toi, Hump! »

C'était Hartley. Wingate fut surpris de la vague
d'émotion qui l'envahit. Il étreignit la main de Hartley
et ils échangèrent un flot d'insultes amicales. « Ohé les
gars », s'écria Hartley, « je vous présente Hump Wingate. C'est un type bien. Voilà la petite bande, Hump.
C'est Jimmie qui se trouve immédiatement derrière toi.
C'est lui qui conduit le vélocipède. »

L'homme ainsi désigné adressa à Wingate un hoche-
ment de tête chaleureux et alla prendre place sur le
siège de l'opérateur. Sur un signe de Van Huysen qui
avait installé sa masse dans la petite cabine couverte, à
l'arrière, il tira sur les deux leviers de commande et le
crocodile s'éloigna sur ses chenilles, cliquetant et calpo-
tant dans la boue.

Trois des six occupants de la caisse étaient des vété-
rans, y compris Jimmie, le conducteur. Ils étaient venus
pour transborder le fret, les produits de la ferme que le
patron avait amenés au marché et embarquer les provisions qu'il avait achetées pour remporter. Van Huysen
avait acheté les contrats de deux autres « clients », outre
ceux de Wingate et de Hartley. Wingate les reconnut
pour les avoir aperçus à bord de l'*Evening Star* ainsi
qu'au bureau d'affectation et à la station de conditionnement. Ils paraissaient quelque peu déprimés, ce que
Wingate comprenait aisément, mais les hommes du
ranch semblaient de fort belle humeur. Apparemment

ils considéraient cette course en ville comme une véritable sortie. Ils se prélassaient sur la bâche et passaient le temps à bavarder et à faire connaissance avec les nouveaux venus.

Mais ils s'abstenaient de toute question indiscrète. Aucun « client » du service du travail sur Vénus ne s'avisait jamais d'interroger quiconque sur ce qu'il était avant de souscrire un contrat à la Compagnie, lorsqu'il ne prenait pas lui-même l'initiative de fournir ce renseignement. Cela « ne se faisait pas ».

Peu de temps après avoir quitté les abords d'Adonis, le véhicule s'engagea sur une pente, ferrailla sur une rive basse et se jeta comme une souche dans l'eau. Van Huysen releva une fenêtre s'ouvrant dans la cloison séparant la cabine de la caisse et cria : « Tête de pioche! Combien de fois faudra-t-il vous répéter de pénétrer dans l'eau doucement?

— Excusez-moi, patron, J'ai raté la manœuvre.

— Tâchez d'ouvrir l'œil, sinon je prendrai un nouveau conducteur! » Il referma la fenêtre avec violence. Jimmie jeta un regard circulaire autour de lui et cligna un œil complice; il avait de quoi occuper ses mains; le marécage qu'ils traversaient semblait être la terre ferme, tellement était dense la végétation pourrissante. Le crocodile fonctionnait à présent comme un bateau, les larges sculptures des chenilles agissant comme des aubes. La proue en forme de coin écartait sur son passage les taillis et les hautes herbes du marais et renversait les petits arbres. De temps à autre les plaques des chenilles mordaient dans la boue d'un haut-fond, et l'engin, progressant sur une langue de limon, reprenait temporairement sa fonction de véhicule terrestre. Les mains fines et nerveuses de Jimmie se déplaçaient constamment sur les commandes, évitant les plus gros arbres et cherchant continuellement la voie la plus facile et la plus directe, tandis qu'il partageait son attention entre le terrain et la boussole du crocodile.

Bientôt la conversation languit et l'un des ouvriers du

ranch se mit à chanter. Il possédait une voix passable de ténor, et il fut bientôt rejoint par les autres. Wingate se surprit à chanter les refrains au fur et à mesure qu'il les apprenait. Ils chantèrent *Livre de paie*, et *Depuis que l'intendant a rencontré ma cousine*, puis une chose funèbre appelée *On l'a trouvé dans la brousse*. Mais une chanson de caractère léger suivit : *La nuit où la pluie s'arrêta de tomber*, qui comportait, semblait-il, une interminable suite de vers narrant divers événements improbables qui se seraient produits à cette occasion.

Jimmie récolta des applaudissements nourris et un accompagnement enthousiaste aux refrains d'une chanson intitulée *La rouquine de Vénusburg*, mais Wingate la trouva d'une inexcusable vulgarité. Il n'eut d'ailleurs pas le temps de s'appesantir sur la question, car elle fut suivie par une chanson qui la chassa bientôt de son esprit.

Le ténor débuta lentement, *mezza voce*. Les autres chantaient les refrains en chœur pendant qu'il reprenait son souffle... tous, sauf Wingate. Il était silencieux et profondément pensif. Au second couplet le ténor se tut et les autres chantèrent à sa place.

Vous donnez votre empreinte et vous signez votre nom.
(Allons! Allons!)
Ils vous paient votre prime et vous noyez votre honte.
(Maudit ce jour! Maudit ce jour!)
Ils vous débarquent à Ellis Isle et vous logent dans un poulailler.
Ils n'ont pas remboursé leur prime, ils signeront un nouveau contrat.
(Ils sont coincés, ils sont coincés!)
Mais moi j'économiserai l'argent de ma prime et de mon billet de retour.
(Que tu dis! Que tu dis!)
Alors tu me verras partir par le prochain vaisseau.

(Vienne ce jour! Vienne ce jour!)
Oh! ce genre d'histoire, nous l'avons entendu mille et
une fois,
Nous ne voudrions pas te dire que tu mens mais [nous
aimerions voir comme tu ty' prendras.
Nous te retrouverons à Vénusburg à boire ta paye...
(Parlé lentement) *Et ce n'est pas encore cette fois*
que tu rembourseras ta prime.
(Allons viens!)

Wingate se trouva envahi par un sentiment de dépression que n'expliquaient pas entièrement la bruine tiède, le paysage morne ni le linceul de brouillard pâle qui tient lieu invariablement sur Vénus de ciel ouvert. Il se retira à l'écart dans un coin de la caisse où il demeura seul jusqu'au moment où, beaucoup plus tard, Jimmie cria : « Lumières à l'avant! »

Wingate se pencha au-dehors et tendit ardemment les yeux vers sa nouvelle demeure.

Quatre semaines et toujours pas le moindre mot de Sam Houston Jones. Vénus avait accompli une révolution sur son axe, l' « hiver » vénusien long d'une quinzaine de jours avait laissé la place à un « été » également court qui eût été impossible à distinguer de l' « hiver » sans la pluie qui était un peu plus dense et un peu plus chaude... et maintenant l'hiver était de nouveau revenu. Le ranch de Van Huysen, se trouvant à proximité du pôle, n'était, de même que la plupart des régions habitables de Vénus, jamais dans l'obscurité. La perpétuelle couche de nuages épaisse de plusieurs kilomètres tempérait la lumière du soleil bas durant la longue journée, de même qu'elle retenait la chaleur de l'horizon pour produire un crépuscule continuel durant les périodes de deux semaines qui constituaient officiellement « la nuit » ou l' « hiver ».

Quatre semaines et pas un seul mot. Quatre semaines

et pas de soleil, pas de lune, pas d'étoiles, pas d'aube. Pas de brise fraîche et pure du matin, pas de soleil de midi pour accélérer le pouls de la vie, rien, rien du tout pour distinguer une heure morne et poisseuse de la suivante si ce n'est le cycle routinier du sommeil, du travail, des repas et de nouveau du sommeil — rien que cette nostalgie grandissante dans son cœur pour les ciels bleus et frais de la Terre.

Il s'était conformé à la coutume invariable qui veut que les nouveaux arrivants offrent une tournée d'honneur aux autres « clients » et il avait donné sa signature au contremaître pour obtenir de l'eau de bonheur — du *rhira* — à cet effet, pour s'apercevoir un peu plus tard, en signant le registre de paie, que son geste de camaraderie lui avait coûté quatre nouveaux mois de délai avant de pouvoir quitter légalement son « emploi ». Après quoi il avait juré de ne plus jamais signer de billet, abandonné la perspective de courtes permissions à Vénusburg afin d'économiser tous les crédits possibles pour rembourser sa prime et ses frais de transport.

Après quoi, il s'était aperçu que cette boisson légèrement alcoolisée n'était ni un vice ni un luxe, mais une nécessité, aussi indispensable à la vie humaine sur Vénus que le sont les rayons ultraviolets dans tous les systèmes d'éclairage coloniaux. Elle ne produisait aucune ivresse, mais vous donnait le cœur léger, chassait les soucis, et sans elle, il était impossible de trouver le sommeil. Trois nuits passées à récriminer contre lui-même et à s'agiter, trois jours à ne rien faire d'utile sous l'œil dur de l'intendant avec la fatigue qui agit sur l'organisme comme une drogue, et il avait donné comme le reste sa signature en échange de la bouteille, dont le prix, il s'en rendait vaguement compte, avait englouti plus qu'à moitié le microscopique progrès accompli vers la liberté, au cours de la journée.

On ne lui avait pas davantage confié un poste à la radio. Huysen avait déjà un opérateur. Wingate, bien que sa spécialité fût mentionnée sur les registres, dut aller comme les autres, aux marécages. En relisant son contrat, il découvrit une clause qui permettait à son patron d'agir ainsi et il avoua, de cette moitié de son esprit qui était avec détachement juridique et légaliste, que la clause en question était parfaitement raisonnable et justifiée et ne portait aucunement atteinte à l'équité.

Il s'en fut donc aux marais. Il apprit à convaincre par la douceur ou la brutalité le doux petit peuple amphibie de récolter les bulbes subaquatiques du *Hyacinthus veneris johnsoni* — les tubercules de marais vénusiens — et à acheter la collaboration de leurs « matriarches » par la promesse de primes sous la forme de « zigarek », terme qui désignait non seulement la cigarette mais le tabac sous toutes ses formes, monnaie d'échange qui servait à toutes leurs transactions commerciales avec les autochtones.

Il prit son tour dans les hangars d'écorçage et apprit lentement, car il n'était guère adroit, à fendre et à peler l'écorce spongieuse pour dégager l'amande grosse comme un pois qui seule possédait une valeur commerciale et devait sortir intacte de son enveloppe sans la moindre égratignure ou meurtrissure. Le jus coulant des gousses mettait ses mains à vif et l'odeur le faisait tousser et lui piquait les yeux, mais il préférait encore cette besogne au travail dans le marais, car il se trouvait en compagnie des « clients » du service du Travail féminin. Les femmes étaient plus vives que les hommes et leurs doigts plus fins possédaient une plus grande dextérité pour dégager les précieuses et fragiles amandes. On n'avait recours aux hommes pour cette opération qu'au moment où la récolte accumulée nécessitait un surcroît de main-d'œuvre.

Il apprit les finesses de son nouveau métier de la bouche d'une vieille personne maternelle que ses compagnes appelaient Hazel. Elle parlait en travaillant, ses vieilles mains noueuses s'activant sans cesse, apparemment au hasard et sans adresse. Il pouvait fermer les yeux et s'imaginer qu'il était de retour sur terre au temps de son enfance, traînant autour des jupons de sa grand-mère pendant qu'elle écossait des petits pois et vaquait aux besognes ménagères. « Ne vous énervez pas, mon garçon », lui dit Hazel. « Faites votre travail et moquez-vous du démon. Le grand jour approche.

— Quelle sorte de grand jour, Hazel?

— Le jour où les Anges du Seigneur se lèveront pour écraser les puissances du mal. Le jour où le Prince des Ténèbres sera jeté dans l'abîme et où le Prophète règnera sur les enfants du Ciel. Par conséquent ne vous inquiétez pas; peu importe que vous soyez ici ou sur Terre lorsque viendra le grand jour; la seule chose qui compte c'est votre état de grâce.

— Êtes-vous certaine que nous vivrons assez long-temps pour voir ce jour? »

Elle jeta un regard autour d'elle puis se pencha sur lui confidentiellement. « Le jour est imminent. En ce moment même le Prophète parcourt la Terre de long en large, rassemblant ses forces. De la belle contrée agricole de la vallée du Mississippi, voici venir l'Homme connu dans ce monde... (elle baissa encore davantage la voix) sous le nom de *Nehemiah Scudder!* »

Wingate espéra que son sursaut de surprise et d'amusement était demeuré inaperçu de son interlocutrice. Il se souvenait du nom. C'était celui de l'un de ces petits évangélistes de pacotille et coureurs de bois, un trublion sans la moindre importance sur Terre, à l'occasion la tête de Turc d'une histoire drôle, mais un homme sans aucune envergure.

Le chef d'équipe du hangar d'écorçage s'approcha de leur établi. « Ne quittez pas des yeux votre travail, vous m'entendez? Vous avez pris du retard. » Wingate baissa la tête avec soumission, mais Hazel vola à son secours.

« Laissez-le tranquille, Joe Thompson. Il faut du temps pour apprendre à décortiquer.

— Je sais, grand-mère, répondit le chef d'équipe avec un sourire, mais veillez à ce qu'il travaille, n'est-ce pas?

253

Je n'y manquerai pas. Occupez-vous du reste du hangar. Cet établi fournira son quota. » Wingate s'était vu infliger deux jours sans salaire pour gaspillage. Hazel lui avançait de sa propre production pour lui permettre de faire le poids et le chef d'équipe le savait, mais chacun aimait la vieille femme, même les chefs d'équipe qui ont la réputation de n'aimer personne, sans faire d'exception pour eux-mêmes.

Wingate se tenait immédiatement devant l'entrée du bâtiment des célibataires. Il restait encore un quart d'heure de répit avant l'appel de clôture; il était sorti, mû par le désir inconscient de se débarrasser de cette sensation envahissante de claustrophobie qui avait pesé sur lui toute la journée. Vaine tentative; il n'existait pas de « ciel ouvert » dans l'air libre de Vénus, la brousse semblait étreindre la clairière pour se refermer sur elle-même, le ciel brumeux et plombé pesait sur sa tête, et la chaleur humide oppressait sa poitrine nue. Pourtant il faisait meilleur que dans le dortoir en dépit des déshydrateurs.

Il n'avait pas encore touché sa ration vespérale de *rhira* et se sentait, en conséquence, nerveux et accablé; pourtant un dernier reste d'amour-propre lui faisait chérir ces quelques minutes de clair-penser avant de chercher une gaieté artificielle dans le soporifique. Je me laisse envahir, pensa-t-il; dans quelques mois, je saisirai toutes les chances possibles pour me rendre à Vénusburg ou, pis encore, je signerai le bout de papier qui me donnera accès au quartier des gens mariés, condamnant ainsi ma femme et mes enfants à la prison à vie. A son arrivée, les « clientes », avec leur esprit uniformément terne et leurs visages généralement communs, lui avaient semblé totalement dépourvues de séduction. Aujourd'hui constatait avec consternation qu'il n'était plus aussi difficile. Ne commençait-il pas déjà à zézayer, ainsi que les autres clients, par imitation inconsciente des amphibies?

De bonne heure, il avait remarqué que les « clients »

pouvaient se diviser *grosso modo* en deux catégories : les enfants de la nature et les hommes brisés. Les premiers comprenaient ceux qui possédaient peu d'imagination et un faible niveau de vie. Selon toute probabilité, ils n'avaient rien connu de mieux sur Terre; dans cette entreprise coloniale, ils voyaient non pas un esclavage, mais un état exempt de toute responsabilité, la sécurité de l'emploi, et de temps en temps l'occasion d'une bordée. Les autres étaient les hommes brisés, les proscrits, ceux qui avaient été quelqu'un, mais qui par suite de quelque défaut de caractère, de quelque accident, avaient perdu leur place dans la société. Peut-être qu'un juge avait dit un jour : « Sentence suspendue si vous acceptez de partir pour les colonies. »

Il s'aperçut avec un soudain mouvement de panique que sa propre condition était en train de se cristalliser; il devenait l'un de ces hommes brisés. Ses antécédents sur Terre commençaient à se faire de plus en plus vagues dans son esprit; il avait remis durant les trois derniers jours la corvée consistant à écrire une nouvelle lettre à Jones; il avait consacré la durée entière de la dernière relève à débattre de la nécessité qui s'imposait à lui de prendre deux jours de vacances à Vénusburg. Regarde la vérité en face, mon fils, se disait-il. Tu es en train de glisser sur la pente, tu laisses ton esprit s'aveulir dans la psychologie de l'esclave. Tu t'es déchargé sur Jones du problème de sortir de cette impasse... Comment sais-tu qu'il peut t'aider? Pour autant que tu le saches il pourrait aussi bien être mort. Dans les limbes de sa mémoire, il avait redécouvert une phrase qu'il avait lue quelque part, sans doute dans un ouvrage de philosophie sur l'Histoire : « Nul esclave n'est jamais libéré *s'il ne se libère lui-même.* »

C'est bon, c'est bon... remonte tes chaussettes mon vieux. Bande ta volonté. Plus de *rhira* — non, moyen peu pratique; un homme a besoin de sommeil. Très bien, alors, pas de *rhira* avant l'extinction des feux, garde l'esprit clair pendant les soirées et échafaude des projets. Garde les yeux ouverts, apprends tout ce qu'il est possible d'apprendre, cultive les relations, et guette l'occasion favorable.

Dans la pénombre il vit une silhouette humaine s'approcher de l'entrée du bâtiment. Lorsqu'elle fut plus près il constata qu'il s'agissait d'une femme qu'il supposa être une « cliente ». Un peu plus tard, il vit qu'il s'était trompé. C'était Annek Van Huysen, la fille du patron.

C'était une rude fille blonde, anormalement grande, avec des yeux malheureux. Il l'avait aperçue bien des fois, observant les « clients » qui rentraient du labeur, ou errant seule dans la clairière entourant le ranch. Elle n'était ni difforme ni d'ailleurs attirante en quoi que ce soit. Son corps lourd d'adolescente aurait eu besoin, pour acquérir quelque grâce, d'une autre parure que ce harnachement sommaire que les colons considéraient comme le maximum de vêtement tolérable.

Elle s'arrêta devant lui et, ouvrant l'escarcelle pendue à sa ceinture qui lui tenait lieu de poche, elle en tira un paquet de cigarettes. « Je l'ai trouvé là-bas. Serait-ce vous qui l'auriez perdu? »

Il sut qu'elle mentait; elle n'avait rien ramassé du tout depuis qu'il l'avait aperçue. Et la marque était de celles qui étaient fumées sur Terre et par les patrons; nul « client » ne pouvait s'en payer de pareilles. A quoi voulait-elle en venir?

Il remarqua l'expression ardente de son visage et la rapidité de sa respiration, et soudain, confus, il comprit que cette fille s'efforçait de lui faire indirectement un cadeau. Pourquoi?

Wingate n'était pas particulièrement vain de sa beauté physique ni de son charme. Il n'avait d'ailleurs aucune raison de l'être. Mais ce qu'il n'avait pas compris, c'est qu'au milieu de la masse amorphe des « clients » il faisait figure de faisan dans un poulailler. Qu'Annek l'eût trouvé à son goût, il fut contraint de l'admettre; aucune autre raison ne pouvait expliquer sa petite histoire fabriquée de toutes pièces et son pathétique petit cadeau.

Son premier mouvement fut pour le prendre de haut. Il ne voulait rien d'elle et éprouvait du ressentiment de cette intrusion dans son intimité; d'autre part, il se rendait vaguement compte que la situation pourrait devenir embarrassante, voire dangereuse pour lui, puisqu'elle impliquait la violation de coutumes sur lesquelles reposait toute la structure économique et sociale. Du point de vue des patrons, les « clients » du service du travail étaient pratiquement au même niveau que les amphibiens. Une liaison entre un « client » et une femme alliée aux patrons serait facilement de nature à faire sortir le vieux juge Lynch de son tombeau.

Il n'avait pas le cœur de la brusquer. Il voyait la muette adoration dans ses yeux; il lui aurait fallu un cœur de pierre pour la repousser; de plus, son attitude n'avait rien de timide ni de provocant! Ses manières étaient naïves, presque enfantines dans leur totale absence d'affectation. Il se souvint de sa résolution de se créer d'utiles relations; ici, une amitié venait s'offrir, une amitié dangereuse sans doute mais qui pourrait s'avérer utile pour la conquête de la liberté.

Il eut momentanément honte d'évaluer ainsi l'utilité éventuelle de cette enfant sans défense, mais il en triompha en s'affirmant à lui-même qu'il n'en résulterait aucun dommage pour la fille, et de plus, il y avait le vieux dicton qui mettait en garde contre la vindicte d'une femme dédaignée.

« Mon Dieu, je l'ai peut-être perdu, en effet, répondit-il, puis il ajouta : C'est la marque que je préfère.

— Vraiment? dit-elle avec bonheur. Alors prenez-le sans hésiter.

— Je vous remercie. Voudriez-vous en fumer une avec moi? Non ce ne serait pas convenable, je pense; votre père n'aimerait pas vous voir demeurer ici aussi longtemps.

— Oh! il est plongé dans ses comptes. Je m'en suis

assurée avant de sortir », répondit-elle, sans se rendre compte qu'elle venait de dévoiler son pitoyable stratagème. « Mais ne vous gênez pas, je vous prie. Je ne fume que très rarement.

— Peut-être préférez-vous une pipe de meerschaum, comme votre père. »

Elle rit beaucoup plus que ne le méritait ce pauvre trait d'esprit. Après cela ils s'entretinrent à bâtons rompus, convinrent ensemble que la récolte serait bonne, que le temps semblait un peu plus frais que la semaine précédente, et qu'il n'y avait rien de tel qu'un peu d'air frais après souper.

« Faites-vous tous les soirs un peu de marche pour prendre de l'exercice? » demanda-t-elle.

Il ne lui répondit pas qu'une journée entière passée dans les marais lui procurait plus d'exercice que n'en réclamait son organisme, mais il convint au contraire que c'était là, en effet, son habitude.

« Moi aussi, bafouilla-t-elle. Et très souvent aux environs du château d'eau. »

Il la regarda : « Vraiment? Je m'en souviendrai. » Le signal de l'appel lui fournit à propos une excuse pour prendre congé; trois minutes de plus, songea-t-il, et j'aurais dû lui fixer un rendez-vous.

Wingate fut affecté le lendemain au travail dans les marais, la presse dans les hangars de décorticage s'étant ralentie. Le crocodile se traîna cahin-caha, faisant gicler la boue et l'eau sur son passage, tout au long de l'interminable circuit, déposant à chaque station de surveillance un homme ou davantage. Le véhicule ne contenait plus que quatre occupants, Wingate, Satchel, Jimmie le conducteur, et le chef d'équipe, lorsque celui-ci donna le signal d'un nouvel arrêt. Sitôt que le véhicule se fut immobilisé, les têtes plates aux yeux brillants des indigènes émergèrent de l'eau de trois côtés. « Voilà, Satchel, dit le chef d'équipe, vous voici à destination. Sautez par-dessus bord. »

Satchel regarda autour de lui. « Où est passé mon

skiff? » Les hommes du ranch utilisaient de petits skiffs plats en duralumin pour recueillir la moisson de la journée. Il n'en restait plus à bord du crocodile.

« Vous n'en aurez pas besoin. Vous allez me nettoyer ce champ avant le repiquage.

— D'accord. Pourtant... je ne vois personne dans les parages et je n'aperçois pas de terre ferme. » Les skiffs avaient une double destination; si l'un des hommes travaillait sans contact avec d'autres Terriens et à quelque distance de la terre ferme et sèche, le skiff devenait son bateau de sauvetage. Si le crocodile qui devait le relever tombait en panne, ou si pour quelque autre raison il avait besoin de s'asseoir ou s'étendre, durant son séjour à la station, le skiff lui en donnait le loisir. Les plus vieux « clients » racontaient de sombres histoires d'hommes qui étaient restés dans cinquante centimètres d'eau, durant vingt-quatre, quarante-huit, soixante-douze heures, pour finalement se noyer de façon atroce, ayant perdu la tête par suite de la fatigue.

« J'aperçois de la terre ferme de ce côté », dit le chef d'équipe en désignant du geste un bouquet d'arbres qui se trouvait à quatre cents mètres de distance environ.

« Peut-être, répondit Satchel d'un ton égal. Allons voir. » Il jeta un regard à Jimmie qui se tourna vers le chef d'équipe comme pour lui demander des instructions.

« Damnation! Ne discutez pas! Sautez par-dessus bord!

— Non, dit Satchel, pas avant d'avoir découvert mieux que deux pieds de vase pour me reposer le postérieur. »

Les petits amphibiens avaient suivi la discussion avec grand intérêt. Ils gloussaient et zézayaient en leur propre langue; ceux qui connaissaient quelques mots de mauvais anglais semblaient fournir à leurs congénères, moins érudits, des explications romancées et sans doute très déformées des événements. Cette circonstance redoubla la colère du chef d'équipe.

« Pour la dernière fois, voulez-vous sortir?

— Ma foi, dit Satchel en installant sa masse plus

confortablement sur le plancher, je suis heureux que la discussion soit close. »

Wingate se trouvait placé derrière le chef d'équipe. Cette circonstance épargna probablement à Satchel Hartley une blessure au cuir chevelu, car il saisit le bras du chef d'équipe lorsque celui-ci le lança pour frapper. Hartley entra aussitôt en corps à corps; les trois hommes luttèrent pendant quelques instants sur le fond de la caisse.

Hartley s'assit sur la poitrine du chef d'équipe, tandis que Wingate retirait des doigts crispés du vaincu une matraque. « Heureusement que tu l'as vu saisir son bâton à temps, Hump, dit Satchel, sans quoi j'aurais le plus grand besoin d'un comprimé d'aspirine à l'heure actuelle.

— C'est également mon sentiment », répondit Wingate et là-dessus il lança l'arme le plus loin possible à travers le marais. Plusieurs amphibiens foncèrent à sa poursuite et plongèrent. « Je crois que tu peux le laisser se relever à présent. »

Le chef d'équipe ne souffla mot en se débarrassant des quelques brindilles qui avaient adhéré à son corps, mais il se tourna vers le conducteur. « Pourquoi diable n'êtes-vous pas venu à mon aide?

— Je pensais que vous étiez tout à fait capable de vous débrouiller tout seul », répondit Jimmie sans se compromettre.

Wingate et Hartley terminèrent cette période de travail en qualité d'aides auprès des « clients » déjà en place. Le chef d'équipe avait affecté de les ignorer complètement, ne proférant que les ordres indispensables au service. Mais tandis qu'ils se débarbouillaient avant de souper, de retour au bâtiment, ils reçurent l'ordre de se rendre à la Grande Maison.

Lorsqu'ils furent introduits dans le bureau du patron, le chef d'équipe s'y trouvait déjà en compagnie de son employeur avec sur le visage une expression satisfaite de soi, tandis que la mine de Van Huysen était des plus sombres.

« Que vient-on de m'apprendre, mes deux gaillards?

éclata-t-il. Vous refusez de travailler! Vous vous livrez a des voies de fait sur mon chef d'équipe! Mais cela ne se passera pas comme ça!

— Vous permettez, patron Van Huysen », commença Wingate d'une voix calme, se retrouvant soudain dans son élément dans cette atmosphère de tribunal, « aucun de nous n'a refusé de travailler. Hartley s'est simplement contenté de protester devant la perspective d'accomplir une besogne dangereuse sans les garanties de sécurité suffisantes. Pour ce qui est de l'algarade, c'est votre chef d'équipe qui nous a attaqués; nous n'avons rien fait d'autre que nous défendre; d'ailleurs nous avons arrêté la lutte sitôt qu'il a été désarmé. »

Le chef d'équipe se pencha sur Van Huysen et lui murmura quelque chose à l'oreille. Le patron se montra encore plus irrité. « Vous avez accompli cet acte en présence des indigènes. Des indigènes! Vous connaissez pourtant les lois de la colonie! Je pourrais vous expédier aux mines pour la peine.

— Pardon, riposta Wingate, c'est votre chef d'équipe qui a pris cette initiative en présence des indigènes. Notre rôle a été passif et purement défensif durant toute...

— Comment, vous assommez mon chef d'équipe et vous jouez les persécutés? Écoutez-moi bien... Vous êtes ici pour travailler. Le rôle de mon chef d'équipe consiste à vous indiquer où et comment accomplir votre tâche. Il n'est pas sot au point de me faire perdre l'argent que j'ai investi dans un homme. C'est à lui qu'il revient de juger quelle besogne est dangereuse, pas à vous. » Le chef d'équipe parla de nouveau à l'oreille de son chef. Van Huysen secoua la tête. L'autre insista, mais le patron lui coupa la parole d'un geste définitif, et se tourna de nouveau vers ses deux « clients ».

« Chez moi un chien peut mordre une fois, jamais deux. Vous irez vous coucher ce soir sans souper et sans *rhira*. Demain, nous verrons de quelle façon vous vous conduirez.

— Mais, patron Van Huysen...

— C'est tout. Regagnez vos quartiers. »

261

Rentré après l'extinction des feux, Wingate découvrit en se glissant à tâtons sur sa couchette que quelqu'un y avait glissé une tablette d'aliments concentrés. Il la croqua avec reconnaissance dans l'obscurité et se demanda qui pouvait bien être cet ami inconnu. La nourriture calma les protestations de son estomac, mais ne suffit pas, en l'absence de *rhira,* à lui permettre de dormir. Il demeurait étendu, fixant de ses yeux grands ouverts l'obscurité oppressante du dortoir, tendant l'oreille aux divers bruits irritants que l'homme peut produire durant son sommeil et faisant le bilan de la situation. Jusqu'à présent son sort avait été dur mais pourtant supportable; dorénavant, selon une logique implacable, il pouvait compter sur l'esprit vindicatif du surveillant pour faire de sa vie un enfer. Tout ce qu'il avait observé de ses propres yeux, tous les récits qu'il avait entendus ne pouvaient que le confirmer dans cette opinion!

Il y avait peut-être une heure qu'il se rongeait les sangs lorsqu'il sentit une main lui toucher le flanc. « Hump! Hump! dit une voix dans un murmure. Suis-moi au dehors. Il se passe quelque chose. » C'était Jimmie.

Il se glissa avec précaution parmi les rangées de couchettes et se faufila par la porte à la suite de Jimmie. Satchel se trouvait déjà à l'extérieur et près de lui un quatrième personnage.

C'était Annek Van Huysen. Il se demanda comment elle avait pu pénétrer dans l'enceinte fermée à clé. Elle avait les yeux gonflés comme si elle avait pleuré.

Jimmie se mit aussitôt à parler d'une voix basse et prudente. « Cette enfant nous a prévenus que je dois ramener deux loustics à Adonis dès demain.

— Pour quelle raison?

— Elle n'en sait rien. Mais elle craint fort qu'il ne s'agisse de vous vendre à la colonie du Sud. Cette supposition semble peu vraisemblable. Le Vieux n'a jamais vendu personne au Sud... mais d'autre part, jamais personne ne s'était encore rebiffé contre son chef d'équipe. Je ne sais trop que penser. »

Ils passèrent quelques minutes en discussions vaines puis, après un silence consterné, Wingate demanda à Jimmie : « Sais-tu où l'on range les clés du crocodile?

— Non. Pourquoi veux-tu...

— Je pourrais vous les procurer, dit Annek avec empressement.

— Tu ne sais pas conduire un crocodile.

— Je t'ai observé depuis plusieurs semaines.

— Bon, admettons, continua Jimmie, supposons que tu t'enfuies à bord du crocodile. Tu n'aurais pas fait quinze kilomètres que tu serais perdu. Si tu n'es pas rattrapé, tu meurs de faim. »

Wingate haussa les épaules. « Rien à faire pour être vendu au Sud.

— Je pense exactement comme toi, dit Hartley.

— Attendez une minute.

— Je ne vois pas...

— Attendez une minute! réitéra Jimmie avec impatience. Vous ne voyez donc pas que je m'efforce de réfléchir?

Les trois autres demeurèrent silencieux pendant un long moment. Jimmie dit enfin. « Ma petite fille, allez donc faire un tour et laissez-nous parler. Moins vous en saurez sur cette affaire et mieux cela vaudra pour vous. » Annek parut blessée, mais s'exécuta néanmoins avec docilité. Elle se retira discrètement à l'écart. Les trois hommes conférèrent durant quelques minutes. A la fin Wingate lui fit signe de revenir.

« C'est tout, Annek, dit-il. Merci de tout cœur pour ce que vous avez fait. Nous avons trouvé une solution. » Il s'interrompit puis ajouta gauchement : « Eh bien, bonne nuit. »

Elle leva les yeux sur lui.

Wingate se demanda ce qu'il convenait de dire ou de faire ensuite. Finalement, il l'emmena derrière le coin du baraquement et lui souhaita de nouveau bonne nuit. Il revint au bout d'un temps très bref, la mine honteuse. Ils réintégrèrent le baraquement.

De son côté, le patron Van Huysen avait toutes les peines du monde à trouver le sommeil. Il lui en coûtait énormément d'infliger des sanctions disciplinaires à son personnel. Par tous les diables, pourquoi ne se conduisaient-ils pas convenablement? Pourquoi ne le laissaient-ils pas vivre en paix? Et quelle paix pouvait espérer un fermier à l'heure actuelle? les frais de ramassage de la récolte étaient supérieurs au prix qu'on pouvait en obtenir sur les marchés d'Adonis... du moins après le paiement des intérêts.

Il s'était plongé dans ses comptes après dîner pour tenter de se distraire de sa contrariété, mais il avait eu beaucoup de peine à se concentrer sur ses chiffres. Et ce Wingate... il l'avait acheté autant pour le soustraire à ce meneur d'esclaves de Rigsbee que pour accroître son personnel. Il n'avait déjà que trop investi d'argent en main-d'œuvre, en dépit des sempiternelles récriminations de son chef d'équipe qui se plaignait toujours de manquer de bras. Il lui faudrait, ou se résoudre à vendre quelques-uns de ses « clients » ou solliciter de la banque un nouveau financement de son hypothèque.

La main-d'œuvre ne valait plus désormais l'argent que l'on consacrait à son entretien. On ne pouvait plus obtenir sur Vénus le genre d'hommes qui débarquaient sur la planète lorsqu'il était enfant. Il se pencha de nouveau sur ses livres. Si les cours venaient à monter quelque peu, la banque consentirait à négocier son papier à un taux légèrement supérieur à celui de la saison dernière. Cela suffirait peut-être à équilibrer son bilan.

Il avait été interrompu par une visite de sa fille. Il était toujours heureux de voir Annek, mais cette fois, ce qu'elle avait à lui dire, ce qu'elle avait fini par lui avouer à grands renforts de bégaiements n'avait servi qu'à l'irriter davantage. Quant à la jeune fille, uniquement préoccupée de ses propres pensées, pouvait-elle se douter qu'elle avait blessé son père au cœur, et qu'il en éprouvait une douleur physique?

Mais cette circonstance avait scellé sa décision, du

faire le chemin en trois ou quatre heures, tout gros que vous soyez. »

Le patron porta son regard de Jimmie aux deux autres. Wingate et Satchel se rapprochèrent légèrement, l'œil inamical. « Tu ferais mieux de t'exécuter, Gras-Double », dit Satchel entre ses dents, « avant qu'on ne te fasse descendre la tête la première ».

Van Huysen s'adossa à la main courante du crocodile, l'étreignant à deux mains. « Je ne descendrai pas de mon propre crocodile », dit-il les dents serrées.

Satchel se cracha dans les mains et les frotta l'une contre l'autre. « Allons-y, Hump. Il l'aura voulu...

— Une seconde. » Wingate s'adressa à Van Huysen : « Écoutez, patron, nous ne voudrions pas employer la force à moins d'y être contraints. Mais nous sommes trois et décidés. Vous feriez bien de descendre sans faire d'histoires. »

Le visage du vieil homme ruisselait de sueur qui n'était pas entièrement due à la chaleur humide. Sa poitrine se soulevait comme un soufflet de forge et il semblait sur le point de les défier. Puis quelque chose parut se briser en lui. Son corps s'affaissa, l'arrogance qui durcissait ses traits à l'instant précédent fit place à une expression de chien battu qui n'était pas belle à voir.

Un instant plus tard il descendit calmement, comme dans un songe et vint prendre pied dans la boue où il s'enfonça jusqu'aux chevilles et demeura sur place, voûté, les genoux légèrement fléchis.

Lorsqu'ils se trouvèrent hors de vue de l'endroit où ils avaient débarqué leur patron, Jimmie imprima une nouvelle direction au crocodile. « Crois-tu qu'il en viendra à bout? demanda Wingate.

— Qui? demanda Jimmie. Van Huysen? Oh, sans doute... enfin probablement. » Il était très occupé par la conduite de son véhicule; le crocodile dévala une pente et plongea dans une eau navigable. Au bout de quelques minutes les herbes du marais cédèrent la place à l'eau libre. Wingate constata qu'ils venaient de pénétrer dans un vaste lac dont les rives opposées se perdaient dans le brouillard. Jimmie choisit un cap en se guidant sur le compas. La rive opposée n'était rien d'autre qu'une simple plage. Jimmie la suivit sur une courte distance, immobilisa le crocodile et dit : « Ce doit être à peu près l'endroit », d'une voix incertaine. Il plongea la main sous la bâche pliée dans un coin de la caisse vide et en tira une large pagaie plate. Il s'approcha du bat-flanc et, se penchant au dehors, il frappa vigoureusement la surface de l'eau du plat de la pagaie : Clac... clac, clac... Clac!

Il attendit.

La tête plate d'un amphibien émergea de l'eau le long de l'engin; il observa Jimmie de ses yeux brillants et joyeux. « Bonjour! » dit Jimmie.

L'autre répondit dans son propre langage. Jimmie répliqua dans le même idiome, se distendant la bouche pour reproduire les insolites syllabes gloussantes. L'indigène écouta, puis disparut de nouveau sous l'eau.

Il — ou plus probablement elle — fut de retour au bout de quelques minutes, accompagnée d'une de ses congénères. « Zigarek? » demanda la nouvelle venue d'un ton plein d'espoir.

« Zigarek quand nous y serons, ma vieille branche, dit Jimmie en temporisant. Tiens... Monte à bord. » Il tendit la main, que l'indigène saisit aussitôt pour se hisser gracieusement sur l'engin. Elle vint percher sa petite silhouette fort peu humaine mais néanmoins étrangement plaisante sur la barre d'appui près du siège du conducteur. Jimmie embraya la machine.

Pendant combien de temps avancèrent-ils sous la conduite de leur petit pilote, Wingate n'aurait pu le dire, puisque la pendule du tableau de bord ne fonctionnait plus, mais son estomac l'avertissait que cet intervalle était nettement trop long. Il fouilla dans la cabine et en tira une boîte de conserves dont il partagea le contenu avec Satchel et Jimmie. Il en ofrit à l'indigène, mais elle se contenta de flairer le morceau et détourna la tête.

Un peu plus tard se fit entendre un sifflement strident et

une colonne de vapeur jaillit à dix mètres devant eux. Jimmie arrêta immédiatement le crocodile. « Cessez le feu! cria-t-il. Ce n'est que nous!

— Qui êtes-vous? dit une voix métallique.

— Des voyageurs amis.

— Montrez-vous, qu'on vous voie un peu.

— Entendu.

L'indigène donna un coup dans les côtes de Jimmie. « Zigarek, demanda-t-elle catégoriquement.

— Hein? Oh! certainement. » Il lui remit plusieurs paquets de tabac d'échange et, lorsqu'elle eut reçu le total convenu, il lui remit un paquet supplémentaire en gage de bonne volonté. Elle tira un lacet de son sachet de joue gauche, réunit l'ensemble en un petit ballot et se laissa glisser par-dessus bord. Ils la virent s'éloigner à la nage, son butin haut dressé au-dessus de l'eau.

« Dépêchez-vous de vous montrer!

— Voilà! » Ils descendirent dans l'eau qui leur monta jusqu'à la taille et s'avancèrent, les mains levées au-dessus de la tête. Une escouade de quatre hommes sortit du couvert et les examina, les armes basses, mais prêtes à toute éventualité. Leur chef fouilla leurs escarcelles de ceinture et envoya l'un de ses hommes examiner le crocodile.

« Vous vous gardez soigneusement », remarqua Wingate.

Le chef tourna les yeux vers lui. « Oui et non, dit-il. Le petit peuple nous avait prévenus de votre arrivée. Ils valent tous les chiens de garde qui aient jamais été mis bas. »

Ils reprirent la route avec aux commandes l'un des membres de l'escouade d'éclaireurs. Leurs ravisseurs ne leur montraient pas des dispositions inamicales mais étaient peu enclins à parler. « Attendez de voir le Gouverneur », dirent-ils.

Ils abordèrent une large étendue de terrain modérément élevé qui se trouva être leur destination. Wingate fut stupéfait du nombre de bâtiments et de l'importance de la population.

« Comment diable parviennent-ils à garder le secret sur un tel endroit? demanda-t-il à Jimmie.

— Si l'État du Texas était couvert de brouillard et n'était peuplé que de quelques milliers d'habitants, on pourrait y cacher pas mal de choses.

— Mais n'en trouverait-on pas trace sur la carte?

— Si tu t'imagines que la topographie de Vénus est à ce point complète, tu te fais des illusions. »

En se basant sur les quelques mots échangés avec Jimmie avant le départ, Wingate s'était attendu à ne trouver rien d'autre qu'un camp où des « clients » fugitifs hantaient la brousse à la recherche d'une précaire subsistance. Or il se trouvait en présence d'une culture et d'un gouvernement. C'était, il est vrai, une rude culture de frontière et un gouvernement très simple comportant peu de lois et une constitution non écrite, mais il existait néanmoins une structure basée sur un ensemble de coutumes et des châtiments sanctionnaient les transgressions par trop impudentes — en somme l'injustice n'y régnait pas à un plus haut degré que partout ailleurs.

Humphrey Wingate fut surpris de constater que des esclaves évadés, l'écume de la Terre, aient été capables de former une société intégrée. Ses ancêtres avaient de même été surpris que les criminels déportés de Botany Bay aient pu développer une haute civilisation en Australie. Non pas que Wingate ait trouvé surprenant le phénomène de Botany Bay — cela faisait partie de l'Histoire, et l'Histoire n'est jamais surprenante — après coup.

Wingate trouva le succès de la colonie plus facile à comprendre lorsqu'il lui fut donné de mieux connaître le caractère du gouverneur, qui était en même temps généralissime et administrateur de basse et moyenne justice! La haute justice était rendue à la suite d'un vote de la communauté entière, procédure que Wingate estimait outrageusement inadéquate, mais qui semblait cependant satisfaire les administrés. En sa qualité de magistrat, le Gouverneur promulguait ses décisions avec un dédain désinvolte des règles de la procédure et des théories légales qui rappelait à Wingate les histoires qu'on lui avait racontées sur l'apocryphe Vieux Juge Bean, celui qu'on appelait « La loi à l'ouest de Pecos » , mais sur ce point, également, les gens semblaient entièrement satisfaits.

La grande pénurie de femmes dans la communauté (les hommes s'y trouvaient dans la proportion de trois à un) provoquait des incidents, qui plus que toute autre cause, exigeaient l'intervention du Gouverneur. Ici, Wingate fut contraint de l'admettre, existait une situation où les coutumes traditionnelles n'eussent été rien d'autre qu'une source de conflits; il admirait le bon sens perspicace et la connaissance de la nature humaine dont faisait preuve le Gouverneur pour départager de violentes passions qui s'affrontaient et suggérer un *modus vivendi* acceptable. Un homme qui était capable d'assurer le maintien d'un niveau acceptable de paix dans des conditions semblables n'avait nul besoin d'une formation légale.

Le Gouverneur était établi dans sa charge par voie électorale et se trouvait assisté par un conseil également élu. Wingate professait l'opinion que le Gouverneur se serait hissé aux plus hautes charges dans n'importe quelle société. Il était doué d'une énergie sans limites, d'un grand appétit de vivre et d'un rire facile et tonitruant... il possédait en outre le courage et les capacités requises pour prendre des décisions. Il était « naturel ».

Les trois fugitifs se virent octroyer un délai de deux semaines pour faire le point de leur situation et trouver un emploi qui leur permettrait de se rendre utiles et de subvenir à leurs besoins. Jimmie demeura près de son crocodile, à présent confisqué au profit de la communauté., qui néanmoins requérait les services d'un conducteur. Il existait sans doute d'autres pilotes qui n'auraient pas demandé mieux que de s'en charger, mais une règle tacite voulait que l'homme qui l'avait amené fût chargé de sa conduite, s'il le désirait. Satchel trouva une occupation dans les champs où il effectuait, à peu de chose près, la même besogne qu'il accomplissait précédemment pour le compte de Van Huysen. Il confia à Wingate qu'il lui fallait en réalité travailler plus dur; néanmoins, il préférait cela car il avait, comme il disait, les « coudées plus franches ».

Wingate abhorrait l'idee de reprendre ses travaux agricoles. Il n'avait aucune excuse valable à présenter si ce n'est qu'il avait cette besogne en horreur. Ses connaissances en radio finirent enfin par lui servir. La communauté possédait un poste émetteur-récepteur de fortune, de faible puissance, devant lequel était organisée une écoute permanente, mais que l'on utilisait rarement pour émettre, pour éviter le repérage. De précédents camps d'esclaves avaient été balayés par la police de la Compagnie, pour avoir fait un usage imprudent de la radio. Aujourd'hui c'est à peine s'ils osaient s'en servir, sauf en cas d'extrême urgence.

Pourtant ils avaient besoin de la radio... Le télégraphe de bouche à oreille, que l'on parvenait à maintenir grâce au concours plus ou moins fantaisiste du petit peuple, leur permettait de garder le contact avec d'autres communautés de fugitifs avec lesquelles ils étaient confédérés d'une façon assez libre, mais ce moyen n'était pas rapide, et seuls les messages les plus simples parvenaient à destination sans subir des distorsions qui les rendaient inintelligibles.

Wingate fut affecté à la radio de la communauté lorsqu'on découvrit qu'il possédait les connaissances techniques appropriées. Le précédent opérateur s'était perdu dans la brousse. Son collègue était un vieil ours plaisant, connu sous le nom de Doc, qui était capable d'écouter les signaux, mais ne connaissait rien à l'entretien ni à la réparation.

Wingate se plongea dans la tâche consistant à effectuer une révision complète de l'antique installation. Les problèmes que présentait le manque d'appareils de rechange, la nécessité de faire usage du système « D », lui apportaient un bonheur qu'il n'avait pas connu depuis son enfance, mais il n'en avait nullement conscience.

Il était intrigué par le problème de la sécurité dans

les communications radiophoniques. Une idée, dérivée sans doute de quelque compte rendu datant de l'époque héroïque de la radio, lui fournit une base de départ. Son installation, comme les autres, communiquait par modulation de fréquence. Il avait aperçu, on ne sait où, le schéma d'un émetteur totalement tombé en désuétude, un modulateur d'amplitude. Il ne disposait pas de beaucoup d'éléments pour travailler, mais il mit néanmoins sur pied un circuit dont il pensait qu'il oscillerait de cette manière et qui pourrait être monté à partir du matériel qu'il avait sous la main.

Il demanda au Gouverneur l'autorisation de tenter cette expérience « Pourquoi pas? Pourquoi pas? » rugit le Gouverneur. « Je n'ai pas la moindre idée de ce dont vous parlez, mon vieux, mais si vous pensez pouvoir construire un poste que la Compagnie sera incapable de détecter, ne vous gênez pas. Inutile de me poser la question. C'est vous que cela regarde.

— Je serai obligé de neutraliser la station pour émettre.

— Et pourquoi ne pas faire? »

Le problème était plus épineux qu'il n'avait pensé. Mais il s'acharnait à sa solution avec l'aide maladroite mais empressée de Doc. Son premier montage fut un échec; son quarante-troisième essai, tenté cinq semaines plus tard, réussit. Doc, qui avait pris position à quelques kilomètres de là en pleine brousse, rapporta qu'il avait reçu l'émission au moyen d'un petit récepteur construit pour l'occasion, cependant que Wingate ne put rien capter sur le récepteur classique qui se trouvait placé dans la même salle que l'émetteur expérimental.

Durant ses moments de loisirs, il travaillait à son livre. Sur Terre on aurait pu le qualifier de pamphlet politique contre le système colonial. Ici il n'avait personne à convaincre de la justesse de sa thèse, et il n'espérait nullement pouvoir un jour le présenter à un public amateur de lecture. Vénus était son foyer. Il n'avait aucune chance de pouvoir jamais rentrer chez lui; la seule voie de sortie passait par Adonis où l'attendait un mandat d'arrêt pour la moitié des crimes figurant au répertoire; rupture de contrat, vol, enlèvement, abandon criminel, conspiration, manœuvres subversives. Si jamais la police de la Compagnie mettait la main sur lui, elle l'enfermerait dans un cachot et jetterait la clé au fond d'un puits.

Non, le livre était né, moins de l'espoir d'une publication hautement improbable, que d'un désir à demi subconscient de mettre de l'ordre dans ses idées. Il avait assisté à un bouleversement total de toutes les valeurs sur lesquelles sa vie était autrefois fondée; pour son hygiène mentale, il lui devenait indispensable d'en formuler de nouvelles. Il était naturel pour un esprit méthodique, rangé et dépourvu d'imagination comme le sien, de consigner ses raisons et ses conclusions par écrit.

Avec une certaine réticence il avait offert le manuscrit à Doc. Il avait appris que ce sobriquet constituait un rappel de la profession que le bonhomme exerçait précédemment sur Terre; il avait été professeur d'économie et de philosophie dans l'une des plus petites universités. Doc avait même donné une explication partielle pour justifier sa présence sur Vénus : « Une petite affaire concernant l'une de mes élèves », avait-il confié. « Ma femme a pris la chose de mauvais côté et le conseil de direction a partagé son sentiment. Depuis un certain temps, le conseil trouvait mes opinions un peu trop révolutionnaires.

— L'étaient-elles?

— Dieu non! J'étais un conservateur à tous crins. Mais j'avais malheureusement tendance à exprimer des principes conservateurs en un langage réaliste plutôt qu'allégorique.

— Je suppose que vous êtes un révolutionnaire à présent? »

Doc leva légèrement les sourcils. « Pas du tout. Révolutionnaire et conservateur sont des termes pour désigner des attitudes émotionnelles, mais point les opinions sociologiques. »

Doc accepta le manuscrit, le lut d'un bout à l'autre et le rendit sans commentaire à son auteur. Mais Wingate insista pour obtenir son opinion. « Eh bien, mon garçon, si vous y tenez tellement...

— J'y tiens!

— ... je vous dirai que vous êtes tombé dans l'erreur la plus commune de toutes en abordant sans discernement les questions sociologiques et économiques... « la théorie du diable ».

— Comment?

— Vous avez attribué à la perversité ce qui résulte simplement de la stupidité. L'esclavage colonial n'a rien de nouveau; c'est la conséquence inévitable d'une expansion impérialiste, le résultat automatique d'une structure financière désuète...

— J'ai stigmatisé dans mon livre le rôle joué par les banques.

— Non, non, non! Vous vous imaginez que les banquiers sont des coquins. Il n'en est rien. Pas plus d'ailleurs que les officiels de la Compagnie, ni les patrons, ni les classes gouvernantes, sur la Terre. Les hommes sont poussés par la nécessité et échafaudent des théories pour expliquer leurs actes. Ce n'est même pas de la cupidité. L'esclavage est une hérésie économique qui ne rapporte rien, mais les hommes s'y laissent entraîner à chaque fois que les circonstances l'imposent. Un système financier différent... Mais cela c'est une autre paire de manches.

— Je crois néanmoins qu'il faut attribuer tous ces errements à la perversité humaine, répondit Wingate avec entêtement.

— Pas à la perversité... à la simple stupidité. Je pourrais vous le prouver, mais vous l'apprendrez de vous-même. »

Le succès de la « radio silencieuse » amena le Gouverneur à expédier Wingate en une longue randonnée à travers les autres camps de la libre fédération, afin de les aider à monter leur nouvel appareillage et de leur apprendre à s'en servir. Il y consacra quatre semaines de dur travail dont il tira bien des satisfactions, et termina avec le sentiment réconfortant qu'il avait fait davantage pour consolider la position des hommes libres en face de leurs ennemis, qu'en remportant une victoire au cours d'une bataille rangée.

Lorsqu'il revint à sa communauté, il y trouva Sam Houston Jones qui l'attendait.

Wingate se précipita à sa rencontre. « Sam! cria-t-il. Sam! Sam! » Il lui serra la main avec énergie, lui donna de grandes claques dans le dos et lui cria au visage les affectueuses insultes que les hommes sentimentaux emploient pour couvrir leur faiblesse. « Sam, vieux sacripant! Quand es-tu arrivé? Comment as-tu fait pour t'échapper? Et comment diable as-tu fait pour parcourir tout ce chemin depuis le pôle? Avais-tu été transféré avant de prendre la poudre d'escampette?

— Comment va, Hump? répondit Sam. Maintenant une question à la fois et encore pas trop vite. »

Mais Wingate bouillonnait de plus belle. « Sapristi de sapristi, cela semble bon de revoir ton visage sans grâce, mon vieux. Et comme je suis heureux que tu sois venu ici... une communauté formidable. C'est la plus dynamique et la plus riche en promesses de toute la fédération. Tu t'y plairas. Il y a une fameuse bande...

— Et toi-même, demanda Jones en le dévisageant, serais-tu le président de la Chambre de Commerce, par hasard? »

Wingate le regarda, puis se mit à rire. « Je comprends. Mais je parle sérieusement : tu t'y plairas. Bien entendu, c'est entièrement différent de ce que tu connaissais sur Terre... mais tout cela c'est le passé, inutile d'y revenir. A quoi bon gémir sur le lait répandu?

— Minute. Tu te trompes complètement, Hump. Je ne suis pas un esclave fugitif. *Je suis ici pour te ramener.* »

Wingate ouvrit la bouche, la referma, l'ouvrit encore. « Mais Sam, dit-il, c'est tout à fait impossible! Tu ignores tout.

— Je crois savoir au contraire.

— Tu ne comprends pas. Il n'est pas question pour moi de rentrer. Si je m'en avisais, je devrais comparaître en justice, et ils me tiennent jusqu'au cou. Même si je me jetais aux pieds de la cour et si je parvenais à m'en tirer avec une peine légère, il me faudrait encore vingt ans avant de redevenir un homme libre. Non, Sam, c'est impossible. Tu ne connais pas les charges qui pèsent contre moi.

— Vraiment? Cela m'a pourtant coûté un joli denier pour obtenir leur annulation.

— Comment?

— Je sais que tu t'es enfui. Je sais que tu as volé un crocodile, enlevé ton patron et persuadé deux autres « clients » de te suivre. Il m'a fallu sortir mon meilleur boniment et pas mal d'espèces sonnantes et trébuchantes pour arranger tout cela. Alors, Hump... pourquoi n'avoir pas choisi un délit mineur comme le meurtre, le viol ou le cambriolage d'un bureau de poste?

— Tu sais, Sam... je n'ai commis aucun de ces exploits pour le seul plaisir de te causer des ennuis. Je t'avais totalement exclu de mes calculs. J'étais réduit à mes propres forces. Je suis désolé pour l'argent.

— N'y pense plus. L'argent n'a aucune importance pour moi. Il me colle à la peau comme de la glu. Tu le sais. Il suffit, pour l'obtenir, de choisir ses parents avec discernement. Je voulais simplement te faire « marcher » et j'ai parlé sans réfléchir.

— Je comprends. Tu m'excuseras. » Le sourire de Wingate était quelque peu forcé. Il n'est agréable pour personne de recevoir la charité. « Mais dis-moi ce qui est arrivé. Je suis toujours dans le brouillard.

— Entendu. » Autant que Wingate, Jones avait été surpris et consterné d'être séparé de son ami à l'atterrissage. Mais avant d'avoir reçu du secours de la Terre, il lui avait été impossible d'agir d'aucune façon. Il avait passé de longues semaines d'attente au pôle sud en qualité de métallurgiste, à se demander pourquoi sa sœur ne répondait pas à son appel. Il lui avait écrit lettre sur lettre pour confirmer son radiogramme, puisqu'il n'avait pas les moyens d'utiliser d'autres moyens de communication, mais les jours passaient sans apporter de réponse.

Lorsque enfin lui parvint le message tant attendu, le mystère se trouva éclairci. Si le radiogramme expédié à la Terre ne lui était pas parvenu plus vite, c'est qu'elle se trouvait elle-même à cet instant à bord de l'*Evening Star* — dans une cabine de première classe, et qu'elle voyageait, selon son habitude, sous son nom de jeune fille. « C'est cette habitude invétérée dans la famille de fuir la publicité qui est responsable de notre mésaventure », expliqua Jones. Si j'avais expédié le radiogramme aux notaires de la famille au lieu de m'adresser à elle, ou si son nom avait été connu du Trésorier, nous serions demeurés ensemble dès le premier jour. »

Ensuite le message ne lui avait pas été retransmis sur Vénus du fait que, dans l'intervalle, la brillante planète était venue en opposition supérieure de l'autre côté du Soleil par rapport à la Terre. De ce fait, les communications entre la Terre et Vénus se trouvèrent interrompues pendant soixante jours. Le message était demeuré en souffrance, bien qu'enregistré, entre les mains des notaires de la famille, jusqu'au moment où il fut de nouveau possible de le lui faire parvenir.

Sitôt qu'elle le reçut, elle déclencha une petite tornade. Jones se trouva libéré, le dédit de son contrat remboursé et un ample crédit fut posté à son nom sur Vénus, le tout en moins de vingt-quatre heures. « Et voilà toute l'histoire, conclut Jones, sauf qu'il me reste encore, en rentrant à la maison, à expliquer à grande sœur comment je m'y suis pris pour me fourrer dans un tel pétrin. Elle va sérieusement me frictionner les oreilles. »

Jones avait immédiatement affrété une fusée pour le pôle nord et avait retrouvé sans retard les traces de Wingate. « Si seulement tu avais retardé ton escapade d'un seul jour, je t'aurais cueilli sans coup férir. Nous avons récupéré ton ex-patron à quinze cents mètres de sa ferme.

— C'est donc que le vieux sacripant est parvenu à bon port. J'en suis heureux.

— C'est une chance. Dans le cas contraire, je n'aurais peut-être jamais pu te tirer de ce guêpier. Il était positivement à bout de forces et son cœur battait la chamade. Sais-tu que le délit d'abandon est un crime majeur sur cette planète?... avec peine de mort à la clé si la victime vient à mourir? »

Wingate inclina la tête. « Oui, je sais. Pourtant je n'ai jamais entendu dire qu'un patron ait été exécuté pour un tel délit, si le cadavre était celui d'un « client ». Mais là n'est pas la question. Continue.

— Il n'était pas content du tout, c'est le moins qu'on puisse dire. Je le comprends d'ailleurs, mais je partage entièrement tes sentiments. Je ne vois pas qui aimerait être vendu au Sud et c'était sans doute ce à quoi tu t'attendais, j'imagine. Bref, je lui ai remboursé son crocodile et je l'ai indemnisé pour ton contrat... Regarde-moi bien, je suis ton nouveau propriétaire!... De plus je l'ai également remboursé pour les contrats de tes deux amis. Pourtant il n'était pas encore satisfait. Finalement j'ai dû lui verser le prix du voyage Vénus-Terre, pour sa fille, et en première classe, s'il te plaît, avec la promesse de lui trouver un emploi. C'est une grande dinde pas très futée, mais j'imagine que ma famille peut se permettre de lui offrir une sinécure. Quoi qu'il en soit, ma vieille branche, te voilà libre. La seule question pendante est de savoir si le Gouverneur nous laissera partir. A première vue, cela ne me paraît pas du tout cuit.

— En effet, c'est là le hic. Mais j'y pense... Comment as-tu fait pour dénicher cet endroit?

— Un petit travail de détective qu'il serait trop long de t'expliquer en ce moment. Les esclaves ne bavardent pas volontiers. Quoi qu'il en soit, nous avons rendez-vous demain avec le Gouverneur. »

Wingate mit longtemps avant de s'endormir. Après le premier moment de jubilation, il commença à se poser des questions. Avait-il vraiment le désir de rentrer? De reprendre la profession de juriste, de rechercher des artifices de jurisprudence au profit de ceux qui voudraient bien employer ses services, de se rendre à des réceptions mondaines dénuées de sens, de retourner à cette vie creuse, stérile, faite de compromissions qui était celle de la classe privilégiée qu'il avait fréquentée et servie... voulait-il se replonger dans ce néant, lui qui avait lutté et peiné aux côtés d'hommes véritables? Il lui semblait que sa petite « invention » anachronique dans le domaine de la radio avait encore plus de valeur que tout ce qu'il avait accompli sur Terre.

Puis il se souvint de son livre.

Peut-être parviendrait-il à le faire publier. Peut-être pourrait-il exposer au pilori ce système infamant, inhumain qui permettait de vendre légalement les hommes et d'en faire des esclaves. Il était complètement éveillé à présent. Il y avait vraiment une chose à faire. Telle serait sa tâche... de rentrer sur Terre et de plaider la cause des colons. Peut-être existe-t-il après tout une destinée qui modèle la vie des hommes? Il était exactement l'homme qui convenait pour accomplir cette œuvre, il sortait du milieu social approprié, il possédait la formation voulue. Il pourrait faire entendre sa voix.

Il s'endormit et rêva de brises fraîches et sèches, d'un ciel clair et bleu. Du clair de lune...

Satchel et Jimmie décidèrent de rester, bien que Jones ait obtenu l'accord du Gouverneur pour les emmener. « Voyez-vous », dit Satchel, « il n'y a plus place pour nous sur la Terre, sinon nous ne nous serions jamais embarqués pour les colonies. Et vous ne pouvez vous charger de deux poids morts. Dans l'ensemble, nous ne sommes pas tellement mal ici. Un jour la communauté deviendra quelque chose de bien. Nous voulons rester pour nous élever en même temps qu'elle. »

Ce furent eux qui manœuvrèrent le crocodile qui conduisit Jones et Wingate à Adonis. L'expédition ne comportait plus le moindre aléa, puisque Jones était maintenant leur patron officiel. Les autorités ne pouvaient intervenir en vertu de faits qu'elles ignoraient. Le crocodile rentra à la communauté des réfugiés avec un chargement que Jones voulut à toute force considérer comme leur rançon. En réalité, l'occasion qui s'était offerte d'envoyer un agent pour se procurer des marchandises dont la communauté avait le plus pressant besoin — d'autant plus qu'en l'occurrence il lui était possible de procéder à ses achats sans éveiller les soupçons de la Compagnie — avait été le facteur déterminant qui avait amené le Gouverneur à prendre une décision sans précédent, au risque de compromettre le secret de sa communauté.

Puis ce fut le moment des adieux à Satchel et Jimmie. Wingate en éprouva de l'embarras et, contrairement à son attente, un sentiment de dépression.

Durant les deux premières semaines qui s'écoulèrent après leur retour sur Terre, Wingate et Jones furent trop occupés pour se voir beaucoup.

Wingate avait mis au net son manuscrit durant le voyage et avait passé, depuis, tout son temps à faire la connaissance des antichambres des éditeurs. Tous, à l'exception d'un seul qui avait manifesté un certain intérêt, avaient répondu par la formule habituelle de refus.

« Je regrette, mon cher, lui avait dit cet homme. Je ne demanderais pas mieux que de publier votre livre, en dépit des controverses qu'il pourrait susciter, s'il possédait la moindre chance de succès. Malheureusement, il n'en est rien. Pour parler franc, il ne possède pas le moindre mérite littéraire. Autant lire un compte rendu d'audience.

— Je crois comprendre, répondit Wingate avec humeur. Une grande maison d'édition ne peut se permettre de publier un ouvrage susceptible d'offenser les gens en place. »

L'éditeur retira son cigare de sa bouche et considéra son vis-à-vis avant de répondre. « Je devrais prendre ombrage de cette déclaration, dit-il d'un ton égal, mais je n'en ferai rien. Vous êtes victime d'une erreur fort répandue. Les gens en place, comme vous les appelez, n'ont pas recours à la censure dans ce pays. Nous publions ce que le public est susceptible d'acheter. Nous ne travaillons pas pour autre chose.

» Je me préparais à vous suggérer, si vous voulez bien m'écouter, un moyen de rendre votre livre vendable. Ce qu'il vous faut, c'est un collaborateur, un homme qui connaisse le métier d'écrivain et qui sache donner de l'accent à votre ouvrage. »

Jones vint le voir le jour où Wingate reçut son manuscrit, après révision par l'écrivain fantôme. « Écoute un peu, Sam, s'exclama-t-il, ce que cet ignoble individu a fait de mon livre. Écoute... « ... *J'entendis de nouveau claquer le fouet du surveillant. Le corps frêle de mon camarade trembla sous le coup. Une toux s'échappa de sa poitrine creuse et lentement il disparut sous l'eau qui montait à hauteur de ceinture, entraîné par le poids de ses chaînes.* » En toute honnêteté, Sam, as-tu jamais entendu pareil tissu d'inepties? Et le nouveau titre : *J'étais esclave sur Vénus.* On se croirait dans la presse du cœur. »

Jones inclina la tête sans répondre. « Écoute encore, continua Wingate. ... *Parquées comme des bestiaux* dans une enceinte, leurs corps nus luisants de sueur, les femmes esclaves reculaient devant... » Par l'enfer, je ne puis continuer!

— Après tout, elles ne portaient pour tout costume qu'une sorte de harnais.

— Sans doute, sans doute. Mais cela n'a rien à voir. Le costume que l'on porte sur Vénus est adapté au climat. Il n'y a pas lieu d'y chercher je ne sais quelle perversité. Il a fait de mon livre un ouvrage pour obsédés sexuels. Et il avait l'audace de défendre sa position. Il prétendait que les pamphlets qui stigmatisent la société tirent leur efficacité d'un langage extravagant.

— Peut-être n'a-t-il pas tout à fait tort. Il y a quelques passages salés dans *Les voyages de Gulliver* et les scènes de flagellation dans *La case de l'Oncle Tom* ne constituent pas une lecture à conseiller aux enfants. Sans parler des *Raisins de la colère*.

— J'aime mieux me pendre que de m'abaisser à faire du sensationnel de bas étage. Le scandale que je dénonce est parfaitement clair et compréhensible pour tout le monde.

Tu crois? » Jones retira sa pipe de sa bouche. « Je me suis demandé combien de temps il faudrait pour t'ouvrir les yeux. Ces abus que tu rapportes, en quoi consistent-ils? Ils ne sont pas nouveaux; ils se sont produits dans l'Amérique du Sud, en Californie, au Mexique, en Australie, en Afrique du Sud. Pourquoi? Parce que dans une économie de libre entreprise en pleine expansion, qui ne dispose pas d'un système monétaire conforme à ses besoins, le recours aux capitaux de la mère-patrie pour développer la colonie a pour résultat inévitable de réduire les salaires de la métropole au niveau de subsistance et de susciter l'esclavage dans les colonies. Les riches arrondissent leur fortune et les pauvres voient leurs ressources s'amenuiser encore davantage et toute la bonne volonté dont pourrait faire preuve la prétendue classe dirigeante n'y pourrait rien changer, tout simplement parce que le problème fondamental avec lequel elle se trouve confrontée requiert une analyse scientifique et un esprit mathématique. Te sens-tu capable d'exposer au grand public tous ces aspects de la question?

— Je puis toujours essayer.

— Je ne suis pas parvenu très loin quand j'ai tenté de te les expliquer avant que tu n'aies pu juger des résultats sur le terrain. Pourtant tu n'es pas le premier venu. Non, Hump. ce sont là des questions trop difficiles à expliquer aux gens et trop abstraites pour pouvoir les intéresser. Tu as parlé l'autre jour devant un club de femmes. si je ne me trompe?

— Oui.

— Comment cela s'est-il passé?

— Eh bien... la présidente m'a pris à part avant la séance et m'a demandé de réduire ma conférence à dix minutes, parce que leur président national serait présent et que le temps serait mesuré.

— Hmm... tu vois le cas que l'on fait de ton message social lorsqu'il affronte la concurrence. Mais peu importe. Dix minutes suffisent pour convaincre une personne si elle possède suffisamment d'intelligence pour comprendre la question. As-tu fait des adeptes?

— Ma foi... je n'en suis pas très sûr.

— Je comprends que tu ne sois pas sûr. Ils t'ont peut-être applaudi, mais combien d'entre eux sont venus te voir après la séance pour te proposer des chèques? Non, mon cher Hump, tu n'obtiendras rien en te montrant doux et raisonnable. Pour te faire entendre, il faut que tu sois un démagogue ou un évangéliste politicien comme ce Nehemiah Scudder. Nous nous dirigeons allégrement vers l'enfer et cette course à l'abîme ne s'arrêtera pas avant la catastrophe finale.

— Mais... Oh! par tous les diables! Que pouvons-nous y faire?

— Rien. Avant de s'améliorer, il faudra que la situation empire encore pas mal. Si nous buvions un coup? »

TABLE DES MATIÈRES

LA COMPOSITION, L'IMPRESSION ET LE BROCHAGE DE CE LIVRE
ONT ÉTÉ EFFECTUÉS PAR FIRMIN-DIDOT S.A.
POUR LE COMPTE DES PRESSES POCKET
ACHEVÉ D'IMPRIMER LE 21 NOVEMBRE 1979

Presses
Pocket

Presses
Pocket
8 rue Garancière
75006 Paris
tél. 329 12 80

Imprimé en France
Dépôt légal : 4ᵉ trimestre 1979
Nº d'édition : 1568 — Nº d'impression : 3597